CATHARSIS

PHILIPPE RIBOTY

CATHARSIS

Roman

www.quebecloisirs.com

UNE ÉDITION DU CLUB QUÉBEC LOISIRS INC.
© Avec l'autorisation des Éditions Barels
© Les Éditions Barels, 2002
Dépôt légal — Bibliothèque nationale du Québec, 2003
ISBN 2-89430-582-6
(publié précédemment sous ISBN 2-922592-02-2)

Imprimé au Canada

La maturité est
la perte de ses croyances

1

Les années 50...

Martin McBerry avait vu le jour en Écosse. Sa mère étant morte en couches, il était resté fils unique. Jusqu'à l'âge de quarante ans, il épaula son père dans le métier qu'il aimait plus que tout au monde, berger dans la lande écossaise. Mais le travail était dur et peu rémunérateur. Quelques années à peine après la mort de son père, il vendit son lopin de terre et ses droits de transhumance. Il ne gardait de sa terre natale que les souvenirs d'un dur labeur. Plus rien ne le retenait en Écosse, mais il se promit d'y revenir un jour quand il aurait réussi. Il décida donc de tenter sa chance aux États-Unis. Dès son arrivée, on lui offrit un emploi comme représentant dans une compagnie de boissons gazeuses. Ses employeurs étaient ouverts d'esprit et appréciaient ses idées qui apportaient un vent de fraîcheur sorti tout droit de ses collines natales. Dans cette période de prospérité d'après-guerre, une belle carrière s'ouvrait devant lui et tous les rêves étaient permis. Tant et si bien que cinq ans plus tard, il épousa Lilie Poirier, une jolie femme respectable de Jackman, petite ville frontalière du nord du Maine.

Lilie était issue d'une famille où l'on était policier de père en fils depuis trois générations. Durant toute sa jeunesse, elle avait appliqué la maxime : *mieux vaut être seule que mal accompagnée !* Sa mère avait suivi la même avant elle, ce qui fit que Lilie resta fille unique. Elle demeura chez ses parents jusqu'à un âge avancé et les accompagna jusqu'au jour de leur mort. Lilie hérita donc d'une solide éducation morale et d'une bonne dose d'affection pour affronter la société. En épousant Martin McBerry, elle devint une femme comblée et épanouie dont l'unique but était de rendre sa famille heureuse. Elle nourrissait toutefois un regret. S'étant mariée tardivement tout comme sa mère, elle ne put donner le jour qu'à un seul enfant, le petit Edward qu'elle chérissait de tout son cœur.

*
* *

1964...

Les McBerry habitent une maison neuve à Bifield, petit village en banlieue de Boston. Ce matin-là, assis à califourchon sur une chaise de cuisine, le propriétaire des lieux sirote son café comme tous les dimanches matin en contemplant l'élue de son cœur. Lilie s'affaire au petit déjeuner lorsqu'elle jette un coup d'œil à l'horloge.

— *Il est temps de réveiller le petit*, pense-t-elle.

Lilie déteste crier. Elle préfère monter à la chambre du bambin qui vient à peine de fêter ses six ans quelques semaines auparavant. Elle ouvre doucement la porte et le regarde dormir. C'est le plus beau moment de sa journée. Elle admire son petit chef-d'œuvre comme elle se plaît à le qualifier au plus profond d'elle-même. Après quelques secondes de contemplation, elle s'avance, s'assied sur le rebord de son lit et lui caresse le front.

— Eddy mon chéri, il faut te lever !

Edward entrouvre les yeux. Sa mère lui sourit.

— Tu as bien dormi ?

Edward fait signe que oui en hochant la tête. Il referme ses yeux, les frotte puis les ouvre de nouveau.

— Bonjour maman !

Il se soulève légèrement sur un coude et se blottit contre sa mère qui l'enlace tendrement.

— Je t'adore mon poussin. Tu viens, le déjeuner est prêt, je t'ai préparé des œufs comme tu les aimes.

Sa mère le prend dans ses bras et descend à la cuisine rejoindre son mari qui a fini de dresser la table.

*

* *

Après un copieux déjeuner, McBerry, endimanché, sort de la maison et déverrouille les portières de la voiture familiale, une Ford Galaxie 500 de l'année bleu ciel à quatre portes. *Les voitures américaines les plus vivantes et les moins exigeantes !* clame le slogan du constructeur pour promouvoir sa gamme de véhicules. Mais les McBerry l'aiment plutôt pour ses sièges moelleux. McBerry retourne vers la maison et croise sa femme qui porte un panier dans lequel elle a déposé un plat de pommes au four destiné au pasteur Douglas et à son épouse Anna. McBerry prend son rôle de mari très au sérieux et ne veut pas que sa femme porte les paquets.

— Laisse ma chérie !

Panier en main, il ouvre la portière arrière côté chauffeur et la maintient ouverte de sa hanche. Il dépose le panier en toute hâte et s'empresse de contourner la voiture pour ouvrir la portière côté passager à sa femme qui est déjà de retour avec le petit Edward dans ses bras. McBerry a à peine le temps de la devancer. Il attrape la poignée et cérémonieusement, s'incline devant elle.

— Madame, si vous voulez bien vous donner la peine !...

Lilie esquisse une révérence, dépose le petit Edward au sol et prend place dans la voiture.

— Merci Monsieur !

— Je vous en prie !

McBerry ouvre ensuite la portière arrière et se retourne vers Edward qui tente de retenir un vigoureux petit chiot qu'il traîne partout où il va.

— Si Monsieur veut bien se donner la peine !

Le petit Edward se met à rire et s'engouffre dans la voiture avec son petit copain blotti contre sa poitrine. Son père a baptisé le chiot Robin en l'honneur de Robin des Bois, héros de son enfance. Edward tente en vain de déposer l'animal grouillant sur une couverture installée à ses côtés expressément pour lui. McBerry s'avance, pose ses mains sur celles de son garçon et les guide vers la couverture pour y déposer l'animal.

— Là ! Il sera bien durant tout le voyage !

Il referme la portière, refait le tour du véhicule et s'assoit fièrement au volant de la Ford rutilante qu'il a polie la veille comme chaque samedi. Il pose une main sur le volant, l'autre sur le bras de vitesse et passe en marche arrière.

— Tout le monde est prêt ?

La voiture commence à peine à reculer quand le petit Edward s'écrie :

— Maman, j'ai oublié Batman !

La mère regarde son mari et lui décoche un sourire comme seules les femmes savent en faire aux hommes qu'elles aiment. McBerry freine et coupe le moteur. Lilie se met à rire.

— Il est sur la table de la cuisine !

McBerry sort du véhicule, court vers la maison, attrape la bande dessinée, revient à la voiture et tend à son fiston son numéro préféré de Batman.

— C'est bien celui-ci ?

Les yeux de l'enfant s'illuminent et il tend les mains en criant de joie. Son père y dépose la revue comme on remet un trophée.

— Tiens mon fiston !… On est parti.

La mère se retourne et regarde son Edward.

— Qu'est-ce qu'on dit ?

— Merci papa !

— De rien mon chéri, répond son père.

La famille McBerry prend enfin la route pour l'église.

McBerry gare sa voiture devant l'église de Bifield, seule église du village. Elle est située un peu à l'écart,

dans la forêt. Les nouvelles constructions domici-
liaires rongent peu à peu les arbres environnants
qui arrivent de moins en moins à l'isoler de la
civilisation et de ses pèlerins. Mais pour l'instant,
elle jouit toujours d'un décor champêtre. Âgée d'à
peine quelques années, elle n'a certes pas la stature
pompeuse de ses grandes sœurs ni leur cachet spirituel
acquis par la dévotion des milliers de fidèles venus
s'y prosterner. Elle est plutôt trapue, mais elle sent
le neuf et répond tout à fait aux aspirations d'une
nouvelle génération qui tente de se dégager peu à
peu de l'autorité des représentants du clergé. Les vis
de la charnière supérieure d'une des deux portes
d'entrée, celle de droite, sont disloquées ce qui
fait qu'elle frotte contre le sol lorsqu'on l'ouvre. Il
faut alors la soulever légèrement pour la fermer
complètement à défaut de quoi elle bâille d'une
dizaine de centimètres. Cette particularité offre
l'avantage de fournir un sujet de conversation et
donne aux gens un prétexte pour assister à l'office
chaque dimanche, ne serait-ce que pour vérifier
si la porte a été réparée. Chaque fois qu'un bon
samaritain propose ses services pour réparer la porte
claudicante, le pasteur Charles Douglas lui sert une
réplique toute prête qui fait la joie des paroissiens.

— Non merci ! Ici c'est la maison du bon
Dieu et cette légère ouverture permet aux âmes
égarées d'y trouver refuge pour dormir en paix.

Plusieurs s'amusent à lui renouveler leur offre de service juste pour le plaisir de l'entendre la répéter.

Les McBerry sortent de leur véhicule. Martin soulève le panier et le remet à Lilie. Non pas qu'il ne veut plus le transporter, mais comme c'est elle qui a cuisiné les pommes au four, il lui appartient d'offrir le présent au pasteur et d'en cueillir les remerciements. Il se penche ensuite sous la banquette et en extirpe deux pots qu'il ouvre. L'un contient de l'eau et l'autre, de la nourriture pour chiot. Il les place bien en vue sur le plancher arrière de la voiture, entrebâille suffisamment la fenêtre afin que l'air circule dans le véhicule et referme la portière. Robin a tout ce dont il faut pour patienter confortablement le temps de la messe. La famille McBerry entre dans l'église. Lilie dépose son plat de pommes au four sur une table mise dans le coin droit du portique pour recueillir les présents des fidèles. Anna Barton, la discrète et ravissante femme du pasteur dont le bon Dieu ne fit jamais germer la vie en elle, est assise non loin de là. Elle salue Lilie puis la famille McBerry se dirige vers le deuxième banc à l'avant, là où elle s'assoit tous les dimanches depuis son arrivée à Bifield il y a un peu plus de trois ans maintenant. La cérémonie se déroule comme à l'accoutumée. Elle n'est ni trop longue, ni trop courte, juste comme il se doit. Le petit Edward est encore trop jeune pour communier mais loin d'en être offusqué, il en éprouve du soulagement car il n'aime guère certains regards que le pasteur jette à la dérobée aux enfants.

*
* *

À la fin de l'office, Lilie se dirige directement vers la voiture en compagnie d'Edward qui souhaite s'enquérir de l'état de son compagnon Robin. McBerry s'attarde un moment sur le perron avec quelques fidèles. Ils discutent de la disparition d'une jeune fille de quatorze ans d'un village voisin qui aurait, pense-t-on, été dévorée par les loups. C'est ainsi que les villageois désignent les chiens errants qui se regroupent dans la forêt pour y vivre en meute. McBerry n'aime pas cette façon de parler.

— Cessez donc de parler de loups devant les enfants quand il s'agit de chiens. Les loups ne s'attaquent pas aux hommes. Ce sont de braves bêtes et si cette pauvre fille a été attaquée par une bande de chiens errants, c'est parce que ces derniers ont goûté à la médecine des hommes. Nous sommes donc aussi responsables qu'eux de sa mort.

McBerry parle en connaissance de cause. En tant que berger, il a travaillé avec des chiens dès sa tendre enfance. Il les sait vaillants et fidèles. Les échanges durent encore quelques minutes et comme chaque fois, l'un d'eux consulte sa montre. C'est le signal. Les antagonistes se saluent en se souhaitant bon appétit, bonne semaine et à dimanche prochain.

Sur le chemin du retour, le petit Edward est blotti sur les genoux de sa mère pour mieux savourer la lecture qu'elle lui fait de sa revue fétiche. Le petit aime bien commenter et poser des questions et Lilie s'amuse à l'entendre s'interroger sur tout et sur rien et ponctuer le récit de ses réflexions enfantines.

— Maman, est-ce que je ressemblerai à Batman quand je serai grand ?

— Bien sûr, mon chéri.

Elle tourne la page en déposant un baiser sur son front.

Au même moment, à un kilomètre de là, une voiture négocie la première courbe d'une route en lacets. Elle dépasse largement la vitesse permise lorsqu'elle croise la voiture du shérif de la ville garée perpendiculairement à la chaussée, dans l'entrée d'un chemin de terre. Le jeune officier au volant se redresse aussitôt et suit du regard la course folle du véhicule.

— On y va chef ?

— Du calme, je n'ai pas encore fini mon sandwich, on est dimanche et de toute façon, on a déjà notre quota pour la journée. Tu sais…

— Mais il y a une vague de vols…

Le vieux shérif éclate de rire.

— Arrête un peu mon gars tu veux !... Tous les gens pressés ne sont pas des criminels qui...

Le chef n'a pas le temps de terminer sa phrase.

— Merde ! s'écrie l'officier au volant.

En négociant la courbe, le chauffard au visage partiellement caché par son chapeau a maintenu sa vitesse effrénée. Il est incapable de rester dans sa voie et se retrouve de l'autre côté de la route, face à face avec le véhicule des McBerry. Martin McBerry donne un coup de volant pour éviter le pire et dirige sa voiture directement vers le fossé. Lilie et Edward ont à peine le temps d'apercevoir la voiture de police qu'une fraction de seconde plus tard, ils entrevoient le chauffard. Ce dernier tient d'une main le volant et une bouteille de whisky et de l'autre, la jambe nue enserrée d'une corde de chanvre nouée à la cheville d'une jeune fille qui se débat sur la banquette arrière. *Bang !* La voiture des McBerry percute un arbre de plein fouet. Martin traverse le pare-brise. Sa femme entoure le petit de ses bras pour le protéger. Ne disposant plus de ses mains pour parer le choc, elle se fracasse la tête contre le tableau de bord. Avant de fermer ses grands yeux bleus pour une dernière fois sur son monde idyllique, le petit Edward a vu toute la scène.

Le vieux shérif frappe alors le bras de son collègue tout en projetant son sandwich et son café par la fenêtre.

— Fonce ! Fonce ! Fonce !

Les officiers démarrent sirènes hurlantes pour porter secours aux McBerry, mais il est déjà trop tard. Le fuyard disparaît à l'horizon emportant avec lui sa malheureuse prisonnière.

2

38 ans plus tard, un jeudi après-midi, devant une maison huppée à Altoona, au nord de Washington…

Un autobus à l'enseigne du corps des *Marines* traverse un barrage policier et se gare le long du trottoir, juste en face de la demeure. Un superbe tapis de pelouse verdoyante qui dénote un entretien quasi quotidien sépare sur une distance de dix mètres la porte de l'autobus de celle de la maison. Le chauffeur prend bien soin de ranger son véhicule de façon à ce que sa porte soit alignée vis-à-vis celle de la résidence. À son bord se trouvent vingt stagiaires qui viennent de terminer leur session d'été et qui se préparent à aborder leur premier stage sous l'égide de Craig Jamison, le directeur du Département d'enquêtes sur les crimes violents du FBI. Jamison a atteint le début de la cinquantaine. Il est sportif, très autoritaire et exige qu'on l'écoute attentivement lorsqu'il prend la parole. Il se lève et se retourne face à ses élèves.

— Nous sommes arrivés. Je vais vous demander de descendre posément et d'éviter d'afficher un air surpris, intimidé ou amusé. Soyez sérieux, il y a des gens massés tout autour du cordon policier qui aimeraient bien tout comme vous pénétrer à l'intérieur du périmètre de la scène du crime. Alors soyez fiers sans être arrogants. Ah oui ! Notre criminel est peut-être dans la foule. Des policiers en civil s'y promènent actuellement pour détecter des suspects potentiels. Sachez garder une attitude professionnelle car dites-vous que tout ce beau monde vous observe. Votre présence ici est extraordinaire. C'est mon idée, ne me la faites pas regretter. Des questions ?... Si vous voulez bien me suivre !

Jamison sort le premier de l'autobus, traverse le terrain d'un pied alerte et pénètre directement dans la maison. Il s'enfonce suffisamment dans le hall pour laisser entrer ses protégés. Il fait un demi-tour et cherche à capter le regard du dernier arrivé.

— Fermez la porte derrière vous s'il-vous-plaît !

Le jeune homme interpellé s'empresse d'obéir. Tous regardent partout et nulle part à la fois. Il y a des policiers dans tous les coins qui, seuls ou en groupes de deux, examinent les lieux. Les appareils photos crépitent et les magnétophones enregistrent. Jamison laisse son groupe observer les lieux un moment tout comme le font les guides touristiques expérimentés. Il attend que la majorité des regards se retournent vers lui pour reprendre la parole. Jamison aime bien utiliser un ton incisif quand il s'adresse à plus de trois personnes. Il adore sentir le respect que son statut hiérarchique impose dans une organisation structurée et morale comme le FBI.

— Maintenant, vous allez vous disperser seuls ou en petits groupes de trois maximum. Observez bien les lieux dans tous ses recoins, mais surtout ne touchez à rien ! Vous avez des questions ?… Bon, allons-y !

Les jeunes stagiaires s'éparpillent dans toutes les directions sauf une jeune femme de vingt-quatre ans du nom de Nicole Jarvis. Elle préfère rester sur place et épier les faits et gestes des policiers qui l'entourent.

— Qu'est-ce qui va arriver à l'enfant ? demande un officier à voix basse à son collègue.

— Ils vont l'amener à l'orphelinat, lui répond ce dernier d'un air atterré.

— C'est triste cette histoire.

Un policier dans la cuisine s'exclame :

— Merde ! J'ai encore perdu un bouton de ma chemise. Ça fait trois cette semaine !

Jamison se dirige vers le salon rejoindre Bruno Castelli, son bras droit. Castelli participe à toutes les enquêtes dont Jamison s'occupe personnellement.

Cet Amérindien a été élevé par des parents adoptifs italiens. Il pourrait facilement prendre du galon, mais il préfère le travail de terrain. Jamison apprécie son flair exceptionnel.

— Castelli, dites-moi ce que vous savez !

Castelli est en train de consulter l'épais rapport qu'il traîne partout où il va. Il s'active depuis quelques années à monter un dossier sur plusieurs meurtres non-résolus qu'il tente de relier entre eux.

— D'après le corps de police locale, il s'agirait du premier meurtre de la sorte dans leur juridiction. Les victimes ne portent aucune autre marque de violence que la nuque brisée. On ne leur connaît aucun antécédent judiciaire ni aucun ennemi. Le couple vivait seul, n'était pas marié et n'a eu qu'un seul enfant.

— Et les voisins, ont-ils été interrogés ? relance Jamison.

— Les voisins de droite, un vieux couple à la retraite, ont été interrogés par le shérif adjoint. Il a transcrit ici leurs propos… attendez… ça y est ! *Alors que je m'adressais au mari pour savoir quand il avait vu les victimes pour la dernière fois, sa femme s'interposa et, avant même qu'il n'eût le temps d'ouvrir la bouche, répondit : « Moi je les ai vus. Ils étaient assis sur le balcon et précisément deux minutes plus tard, ils étaient morts. » Son mari devint soudainement furieux. « Tais-toi ! Ça ne se peut pas ce que tu dis ! Merde ! Il faut encore que j'aille à la toilette, je peux monsieur l'Agent ? » — « Faites donc ! » que je lui répondis. C'est alors que seule avec moi dans le salon, la femme s'approcha et me chuchota à l'oreille et je cite : « Vous savez mon mari aussi les a vus. Il était assis sur le balcon et faisait semblant de lire son journal. Il fait toujours ça quand la voisine sort. Elle a la mauvaise habitude d'enlever son haut de bikini pour se faire bronzer les seins. Pour sûr, chaque fois que je vois sortir mon mari avec un journal, je comprends que de l'autre côté, ça se fait aller sur les hautes. J'ai regardé par la fenêtre et c'était bien ça. J'étais en train de faire cuire des œufs et comme ça fait plusieurs fois que j'avertis ma voisine de garder son soutien-gorge, je me suis énervée. J'ai réglé la minuterie à deux minutes, puis j'ai crié à mon mari de surveiller les œufs et de les retirer du feu quand ça sonnerait. Je suis sortie, j'ai traversé la clôture et je les ai trouvés morts dans la cuisine, devant leur terrasse. J'ai accouru tout de suite à la maison et pendant que je vous téléphonais, la minuterie s'est mise à sonner. Mais je vous jure que ce n'est pas moi, ni mon mari qui les avons tués. Vous me croyez monsieur l'Agent ? »* Fin de la citation.

— C'est tout ? dit Jamison.

— Oui c'est tout, on n'a rien d'autre ! réplique Castelli en tournant les pages de son épais dossier.

— Y a-t-il des objets qui ont disparu ?

— Non, rien à première vue !… Ce double meurtre s'apparente étrangement à celui du couple Rupert que l'on a retrouvé mort dans leur garderie à Uniontown. Bon sang ! Un vrai professionnel, il n'a rien laissé au hasard, on pourrait croire qu'il est de la maison.

— Tu crois qu'il s'agit de notre homme ? s'inquiète à voix basse Jamison.

— Je ne sais pas, mais ça lui ressemble tellement.

*

* *

Dans l'autobus, sur le chemin du retour à destination de l'Académie du FBI située sur la base du corps des *Marines* de Quantico, Virginie...

Nicole Jarvis est assise seule sur un banc à deux places et regarde dehors, songeuse. Soudain elle se redresse, passe la tête au-dessus du banc devant elle et tente d'engager la conversation, malgré qu'elle se doute que ses interlocuteurs doivent être en train de dormir.

— Eh, les gars, les gars !...

— Chut ! Denis dort ! chuchote Simon Seward.

Celui-ci est à moitié endormi et son camarade Denis Robinson, avec qui il partage son banc, dort profondément la tête enfoncée dans son veston qu'il a roulé et appuyé sur la fenêtre en guise d'oreiller. Jarvis insiste.

— Eh Simon !

— Quoi !

— Tu m'écoutes ?

— Oui !

Seward tourne la tête vers elle.

— Qu'est-ce que tu veux ?

— Tu as appris quelque chose dans la maison ?

— Non, rien de particulier à part qu'il y a eu un double meurtre ! ironise Seward.

— Que t'es con ! Arrête de dire des bêtises. Tu trouves ça normal qu'on nous ait fait faire toute cette route pour nous amener là ? Des scènes de crime, il y en a partout.

— C'est vrai, je n'avais pas pensé à ça.

— J'ai entendu Jamison parler avec Castelli. Ils semblaient croire que ces meurtres sont liés à une série d'autres.

— Et quel est le lien avec nous ?

— Je ne sais pas.

Jamison est assis à l'avant de l'autobus. Il se lève et se campe au milieu de l'allée, face aux élèves.

— S'il-vous-plaît !… Il est temps de vous réveiller, nous arrivons.

Les têtes se mettent à bouger et les corps, à s'étirer. Jarvis se rassoit.

Jamison attend que ses étudiants aient tous l'attention fixée sur lui, puis prend la parole.

— Avant de vous quitter, je tiens à vous dire que j'ai fait afficher vos premières affectations officielles comme stagiaires sur le babillard extérieur en bas, près des cases. Bonne chance !… Ah oui ! N'oubliez pas de remettre votre rapport sur ce que vous venez de voir. N'hésitez pas à élaborer vos propres hypothèses quant au meurtrier et à ses mobiles. Je veux ça pour… on est jeudi… il se fait tard… disons lundi matin au plus tard sous la porte de mon bureau.

Jamison est un opportuniste. Sous un air hautain, il cache un profond complexe d'infériorité et n'a, pour se revaloriser, que son titre de directeur. Il est prêt à tout pour le conserver. Il utilise donc toutes les combines du système. Ce finaud n'hésite pas à accaparer le travail des autres pour en soutirer tout le crédit. Les premiers de classe lui fournissent parfois des perles qu'il ne manque jamais de reprendre à son compte.

*
* *

Académie du FBI, base du corps des *Marines* de Quantico…

Jarvis, Seward, Robinson et les autres empruntent fébrilement les escaliers qui mènent à l'étage inférieur du bâtiment de l'Académie. Ils croisent un groupe qui sort à peine de classe et tout le monde dévale les marches dans un brouhaha infernal. Jarvis suit juste derrière Seward et Robinson qui marchent d'un même pas. Seward desserre son nœud de cravate et détache le premier bouton de sa chemise.

— J'espère ne pas tomber sous la férule du programme Ness.

Jarvis tente de se faufiler entre les deux hommes qui l'en empêchent en se rapprochant, épaule contre épaule, tout en souriant.

— Non ! disent les deux copains d'une même voix.

— Hé !… Qu'est-ce que c'est ? rétorque Jarvis.

— Quoi ? dit Robinson.

— Le programme Ness ? réplique Jarvis en fronçant les sourcils.

Robinson qui adore parler de la chose politique enchaîne sans plus attendre.

— Après les événements du 11 septembre qui ont frappé New York et Washington, les seize mille corps policiers du pays, incluant le FBI, ont reçu une requête présidentielle leur demandant d'implanter des stages à l'extérieur de leurs murs afin de faciliter les échanges interservices sur les actes criminels. Le programme Ness, comme ils l'ont baptisé au FBI, consiste à envoyer des stagiaires d'ici au sein des autres services policiers. Les hommes du président ont vendu leur idée en affirmant qu'elle permettrait aux nouveaux de se familiariser avec les différentes méthodes d'enquêtes utilisées au pays tout en ouvrant une porte d'entrée pour le FBI dans les autres services.

Seward se tourne vers Jarvis et lui tend la main pour l'introduire entre lui et son comparse.

— Et comme toujours, ce sont les jeunes qui écopent des nouvelles mesures !

Ils atteignent le bas de l'escalier et longent un couloir. Jarvis accélère le pas pour rester à la hauteur des deux garçons.

— Pourquoi Ness ? Qu'est-ce que c'est Ness ? Loch ? demande innocemment Jarvis.

Robinson éclate de rire.

— C'est ça, Loch Ness, le monstre que personne n'a jamais vu.

Seward penche la tête vers Robinson.

— Arrête de la charrier, ce n'est pas ça du tout. C'est pour Eliot Ness. L'incorruptible agent des années trente qui a coffré Al Capone.

Jarvis se met à rire à son tour.

— Je sais bien qui est Ness, idiots, je vous faisais marcher.

Ils arrivent en face du panneau d'affichage. Une foule compacte d'étudiants s'y bousculent déjà à la recherche de leur nom. Jarvis se fraie péniblement un chemin à travers la foule et repère son affectation la première. Elle affiche un sourire triomphant. La place se libère et ses deux copains peuvent enfin s'approcher du panneau. Robinson trouve son nom.

— C'est pas vrai ! Je suis assigné à l'épous-setage des dossiers à la pathologie ! J'ai horreur des macchabées… Et toi Nicole ?

— Je vais travailler sur les enquêtes dans l'équipe de Jamison, dit-elle d'un air hautain et satisfait, presque pédant.

Elle sourit et poursuit en pavoisant.

— Jamison m'a appelée hier soir pour m'en informer. Il tenait à me le faire savoir de vive voix.

Seward cherche toujours son nom.

— Je l'ai… Ah non ! Ils m'envoient moisir à Sharonneville, une ville à shérifs.

— Ah merde ! se lamentent en chœur les trois compères.

3

Vendredi matin, 8 h 39, dans une villa de banlieue…

Une femme se savonne sous la douche. Elle entend un bruit venant de la cuisine.

— C'est toi ?

N'obtenant aucune réponse, elle ferme le robinet. Les cheveux couverts de mousse, elle ouvre grand le rideau de douche, enjambe le bord de la baignoire, dépose son pied ruisselant sur le plancher de marbre froid et tend l'oreille. Rien. Soudain elle se met à hurler.

— Ahhh !

Une coulée de shampooing vient de terminer sa course dans son œil droit. Elle rentre précipitamment sa jambe dans la baignoire et, dans un réflexe, tire le rideau, ouvre grand le robinet, oriente la pomme de douche sur son visage et rince abondamment son œil meurtri. Puis elle met sa tête sous l'eau pour se débarrasser du shampooing quand elle sent une présence, quelque chose d'étrange. Elle s'arrête subitement, les mains dans sa chevelure mouillée et se retourne vers le rideau. D'un geste précis, une main gantée de caoutchouc transparent surgit entre le mur et le rideau de douche et saisit la pauvre femme à la gorge avec la vitesse de l'éclair. La malheureuse tente de se dégager en tirant à deux mains sur celle de son agresseur mais en vain. Elle essaie alors de l'étrangler à son tour, mais ses bras sont trop courts et le rideau, toujours fermé. Elle est incapable d'apercevoir son assaillant. D'un large mouvement, elle est tirée hors de la baignoire et plaquée contre le mur. Ses pieds ne touchent plus le sol et ses jambes s'agitent en tous sens. L'une d'elle frappe la hanche de son adversaire mais sans plus. Elle arrive à peine à respirer, son visage est écarlate. Elle tente un coup de pied de l'autre jambe mais l'inconnu la saisit au vol par la cheville. Il intensifie la pression autour de son cou. Pétrifiée, elle est sur le point de s'évanouir et ses quatre membres se relâchent. Constatant que sa proie est inerte comme une poupée de chiffon, le bourreau desserre alors légèrement la main qui étrangle sa prise. Tout en la maintenant dans les airs au bout de son bras, il transporte la femme nue de la salle de bain à la cuisine. De sa main libre, il attrape une chaise par le dossier, la tire lentement, la fait pivoter puis y assoit la femme qui dégouline encore. Il relâche un peu plus son étreinte pour lui permettre de reprendre ses esprits. Elle revient à elle et se met à tousser. Puis elle tente de se dégager du bras qui l'assaille, mais l'étau se resserre davantage autour de son cou.

— Calmez-vous, je n'ai que quelques questions à vous poser. Puis ce sera fini.

La femme relâche le bras de son agresseur et cesse de se débattre. La main atténue son emprise.

— Très bien, vous avez compris. Quand doit revenir votre petite amie ?

La pauvre femme tente de répondre, mais ses cordes vocales sont traumatisées et il n'en sort qu'un gargouillis incompréhensible. La tenant toujours par le cou, l'agresseur soulève son autre main et caresse doucement les cheveux de sa prisonnière pour la rassurer.

— Ne forcez pas pour rien ! Contentez-vous de me faire un signe de la tête. De haut en bas pour OUI, de droite à gauche pour NON. Avez-vous compris ?

La femme esquisse un mouvement de haut en bas avec sa tête. L'assaillant cesse alors de lui caresser les cheveux.

— C'est très bien ! Va-t-elle être de retour dans moins d'une heure ?

La femme fait un mouvement de droite à gauche.

— Va-t-elle être seule ?

La femme décoche alors un coup de pied entre les deux jambes de son adversaire. Il pare le coup en lui saisissant la jambe de sa main libre. Elle réagit en agrippant le bras qui l'étrangle. Au même moment, un bruit de porte qui s'ouvre et se referme leur parvient du hall.

— Annie, ma belle, c'est moi, je suis là, j'ai fait les courses !

L'agresseur serre alors de toutes ses forces le cou de sa victime. Il se place derrière la chaise, incline la tête de la femme vers l'arrière et lui rompt le cou en faisant pivoter son crâne brusquement. La nuque émet un bruit d'os cassé. Le craquement attire l'attention de la nouvelle arrivante qui commence à s'inquiéter.

— Annie tout va bien ?

L'agresseur surgit dans le hall. La femme tient dans ses mains un parapluie qu'elle est en train de secouer. Elle se met à hurler, relève l'objet et lui enfonce l'extrémité pointue de l'armature de métal dans la jambe. Elle retire aussitôt le parapluie du quadriceps de son adversaire puis, tel un fleuret, le pointe sur son thorax. Mais cette fois, il intercepte son geste en attrapant l'extrémité du parapluie et le tire vers lui pour entraîner la femme à sa portée. Il lui assène un violent coup de poing au visage. Elle s'effondre lourdement sur le sol. Le tueur la saisit par la tête et lui casse le cou d'un puissant mouvement de rotation.

4

Un peu plus tard, Sharonneville...

Une pluie fine a tapissé la route de gouttelettes telle la rosée et un soleil timide mais prometteur d'une belle journée pointe déjà le bout de son nez. Jarvis gare sa petite décapotable rouge vif juste devant le Bureau du shérif. Seward est assis à ses côtés. Ils discutent pour déterminer si elle va ou non l'attendre. Seward se met à argumenter et la conversation s'envenime.

— C'est ma première journée, ils ne vont pas me garder plus de vingt minutes et on repartira ensemble. Tu ne vas pas me laisser là, termine en suppliant Seward.

— Tu veux rire, c'est ma première journée avec Jamison. Je ne vais pas risquer d'arriver en retard pour tes beaux yeux, lui rétorque d'un ton sec Jarvis.

— Non, ce n'est pas ça ! Mais il est à peine neuf heures quarante-cinq et ils ne t'attendent pas avant midi trente. Alors patiente vingt minutes et si je ne sors pas… tu t'en vas. Le Bureau de Jamison n'est qu'à une heure de route, tu peux faire ça non ? répète d'un ton amical Seward.

Un des adjoints du shérif est enfoncé dans une chaise berçante sur le perron. De son belvédère, il observe attentivement la scène comme s'il était au cinéma. Il scrute les yeux, puis la bouche, les cheveux et les vêtements de chacun des deux belligérants. Jarvis réfléchit un moment et les pourparlers reprennent.

— D'accord, je vais t'attendre.

— T'es vraiment gentille, je ne serai pas long, remercie d'un air content Seward.

— C'est bon.

— J'en ai pour deux minutes.

— C'est ça… Eh ! T'oublies pas que tu dois venir souper chez moi ce soir avec Denis.

— Oui oui on sera là !

Seward descend du véhicule. À peine a-t-il le temps de poser ses deux pieds sur le sol et de sortir ses effets personnels et une boîte de beignets que la belle démarre en trombe.

— Bye !

— Ah non ! Attends ! Reviens !… Merde ! implore Seward.

Jarvis lui glisse un sourire et lui envoie la main, puis juste un doigt comme elle a l'habitude de le faire. En moins de temps qu'il n'en faut pour le dire, elle s'est volatilisée, laissant derrière elle une épaisse fumée noire. Seward prend une grande inspiration.

— T'es moche ! Va te faire voir !… Je t'aime !

Il se retourne et regarde nerveusement en direction de l'adjoint dont il avait oublié la présence. Il remarque une petite tache de sang circulaire qui traverse le tissu de la jambe droite de son pantalon déformée par un épais bandage entourant sa cuisse. L'homme, impassible, continue de se bercer. Les bras chargés, Seward franchit la porte du vieux poste. Un carillon retentit. *Drelin, drelin…* On se croirait dans une confiserie. L'adjoint sort de sa torpeur, arrête le mouvement de sa chaise, tourne lentement sa tête et concentre son regard sur la nuque de Seward qu'il peut apercevoir à travers le carreau situé juste à côté de la porte.

Le jeune stagiaire se retrouve directement face à l'imposant meuble de bois massif qui sert de bureau au shérif. Ce dernier, affalé dans sa chaise pivotante, lui fait dos et parle au téléphone. Il se retourne au bruit du carillon. Il a l'air terriblement agacé. De la main, il indique à Seward de s'asseoir sur une des chaises alignées le long du mur. Seward s'exécute aussitôt. Il dépose ses effets personnels sur une chaise et s'assied le dos bien droit en gardant la boîte de beignets sur ses genoux, laissant paraître son extrême fébrilité. Se sentant épié, il regarde derrière lui et croise les yeux de l'adjoint toujours assis sur le perron. Les deux protagonistes se mesurent du regard. Seward esquisse un léger rictus et son vis-à-vis détourne le regard en hochant la tête de droite à gauche. Le shérif, quant à lui, ne le perd pas un instant de vue tout en écoutant attentivement son interlocuteur au téléphone. Soudain son visage devient tout rouge et il explose.

— Vous savez où ils peuvent se le mettre le programme de ce président élu par le tribunal !... C'est bon !

Il raccroche durement le combiné.

— Biff, Puce ! Venez par ici !

Les deux hommes, baraqués comme des ours, s'avancent en tournant leur regard dans la même direction que celui de leur chef, soit sur Seward et sa boîte de beignets. Les deux adjoints se placent de chaque côté de leur patron. Puce enfile ses pouces dans sa ceinture et remonte son pantalon. Biff appuie ses deux énormes poings sur le bureau du shérif.

— Qui c'est chef ? interroge Biff.

— Le Bureau du maire vient de m'informer qu'on devait accueillir un certain Ness, lui répond le shérif, les dents serrées.

Seward leur présente alors sa boîte de beignets.

— Bonjour Messieurs, j'ai apporté des beignets ! lance-t-il maladroitement.

5

Vendredi, 15 h, Université de Boston…

Un homme soigné et fier de sa personne est campé derrière la table du maître et observe les élèves qui entrent dans la classe dans un joyeux tohu-bohu. Il attend en silence que chacun choisisse un siège. Il regarde sa montre et écrit le titre du cours au tableau. Les élèves s'assoient et se taisent peu à peu. Puis le calme fait place aux railleries nerveuses des jeunes. Le professeur consulte sa montre de nouveau. Trois retardataires font leur entrée en jacassant. Ils se taisent aussitôt en voyant tous les regards converger vers eux. Ils se dirigent au fond de l'enceinte et prennent place. Les yeux se tournent à nouveau vers le maître toujours debout devant le tableau.

— Bon, je crois que tout le monde est là. Bonjour, je m'appelle Auguste Neumann. Soyez les bienvenus au cours de *Psychanalyse animale*. J'aimerais vous préciser d'entrée de jeu que cette session ne sera pas consacrée à une psychanalyse qui enseigne comment traiter les humains afin de les réinsérer le plus rapidement possible dans la société au mépris de leur essence. D'autres le font beaucoup mieux que moi. Je vous inviterai plutôt à découvrir non pas ce que vos parents, vos amis, votre société, votre culture, ni même votre religion veulent ou attendent de vous pour maintenir l'ordre de notre monde artificiel, mais bien ce qu'attend de vous celle-là même qui est votre véritable raison d'être et qui est implantée au plus profond de votre âme : la vie. La vie pour qui vous n'êtes qu'un porteur parmi tant d'autres. Vous verrez que, même si vous croyez pouvoir justifier vos actions en ne vous conformant qu'à ce que la morale de votre société permet, qu'elles soient en accord ou non avec les lois naturelles, vous aurez vite fait de vous apercevoir que vous n'êtes pas le seul maître à bord et qu'au fil des ans, vos instincts naturels ressurgiront en tourmentant votre conscience.

— Accepter la vie n'est pas facile croyez-moi ! Dans ce cours, on ne fera pas dans la dentelle. Je ne tenterai pas de vous convaincre que l'Homme est un être supérieur. Pour ça, il existe dans ce pays toutes les sectes possibles pour échapper à la réalité. Si vous avez besoin de vous sentir le fruit d'un quelconque produit autre que le sperme et l'ovule de vos parents pour expliquer votre présence sur terre, vous n'apprécierez pas mon art à sa juste valeur, je tiens à vous en prévenir. Car ici, nous allons apprendre à développer notre propre estime de soi en fonction de ce que nous sommes réellement et non à travers nos fantasmes.

Neumann aime bien être direct lors de sa première rencontre avec un nouveau groupe. Non pas qu'il veuille brusquer les gens ni froisser les chastes oreilles, son entrée en matière vise plutôt à éloigner ceux qui, parmi les élèves, ne sont pas encore prêts à suivre son cours de psychologie.

— Aujourd'hui, je note que vous avez apporté votre matériel scolaire et c'est normal. Mais à l'avenir, je ne veux voir aucun cahier, ni cartable, ni portable sur vos pupitres. Vous les déposerez dans ce coin en entrant. Vous n'avez besoin d'aucun outil pédagogique pour ce cours, que de votre concentration.

Sur son bureau, on ne voit qu'un seul livre écorné dont il est l'auteur. Dès sa sortie, quelques années auparavant, cet ouvrage ne s'était vendu qu'en milieu universitaire et encore là, il avait été boudé par l'élite intellectuelle qui n'aime pas les propos qui dérangent et remettent en question leur propre conception de la vie. Il avait cependant trouvé preneur chez les juristes et dans les milieux d'enquêtes criminelles, là où l'on évalue la valeur d'une théorie à son efficacité sur le terrain plutôt qu'au verbiage de sommités. Neumann s'approche de son bureau et brandit le livre.

— Vous pouvez vous munir de ce livre, mais ce n'est pas obligatoire.

Il le feuillette en l'exhibant devant la classe : le bouquin est couvert de ratures.

— Il s'agit d'un outil scientifique, donc accessible et malléable, et non pas d'un objet de culte sacré que l'on ne peut remettre en question sans se sentir coupable ou craindre les représailles de l'autorité.

Neumann s'approche d'une élève et lui tend le livre.

— Je le fais circuler. Vous pourrez en prendre connaissance dès aujourd'hui. Vous en trouverez également quelques exemplaires à la bibliothèque, dont trois à la réserve.

Neumann retourne à son pupitre, tire la chaise et ouvre sa serviette. Il en retire les copies de son plan de cours et en fait lui-même la distribution tout en poursuivant son discours.

— Pour ceux qui choisissent leurs cours en fonction des nuits blanches qu'ils pourront consacrer à la danse plutôt qu'à l'étude — les élèves se mettent à rirent — vous serez choyés. Je n'impose ni devoir, ni travail long, ni aucun examen écrit. Je vous évaluerai plutôt au moyen d'une rencontre individuelle d'une dizaine de minutes, dans un face-à-face avec votre humble serviteur. Je vous présenterai trois questions, vous en choisirez une et à vous de faire le reste.

44

Tous se remettent à rire. Neumann a le don de trouver les tournures de phrase qui laissent transparaître sa sympathie pour ses étudiants. Il fait rire sciemment ses jeunes disciples pour détendre l'atmosphère et permettre une meilleure communication.

Il consacre quelques minutes à la lecture de son plan de cours et réserve le reste de la période pour répondre aux interrogations de ses élèves et calmer leurs appréhensions. Lorsqu'il est assuré d'avoir répondu aux craintes et satisfait la curiosité de chacun, il lève la séance.

— Voilà, c'est tout pour aujourd'hui. Dehors il fait soleil, je ne vous retiendrai pas plus longtemps. Allez savourer votre jeunesse, ça passe vite ! Si ni la matière ni moi ne vous avons fait trop peur, j'aurai le plaisir de vous revoir la semaine prochaine… lundi matin si je me rappelle bien, et de passer une session des plus instructive avec vous. D'ici là, pendant que vous profiterez du week-end pour jouir de vos vingt ans, je tâcherai de mémoriser les noms associés à vos photos qui se retrouvent dans le nouveau carnet des étudiants que l'on m'a remis ce matin.

Bien sûr, Elizabeth McGill et sa bande seront de retour. Elizabeth est une fille à papa. Son père est un fortuné banquier de Wall-Street, ce qui ne la rend pas plus sympathique et humaine avec son entourage qu'elle considère comme inférieur et né pour l'aduler. Malgré le fait qu'elle soit plus maléfique que brillante, ses origines familiales la désignent comme le centre d'attraction partout où elle passe et elle compte bien le demeurer. Elle a enfin trouvé le cours qu'elle recherche tant depuis son inscription à la faculté de psychologie. Pas tant pour apprendre le comment et le pourquoi profonds de l'humanité qui l'entoure. Mais elle espère plutôt acquérir le savoir pour manipuler les autres mieux qu'elle ne le fait déjà.

— *S'il existe un homme capable de comprendre en quelques minutes les autres mieux qu'ils ne sauraient le faire eux-mêmes, Neumann est bien celui-là*, pense-t-elle.

Pour l'instant, il ne l'impressionne pas vraiment mais il lui semble prometteur. Elizabeth maîtrise bien l'art de saisir le moment où les professeurs livrent l'essentiel de leur matière. Elle peut donc consacrer le reste du temps d'un cours à vaquer à ses occupations.

Elizabeth et ses trois inséparables copines se sont précipitées dans la salle de cours avant les autres étudiants afin de se réserver les places situées à l'extrémité droite de la première rangée. Tout au long de la présentation de Neumann, elles n'ont cessé de ricaner et d'échanger des papiers concernant un jeune homme aux cheveux noirs assis plus haut dans la classe. Elizabeth a remarqué qu'il portait une attention toute particulière à une blonde assise devant lui, mais qu'il ne tournait jamais son regard vers elle et ses amies malgré leurs simagrées destinées à son attention. Elle en est sérieusement offusquée. Alors que les élèves reprennent leur bavardage et s'apprêtent à partir, le regard de Neumann croise celui d'Elizabeth qui se lève d'un bond et apostrophe le professeur d'une voix forte et claire. Son interpellation paralyse le reste de la classe qui attend la suite dans le silence le plus total. Tous les regards convergent vers elle, ce qu'elle adore par-dessus tout.

— Pardon Monsieur, Elizabeth McGill ! Si vous le permettez, j'aimerais prendre la parole en tant qu'organisatrice des festivités du début de session !

— Faites donc Mademoiselle, depuis le début du cours vous n'avez cessé de chuchoter, je me doutais bien que vous finiriez par prendre ma place un jour !

Tout le monde se met à rire. Elle en reste bouche bée. Neumann vient déjà de la surprendre. La session s'annonce plus prometteuse qu'elle ne l'aurait cru. Elle n'a pas remarqué qu'il l'observe depuis un bon moment. Elle se ressaisit, croise les bras et esquisse un léger sourire, tête penchée et regard oblique. Elle s'avance et se retourne pour s'adresser à l'ensemble des étudiants.

— Samedi de la semaine prochaine, ce sera notre journée de bienvenue ou si vous préférez, d'initiation. Le thème de cette journée vous sera précisé vendredi prochain. Vendredi soir, le comité formé de mes trois copines ici présentes, Lucy Picard, Catherine Oliver et Ali Morgan ainsi que de moi-même se réunira au musée, soit sur les lieux mêmes où se déroulera la petite fête le lendemain. Quiconque parmi les nouveaux sera surpris à rôder dans ce secteur ce soir-là subira, vous vous en doutez bien, une sévère punition le lendemain, lors des activités. Merci.

Les élèves se lèvent et se dirigent vers la sortie. Seule la jeune fille blonde reste assise et attend que la classe se vide. Lorsqu'il ne reste plus personne, elle s'avance vers Neumann, qui est occupé à consulter son horaire. C'est une fille d'une minceur quasi squelettique à la chevelure bouclée et tellement fine qu'on dirait des cheveux d'ange. Elle aborde timidement son professeur. Elle a une voix douce, calme et hésitante.

— S'il-vous-plaît Monsieur !... Pardon ?

En apercevant la jeune fille, Neumann blêmit.

— Oui ! répond-il d'une voix qui dissimule mal l'émoi qu'elle provoque en lui.

— J'ai besoin d'aide. Faites-vous de la thérapie ?

— Je suis désolé Mademoiselle, mon agenda est rempli pour l'instant.

Neumann lance spontanément cette phrase pour se sortir de l'impasse. Il est vrai que son agenda est complet pour la session. Mais sa réponse est motivée non pas par un horaire chargé, mais par un mécanisme de défense contre une vieille angoisse depuis longtemps réprimée que la jeune fille vient de réactiver en lui. Neumann baisse la tête et se retourne pour effacer le tableau. Il crée ainsi une rupture dans l'échange avec l'étudiante. Cette dernière se détourne, les yeux dans l'eau, et franchit la porte de la classe déserte. Elle se précipite vers les toilettes où elle s'enferme pour pleurer.

*
* *

Quelques minutes plus tard, elle se dirige vers les escaliers, descend les marches qui mènent à la sortie, tourne à droite et s'engage dans un long couloir de casiers. En arrivant à son extrémité, elle aperçoit Elizabeth et sa bande qui discutent. Elles sont appuyées dos aux cases, deux de chaque côté. La jeune fille ralentit et a un moment d'hésitation, puis elle poursuit sa route comme si de rien n'était en passant entre les quatre filles. Elle est à peine engagée entre les deux premières qu'elle commence à se faire bousculer de toutes parts. Elle parvient enfin au bout du couloir, mais Elizabeth lui fait un croc-en-jambe. Elle s'écroule et échappe les deux livres qu'elle transporte. Les quatre filles croulent de rire. Les commentaires fusent de toute part.

— Regarde où tu marches ! crie Lucy.

— Tu n'as pas appris à mettre un pied devant l'autre ! relance Catherine.

— Achète-toi une canne si t'es aveugle, pauvre conne ! renchérit Lucy.

La souffre-douleur se relève péniblement, se penche pour ramasser un premier volume et tente de saisir le second lorsqu'une main le lui tend.

— Je m'appelle Blair Dexter.

C'est le beau garçon qui n'a eu d'yeux que pour elle durant tout le cours et dont Elizabeth n'apprécie pas du tout l'intérêt qu'il lui porte. La jeune fille saisit le livre et s'enfuit. Le jeune homme, interdit, reprend peu à peu ses esprits.

— J'espère qu'on va se revoir ! Eh ! Quel est ton nom ?

Dexter veut s'élancer derrière elle. Mais à peine a-t-il esquissé un mouvement qu'un de ses amis, en tenue de sport et ballon à la main, le retient par le bras.

— Tu viens jouer au basket Roméo ? Il nous manque un joueur.

Blair regarde en direction de la jeune fille, mais elle est déjà loin et son ami capte son attention en lui lançant le ballon. Ses pensées se détournent de la belle qui fait pourtant vibrer son cœur.

— O.K., allons-y !

— Ouais !

Les deux copains se dirigent vers le gymnase. À l'autre bout du couloir, derrière les quatre filles, Neumann a assisté à toute la scène. Personne ne l'a aperçu. Il quitte les lieux en empruntant une autre direction avant que les quatre malignes ne se retournent. Elizabeth a bien vu dans le regard de Blair qu'il est follement amoureux, mais que ce n'est pas d'elle. Les bras croisés, elle enrage.

— La salope, elle va me le payer !

Ali s'approche d'elle.

— Elle partage le même appartement que moi !

— Ah oui ! Alors on va lui rendre une petite visite, réplique Elizabeth d'un ton haineux.

Neumann sort par l'arrière de l'établissement, gagne le stationnement et monte dans sa voiture. Il s'est tout juste engagé sur la route lorsqu'il aperçoit la jeune fille qui vient de se faire bousculer marcher sur le trottoir. Neumann la rejoint, ralentit et se range sur le côté. Il roule au même rythme qu'elle. Il baisse alors la vitre, côté passager.

— Mademoiselle ! Mademoiselle !…

La jeune fille se retourne puis s'arrête lorsqu'elle reconnaît le professeur au volant de sa décapotable. Neumann freine et passe la vitesse au point mort.

— J'oubliais qu'à cette période de l'année, il y a toujours une ou deux annulations ; si cela vous convient toujours, voici ma carte.

Neumann tend sa carte à l'étudiante qui hésite un peu avant de s'approcher de la voiture. Elle s'avance et la saisit. Neumann poursuit.

— Téléphonez à ce numéro et dites à ma secrétaire que c'est moi qui vous envoie. Elle est très compétente, elle saura vous accommoder. Au fait comment vous appelez-vous ?

— Jennifer Robert, répond la jeune fille bouleversée.

Neumann lui tend la main qu'elle saisit timidement. En plaçant son index sur son poignet, il remarque que son cœur bat la chamade.

— Avez-vous du mal à respirer ?

Jennifer regarde le sol.

— Oui, mais ça va mieux.

— Ne vous inquiétez pas. Ce n'est pas une crise cardiaque, vous faites une légère crise de panique. On en ferait une à moins. Reposez-vous un peu et allez vous amuser, tout va s'arranger. Passez une bonne soirée Mademoiselle Robert. À lundi !

Neumann sert un beau sourire à Jennifer et reprend sa route.

6

En fin d'après-midi, au Bureau du shérif de Sharonneville…

Chacun travaille tranquillement dans son coin. Le silence qui règne présage les plaisirs du week-end. Le téléphone résonne soudain dans tout le Bureau. Le shérif décroche et prend un air grave.

— On arrive tout de suite !

Il raccroche, attrape son chapeau et bondit de son siège.

— Venez avec moi les gars, une fillette vient de trouver sa mère morte en revenant de l'école. Il y aurait un autre cadavre. Le meurtrier est peut-être encore dans les parages. Ness, tu restes ici pour prendre les messages, on t'a sûrement appris à te servir d'une radio au FBI ?

— Oui, pardon !…

— Quoi ? s'exclame le shérif sur un ton sec et irrité.

— Non rien.

Ness, comme on surnomme désormais Seward, transporte une pile de dossiers que le shérif lui a demandé de saisir sur informatique. Il aurait préféré se joindre à l'équipe pour participer à cette enquête et se retrouver sur les lieux d'un crime, plutôt que de rester à jouer les informaticiens, mais il n'ose pas terminer sa phrase et formuler sa requête. Il se contente donc de déposer ses lourds dossiers sur le coin d'une vieille table chambranlante qu'on a daigné lui accorder pour la durée de son stage et de sortir sur le perron comme s'il partait avec les autres. Mais là s'arrête sa course. Pantois tel un petit garçon, il dévore des yeux les voitures de police qui démarrent en vrombissant, toutes sirènes hurlantes. La scène ravive en lui la douleur provoquée par la fuite impromptue de Jarvis plus tôt dans la matinée. Il consulte fébrilement sa montre et se dit que Robinson, à qui il a téléphoné sur l'heure du midi, ne devrait plus tarder. Son regard s'arrête sur le cowboy solitaire toujours assis sur la chaise qu'il balance au même rythme depuis la matinée. Il n'a pas bronché d'un poil. Seward se décide à rompre le silence qui sépare les deux hommes.

— Vous n'allez pas avec eux ?

L'adjoint pointe sa jambe blessée.

— Non !...

Il tend sa main vers Seward.

— Moi c'est Bob !

Seward la lui empoigne avec force en le regardant droit dans les yeux comme on lui a appris à le faire à l'Académie. Mais son geste est saccadé et manque de naturel ce qui trahit sa profonde nervosité.

— Salut ! Moi c'est…

— Ness, je sais !

Seward retrousse les lèvres en un léger sourire agacé.

— Qu'est-ce qui vous est arrivé ?

— Oh rien, une bêtise ! Je ne me ferai plus prendre.

Seward a appris dans ses cours de psychologie que les gens adorent se raconter. Ils cherchent ainsi à capter l'attention et l'approbation de ceux qui les entourent. Il lui suffira de se taire et d'écouter pour saisir l'occasion d'en connaître plus sur les mœurs des villageois avec qui il va devoir passer le reste de son stage.

— Vous êtes du coin ?

— Oui mes parents habitent un peu plus bas, dans le Sud.

— Qu'est-ce qu'on fait pour tuer le temps par ici ?

— De la route et rester assis sur une chaise à regarder passer la vie. C'est ce que j'aime faire par-dessus tout. Du reste, il n'y a pas grand-chose de plus à faire sur cette planète Petit. J'ai la chance d'exercer un métier qui me permet de combler pleinement tous mes désirs.

— Je ne comprends pas ?

— Oui, j'aime faire de la route et être assis ! Un policier qu'est-ce que ça fait ?

— Oui ! Oui ! D'accord, je comprends la blague.

— La fille qui t'a accompagné ce matin, c'est ta petite amie ?

— Qui ?

— La blondinette qui t'a accompagné ce matin.

— Ah oui, Nicole ! Non ! J'aimerais bien, mais elle hésite. C'est une collègue sans plus. On a débuté en même temps à l'Académie. Un jour, alors que ça faisait des mois que j'essayais de lui parler et que je ne savais toujours pas comment lui dire que je m'intéressais à elle, vous savez ce que c'est ?...

— Ouais, ouais, bien sûr.

— J'attendais mon ami Denis à la cafétéria, un garçon très brillant qui est en stage au labo du FBI. Enfin bref, alors que je l'attendais, il est arrivé avec elle. Ils suivaient un cours ensemble... et se sont assis à ma table. Elle s'est mise à me parler comme si elle me connaissait depuis toujours. À partir de cet instant, on ne s'est plus jamais quitté et on est devenu amis. Dès lors, chaque fois que l'on peut, on change de groupe pour rester ensemble tous les trois. Ça nous rassure de savoir que l'on peut toujours compter sur quelqu'un dans nos cours. J'adore deviner les questions que les profs poseront aux examens. Denis a toujours été doué pour la recherche...

— Et la fille est habile pour charmer les maîtres lorsque vient le temps de présenter vos travaux !

Seward est surpris par la précision du tir de son vis-à-vis. Il enchaîne.

— Ouais, c'est ça ! Je ne l'aurais pas dit comme ça, mais on peut dire ça.

Seward comprend soudain qu'il parle plus qu'il n'écoute et que d'interrogateur, il est passé à interrogé. C'est lui qui raconte sa vie au shérif adjoint et non l'inverse. Il tente de renverser la vapeur et de reprendre le contrôle de la conversation.

— Vous êtes marié ?

— Non !

Sa transition est un peu lourde et la question, trop fermée pour amener l'officier à s'ouvrir à son tour. Seward essaye de nouveau.

— Vous êtes divorcé ?

— Non plus, j'ai toujours été célibataire et c'est bien comme ça. Dans notre société, il faut posséder beaucoup pour réussir à donner un peu. N'importe qui peut faire des enfants et prétendre les aimer. Mais pour dire qu'ils sont aimés, ça prend beaucoup plus que ça. Et pour s'en occuper correctement, il faut beaucoup, beaucoup plus que ça encore.

Seward est fier de lui car, même si le propos de son nouveau collègue lui semble sibyllin, il sent qu'il a réussi à ouvrir une porte et à le faire parler de sa vie personnelle. L'adjoint poursuit.

— Tu aimes vraiment cette Nicole ?

Le vieux est rusé, il vient de recentrer Seward sur lui-même. Après sa brève victoire, Seward doit se remettre sur la défensive. Il comprend que, s'il ne répond pas à la question de l'adjoint, celui-ci interprétera son refus comme une volonté de sa part de garder ses distances et la conversation perdra son sens amical. D'un autre côté, s'il y répond, il ouvre la voie sur ses affects. Comme tous les jeunes célibataires de son âge, Seward est plutôt fragile et devient très nerveux lorsqu'il s'agit de parler de ses relations amoureuses. Il ne souhaite surtout pas lui révéler l'ardeur de ses sentiments pour l'être aimé, car il sait que Jarvis refuse d'entendre parler d'une éventuelle vie à deux. Il craint et avec raison que, s'il se confie à son interlocuteur, il se mette à déballer toute la frustration que son indomptable dulcinée provoque en lui. Seward sait qu'il s'aventure sur un terrain extrêmement glissant. Il doit répondre avec parcimonie sans quoi il n'arrivera plus à se concentrer et perdra la donne au profit du policier.

— Bien sûr, j'en suis fou ! *Merde, je suis cuit…* se dit-il.

Heureusement, le shérif adjoint ne le laisse pas se pendre avec la corde qu'il s'est lui-même passée au cou.

— Je vais te donner un bon conseil Petit. Oublie cette fille ! Elle est élégante et elle porte de beaux vêtements, mais ce n'est pas par hygiène et par joie de vivre comme chez les bonnes filles. C'est plutôt pour en imposer à son environnement. Chez elle, tout doit être en désordre ! Fait-elle le ménage seulement lorsqu'elle reçoit des invités ?

— Je ne sais pas !…

— Le doigt qu'elle t'a envoyé ce matin dénote une absence totale d'estime pour ta symbolique phallique.

Seward reste interloqué.

— Ma quoi ?

— Ton membre viril. De plus, elle t'a planté là, ce qui veut dire qu'elle n'a pas de respect pour ta personne. Elle se retient pour ne pas te dire que t'es bonasse, car elle retire un profit à te garder à ses côtés. Elle a préféré s'enfuir plutôt que de discuter, car elle n'avait aucun argument moral pour ne pas t'attendre et elle refuse de t'être serviable. Alors, elle fuit pour ne pas te laisser la chance de juger ses propos et découvrir la vérité. Bref, elle n'en fait qu'à sa tête et être attentionnée ne fait pas partie de ses plans. Ton amie a peur que tu découvres qui elle est réellement. Où allait-elle lorsqu'elle t'a laissé en plan ?

— Au travail ! répond Seward totalement désorienté par les observations du shérif adjoint.

— Conduit-elle à vive allure ?

— Pardon ?

— Elle rage au volant ?

— Quoi ?

— Klaxonne-t-elle tout ce qui bouge ? Injurie-t-elle tous ceux qu'elle croise ?

— Elle a du caractère !… Mais…

— Je suis sûr qu'elle paie ses factures toujours à la dernière minute !

— C'est normal… Elle est très occupée.

— N'accumule-t-elle pas des contraventions qu'elle conteste systématiquement ?

— Elle se défend, et comme elle a une personnalité forte…

— Croit-elle en Dieu ?

— Euh, oui…

— Depuis longtemps ?

— Non, c'est arrivé après la mort d'un ami.

— Soutient-elle que sa mort est une épreuve que Dieu lui a envoyée ?

— Oui.

— Emploie-t-elle constamment le je-me-moi-mon-ma ?

— Je n'ai pas remarqué.

— C'est du narcissisme. Elle ne croit pas en Dieu mais de le prétendre lui attire une pitié dont elle se sert. Elle a le cou constamment tendu, signe qu'elle se retient pour ne pas exprimer son agressivité. Elle tient son dos bien droit pour s'imposer et dominer les gens afin de leur cacher ses multiples complexes et les empêcher de la juger. Elle doit rêver d'être plus grande et plus forte pour intimider les autres. Elle doit constamment lutter pour garder le contrôle d'elle-même. Comme elle ne peut jamais se détendre, elle est toujours prête à exploser. Je suis certain que ta petite amie n'hésite pas à verser quelques larmes lorsqu'elle se sent piégée. De cette façon, elle montre qu'elle se soumet à l'autorité et s'attire la sympathie de son entourage. En fait, c'est une vile manipulatrice qui ne se sent quelqu'un que lorsqu'elle exerce du pouvoir sur les autres. Elle ne se soucie guère de défendre la bonne cause ou de mériter ce qu'elle obtient ; ce qui compte avant tout pour elle, c'est le pouvoir. Elle doit toujours coiffer ses cheveux attachés et porter des vêtements serrés. Ses lèvres sont peu généreuses et pincées. Elle grimace. Elle a des gestes secs et saccadés, le regard froid…

— Ça fait plus d'un siècle que la phrénologie n'est plus considérée comme une science, mais comme de la fabulation ésotérique, lance Seward décontenancé.

Il tente par cette ultime attaque de freiner l'élan inquisiteur de l'adjoint, mais en vain. Ce dernier ne daigne même pas relever sa remarque et poursuit de plus belle.

— Elle porte souvent des pantalons ?

61

— Non, oui, je ne sais pas.

— Bien peu de choses doivent la rebuter en matière de sexualité. En revanche, elle doit être très dédaigneuse de son propre corps. Adopte-t-elle un vocabulaire dénigrant lorsqu'elle parle des autres femmes ? Induit-elle des allusions sexuelles ? Les reluque-t-elle ? Fait-elle des blagues qui la mettent subtilement en valeur tout en rabaissant les autres femmes ? A-t-elle un rire outrageant ? Est-elle toujours sur le pied de guerre ? Juge-t-elle les gens simplement pour leur faire la leçon ?

— Je ne sais pas, balbutie Seward, désarçonné.

— En bref, je crois que ton amie a tout d'une psychopathe. A-t-elle obtenu un poste dans l'équipe d'un grand manitou du FBI ?

Seward a croisé les bras et commence à s'impatienter mais au fond de lui, quelque chose lui dit qu'il doit continuer à écouter.

— Oui, lance-t-il, agacé par la perspicacité de son aîné.

— Je l'aurais parié !... Il croit sûrement qu'elle pourra l'aider à pourchasser les fous en liberté puisqu'elle leur ressemble. Il l'a choisi pour faire son sale boulot. Les tests psychologiques démontrent que ce genre de personne accomplit froidement son travail sans aucun affect. Si elle n'offre pas de résultat concluant, son patron la balancera sans aucun remords. Sa conscience sera tranquille puisqu'il l'aura engagée en se basant uniquement sur son profil psychique. Et si elle lui offre quelques plaisirs interdits, il lui trouvera peut-être un poste pépère. Cette fille n'a aucun instinct maternel Petit. Elle considérera toujours sa mère comme quelqu'un qui est là pour la servir, mais elle exigera de ses enfants qu'ils soient autonomes dès leur naissance. C'est une pure carriériste, comme les aiment les vieux qui veulent se décharger de leur responsabilité sociale. Elle doit sûrement vouloir avoir des enfants plus tard mais ne t'y trompe pas. C'est uniquement pour bien paraître socialement. Tu lui demanderas si elle a l'intention d'allaiter ses petits et d'arrêter de travailler tant qu'ils auront besoin d'elle à la maison !

— Je croyais que vous étiez shérif adjoint, pas conseiller matrimonial, se défend Seward qui commence à trouver le personnage insolent.

— On est payé pour observer, ne l'oublie jamais. T'es pas dans le bureau d'un psy à la con qui écoute les problèmes des autres pour oublier les siens. Ici, si tu ne sais pas juger les gens rapidement, c'est toi et tes collègues qui en paieront le prix. Au milieu des années quatre-vingt, une psy en milieu carcéral tomba sous le charme d'un de ses patients, prisonnier en établissement fédéral. Après quelques rencontres, il lui déclara son amour. Il lui baratina que depuis qu'il l'avait rencontré, il voulait changer et qu'il était prêt à recommencer une nouvelle vie avec elle. Elle fut tellement subjuguée qu'elle se porta garante de la libération conditionnelle de son nouvel amour. Le jour même de sa sortie, elle lui avait donné rendez-vous non loin de la prison, dans un établissement de passage. Le lendemain, la femme de chambre découvrit le corps de cette pauvre femme, les membres attachés aux quatre coins du lit et le cou enserré de ses propres bas de nylon. Son patient l'avait étranglée sans même la consommer... Dans notre métier, il faut se méfier de tout le monde. Le plus gros de notre tâche consiste à patrouiller les routes et à refiler des contraventions à de pauvres types qui se croient les maîtres du monde lorsqu'ils défient l'autorité en contrevenant aux panneaux de signalisation. On ne passe pas notre vie à sortir notre arme. Jusqu'au jour où on croise le bon. Si tu as baissé la garde, alors c'est que tu n'auras rien compris au métier de flic et tu laisseras filer celui pour qui les contribuables paient des taxes pour te former.

Robinson arrive sur l'entrefaite et gare sa voiture devant le perron du Bureau du shérif. Il présente ses salutations à l'adjoint et à Seward.

— Tu t'amènes ? crie-t-il à Seward.

— Ouais ! lui répond Seward.

Puis il hoche la tête en regardant l'adjoint.

— Je m'excuse Bob, je dois y aller.

Seward peut enfin s'éloigner du shérif adjoint et de son monologue qu'il n'arrive plus à supporter.

64

Il file à l'intérieur du poste, décroche son veston de la patère et ressort aussitôt du Bureau. Il salue Bob une dernière fois et saute dans le véhicule qui s'éloigne à toute vitesse.

— Qui était-ce ? demande Robinson.

— Zut, je m'excuse ! J'ai oublié de te le présenter. De toute façon, c'est rien. C'est juste Bob. C'est un vieux con de shérif adjoint paranoïaque et misogyne.

— Tu trouves pas qu'il a l'air étrange ?

— Mais c'est vendredi ! hurle Seward qui veut oublier au plus vite le cours intensif que vient de lui servir le patrouilleur de banlieue expérimenté.

— Ouais ! s'écrient les deux jeunes hommes pendant que Seward monte le son de la radio.

7

Au même moment…

Trois voitures du Bureau du shérif arrivent en trombe sur les lieux du crime et les trois représentants de l'ordre sortent en toute hâte. Biff tient son douze à pompe dans ses mains. Le shérif se dirige vers la porte principale de la maison.

— Biff fait le tour ! Il est peut-être en arrière.

Le shérif et son adjoint Puce pénètrent dans la maison, revolver au poing. Le shérif enjambe un corps qui gît devant la porte et poursuit sa route. Puce se penche sur le corps inerte pour tâter son pouls et constate le décès. Les deux policiers inspectent minutieusement la maison pièce par pièce. Lorsqu'ils sont assurés que le meurtrier n'est plus sur les lieux, ils rengainent leur arme et se détendent. D'un œil habitué, le shérif survole rapidement les lieux et analyse brièvement la scène du crime. Une forte odeur d'eau de Javel émane du hall d'entrée à l'endroit même où il manque un morceau de tapis.

C'est le seul indice qu'il repère. La maison est étincelante et tous les objets semblent à leur place. Il est certain qu'il ne se trouve pas sur le lieu d'un vol qui a mal tourné. La victime dans le hall d'entrée est morte après s'être débattue, mais elle ne porte aucune trace de violence sexuelle. Son corps bloque le passage, elle a dû surprendre son meurtrier. Le shérif passe dans la cuisine où il rejoint Puce qui examine le cadavre d'une femme affaissée sur une chaise.

— Merde, chef ! La fille est flambant nue et il n'y a pas la moindre trace de viol. On dirait qu'on l'a étranglée. Elle a des ecchymoses autour du cou et on lui a brisé la nuque, sans plus. Bon sang, sur quelle sorte de malade sont tombées ces pauvres filles ?

Soudain, Biff entre par la porte de la cuisine avec la délicatesse de ses cent cinquante kilos. Le shérif et Puce sursautent et dégainent leur arme d'un même geste, en se retournant. Pendant un instant, ils s'étaient mis à la place de la pauvre femme pour comprendre ce qui avait bien pu se passer et l'intrusion subite de leur imposant collègue leur glace le sang. Biff ne réagit même pas.

— Il n'y a personne autour de la maison, chef !

— Bon sang, tu nous as fait une de ces peurs ! réplique le shérif en rengainant maladroitement son arme.

Derrière Biff, le shérif aperçoit une femme qui tient par la main une fillette impassible. Toutes deux essaient de voir ce qui se passe à l'intérieur.

— Qui c'est ? interroge le shérif en regardant Biff.

— Qui ça ? questionne à son tour l'adjoint totalement ébahi.

Le shérif pointe du doigt en direction de la cour arrière. Biff se retourne.

— Oh ! C'est une voisine. La fillette est accourue chez elle après avoir découvert les corps. C'est la dame qui nous a appelés.

— Elle a vu quelque chose ? relance le shérif.

— Non, elle dormait. C'est la petite qui l'a réveillée.

— Elle connaît l'homme qui habite ici ?

— Non. Elle m'a dit que les deux femmes vivaient ensemble... Des gouines quoi !

— Pauvre petite… il commence à être tard. Retourne demander à la fillette si elle a de la famille qui peut s'occuper d'elle. Sinon, il faudra la confier aux services sociaux. J'espère qu'elle ne sera pas obligée de passer la nuit à l'orphelinat.

— Oui chef !

— Puce, prends-moi tout ça en photos. J'appelle la morgue et les autres. Cette histoire-là, ce n'est pas pour nous, commente le shérif en traversant le hall pour gagner sa voiture et donner un coup de téléphone.

« Les autres », c'est leur façon de désigner le FBI entre eux.

8

Vendredi soir…

Après une heure de route, une bonne douche
et des vêtements propres, Robinson et Seward
arrivent enfin au stationnement devant l'immeuble
où Jarvis s'est choisi un nouvel appartement. Elle
a sous-loué ce logement dès qu'elle a compris qu'elle
serait affectée à l'équipe de Jamison. Elle a donné
rendez-vous à ses deux compères pour pendre la
crémaillère et échanger sur leur première journée de
stage. Les garçons franchissent la porte d'entrée de
l'immeuble, longent le couloir et montent les escaliers
deux par deux en chahutant. Ils croisent une belle
femme. Robinson, qui ouvre la marche, armé d'une
boîte de chocolat et d'une bouteille de vin, se colle
contre le mur et repousse Seward qui tient un énorme
bouquet de fleurs en le tirant par le bras pour laisser
passer la demoiselle. Cette dernière amorce un léger
sourire de politesse en regardant furtivement
Robinson dans les yeux.

— Merci !

— Je vous en prie Mademoiselle ! réplique Robinson gauchement.

La jeune femme détourne son regard et poursuit sa descente en replaçant gracieusement ses cheveux derrière ses oreilles. Robinson reste figé, porte sa main droite sur son cœur et simule un mouvement de palpitation.

— Si elle se retourne, je tombe amoureux !

— Arrête tes conneries ! rigole Seward qui a l'habitude des bouffonneries théâtrales de son ami.

La fille sort de l'immeuble sans un regard en arrière. Robinson lève les yeux au ciel.

— Mais, pourquoi les filles ne se retournent-elles jamais ?

— Peut-être parce qu'elles ne savent pas qu'elles doivent se retourner pour que tu leur parles. Allez monte !

Robinson reprend sa route.

— Ouais… je voulais te dire, il y a un truc que je ne comprends pas. Tu sais les deux grands blonds, ceux qui te talonnent pour les meilleurs résultats de la diplomation. Et bien, tout comme toi, ils ont été envoyés dans des villes perdues.

Seward frappe à la porte de Jarvis.

— Où est le problème ?

— Tu trouves pas ça étrange toi que Nicole… je l'aime bien, mais comment ça se fait qu'elle est dans l'équipe d'enquêtes de Jamison ? C'est loin d'être celle qui a obtenu les meilleurs résultats académiques.

— Entrez, c'est ouvert ! s'écrie Jarvis de sa cuisine.

Seward et Robinson se toisent du regard. Seward ouvre la porte et ils entrent.

— Ça fait combien de fois que je te dis qu'on ne laisse pas une porte ouverte !

Jarvis est en train de finir de dresser la table.

— Denis, veux-tu aller me chercher des serviettes ?

— Où ça ?

— Dans le deuxième tiroir de la commode du salon.

— D'accord ! C'est chouette ici.

— Merci ! répond Jarvis.

De la cuisine, elle peut entendre ses invités mais pas les voir. Robinson se dirige vers le salon après avoir confié les chocolats et le vin à Seward qui passe directement dans la salle à manger. Il offre les présents à l'hôtesse qui lui fait la bise avant de déposer le tout sur le comptoir. Elle se penche sous l'évier et se relève, un vase à la main. Elle arrange les fleurs pendant que Seward s'assoit à table. Robinson aperçoit un papier bleu sur la commode. Il ouvre le tiroir et inspecte son contenu. Il y trouve des serviettes de toutes les couleurs.

— Lesquelles veux-tu ?

73

— Les rouges !

Robinson revient avec les serviettes rouges et le papier bleu qu'il brandit dans les airs.

— Qu'est-ce que c'est que ça ? se moque-t-il.

— Ce n'est rien, c'est un putain de con qui m'a donné une contravention parce que j'étais garée dans la rue, grogne Jarvis les dents serrées.

Seward est étonné par la brutalité de sa réponse.

— Pas devant les bureaux ?

— C'est ça ! lui balance-t-elle sur un ton de mêle-toi de tes affaires.

Elle prend les serviettes des mains de Robinson, lui arrache brusquement la contravention et la lance sur le comptoir de la cuisine. Seward n'apprécie pas son attitude. Il est surpris et songeur.

— Tu sais que tu ne dois pas te garer là !

Jarvis lui lance un regard de côté qui en dit long sur son état d'âme. Elle pousse un grand soupir tout en distribuant les serviettes de table.

— De toute façon, Jamison va me la faire sauter.

Elle passe de l'autre côté du comptoir, ouvre le four et en sort une énorme pizza qu'elle a commandée et mise à chauffer en attendant l'arrivée de ses convives.

— Allez servez-vous maintenant !

Seward a remarqué le ton froid, sec et distant avec lequel elle a prononcé cette phrase. Le *maintenant* final et incisif indique clairement qu'il n'est plus question de parler de cette contravention sans risquer de déclencher la colère de l'hôtesse. Robinson se frotte les mains en salivant et se jette goulûment sur la pizza, ce qui détourne l'attention de Seward qui préfère de loin les plaisirs de la table au décodage des propos de Jarvis.

9

Pendant ce temps…

Dans sa chambre d'étudiante, Jennifer Robert s'ébroue sous la douche en se savonnant les cheveux. Une main malfaisante ramasse un à un ses vêtements, subtilise les serviettes et sort furtivement de la salle de bain. *Bang ! Bang ! Bang !* On frappe tellement fort à la porte d'entrée que le bruit attire l'attention de Jennifer. Ali Morgan, sa colocataire, s'empresse d'ouvrir et invite ses trois complices à entrer.

— Pas si fort !… J'ai fait comme tu m'as dit Elizabeth, j'ai piqué tous ses vêtements. Elle est toute nue sous l'eau.

Les quatre sournoises se félicitent en ricanant à voix basse et en émettant de petits cris frénétiques.

Le sentiment de détenir le plein pouvoir sur l'une de leur congénère provoque en elles une excitation d'une telle intensité qu'elles figent littéralement sur place. Au même moment, dans la salle de bain, Jennifer ouvre le rideau de la douche et aperçoit les quatre filles qui complotent au fond de la pièce. Les filles se précipitent vers elle. Elle a juste le temps de leur claquer la porte au nez et de la verrouiller. Jennifer, paniquée, ne sait pas quoi faire. Elizabeth tourne la poignée en poussant sur la porte.

— Ouvre cette porte ma belle, il te faudra sortir si tu veux tes vêtements, susurre-t-elle d'un ton doucereux.

— *Ah non, non !* se dit Jennifer en larmes de l'autre côté de la porte.

L'exécrable Elizabeth s'énerve.

— Allez ouvre cette porte, espèce de salope ! Ça va être ta fête, on va t'apprendre à vivre… Non ?… Tu l'auras voulu, on vient te chercher. Allez les filles, aidez-moi !

Elles se mettent à marteler la porte. Jennifer se recroqueville derrière la porte en pleurant à chaudes larmes. Elle ferme ses yeux et revoit son père qui frappait à la porte de sa chambre quand elle était petite.

— *Laisse entrer papa ma belle. Jenny ! Laisse entrer papa.*

— *Non, je ne veux plus jouer avec toi !*

— *Ouvre, Jennifer, tu sais que papa t'aime !… Ouvre cette porte ma belle…*

— *Non, laisse-moi tranquille !*

— *Ouvre cette putain de porte, sinon ça va être ta fête espèce de salope !…*

Alors qu'elles s'acharnent toutes quatre sur la porte sans succès, Ali a soudain une idée. Elle s'éloigne et fourrage dans les tiroirs.

— Poussez-vous les filles, j'ai une épingle à cheveux.

Elles se mettent à rire en battant des mains. Elizabeth se réjouit à l'avance.

— Passe-la-moi ! trépigne-t-elle totalement exaltée.

Elle arrache littéralement l'épingle des mains de son amie.

— Poussez-vous ! Jennifer ma belle, on arrive !

Elizabeth introduit l'épingle dans le trou de la poignée, la tourne puis entre en poussant fortement la porte avec son épaule. Surprise de ne trouver aucune opposition, elle tombe sur le sol et ses copines trébuchent par-dessus. Les chipies ont à peine franchi la porte que Jennifer s'élance par la fenêtre de la salle de bain pour s'écraser sur le stationnement, six étages plus bas. Les filles hurlent de stupeur, sauf Elizabeth.

— Mon Dieu ! dit Lucy.

— Qu'est-ce qu'on va faire ? réplique Catherine.

— Ah mon Dieu ! s'exclame encore Lucy.

— Qu'est-ce qu'on a fait ? Qu'est-ce qu'on a fait ? s'écrie Ali.

— Ah mon Dieu ! reprend Lucy, en duo cette fois avec Catherine.

— Qu'est-ce qu'on a fait ? Qu'est-ce qu'on a fait ? répète sans cesse Ali en se balançant d'avant en arrière les bras collés contre sa poitrine.

Elizabeth se relève, furieuse et saisit Ali par les bras.

— Rien du tout. Calmez-vous !

Les filles se taisent et écoutent.

— On n'aura qu'à dire qu'elle s'est jetée par la fenêtre pendant qu'on jouait au Risk dans la chambre.

— On n'a qu'à dire qu'on n'était pas là, suggère Catherine en se frottant sans cesse le front.

Elizabeth la foudroie du regard et s'emporte.

— Non idiote ! Il suffit qu'une seule personne nous ait vues pour qu'on nous accuse de meurtre. Non, on n'a rien à craindre, tout le monde sur le campus dira qu'elle était étrange. Alors Catherine, tu appelles du secours ! Ali, tu sors le Risk… Ali bouge-toi ! Lucy, tu remets ces vêtements dans la salle de bain. Bougez-vous merde !

Tels des soldats conditionnés, les filles obtempèrent sans discuter. Elizabeth reprend la parole.

— Non ! Attendez les filles ! Il faut pleurer, allez un petit effort !

Les filles s'enlacent et dans une lente mélopée, se mettent à sangloter. Ce n'est pas la mort de la pauvre Jennifer qui fait jaillir leurs larmes, mais bien la peur d'échouer en prison.

10

Résidence de Neumann, quelques heures plus tard...

Auguste Neumann habite dans une luxueuse demeure blanche de style *jeune république* avec colonnes et coupole qu'il a fait construire lui-même après avoir amassé son premier cent millions de dollars. Quelques arbres majestueux ornent le parterre vert émeraude et la devanture est rehaussée de fleurs arrangées avec goût. Trois voitures sont garées dans l'entrée. Allongé confortablement dans son fauteuil moelleux, Neumann lit son journal comme à tous les soirs. L'horloge sonne neuf coups. Il replie le quotidien, se lève, fait une dernière ronde et monte tranquillement les escaliers. Il entre dans sa chambre, actionne le commutateur, accroche sa robe de chambre à un crochet fixé expressément au mur pour la recevoir, retire ses pantoufles, les place soigneusement sous son lit, se glisse sous les draps et éteint sa lampe de chevet. Neumann s'endort paisiblement et quelque

90 minutes plus tard, après avoir franchi la frontière du premier stade du sommeil profond, il se met à rêver.

Une petite fille joue seule dans une cour d'école sous un soleil radieux. Elle s'amuse à faire rebondir sa balle contre l'un des murs de brique de l'établissement scolaire. La balle lui échappe des mains. Elle se précipite pour la rattraper… quand le songe se transforme brusquement en cauchemar. Le jour fait place à la nuit et la cour d'école se transforme en forêt lugubre. La fillette court à perdre haleine dans la noirceur à travers les arbres. Elle court, court et court encore. Lorsqu'elle atteint enfin l'orée du bois, elle se met à crier.

— Non ! Non ! Non !…

Un immense précipice s'ouvre devant elle. La fillette, désemparée, se transforme en Jennifer Robert et tombe dans le vide en hurlant.

Neumann se réveille en sueur. Il se soulève sur ses deux bras, le regard hagard, allume sa lampe, se hâte vers la salle de bain et asperge son visage. Il plonge le nez dans une serviette et s'essuie lentement. Son parfum de lessive le réconforte et le calme. Puis il descend à la cuisine et se sert un jus de légumes.

— Toute une thérapie en perspective ! s'exclame-t-il à voix haute.

Il remonte se coucher et se rendort comme un bébé.

11

Samedi, 17 h, Bifield…

Un homme surgit de la forêt, juste derrière l'église. Il longe le lieu saint jusqu'à la façade. Il balaie l'espace du regard et constate que le stationnement est désert. Il s'approche alors de la porte qui bâille toujours. Il glisse sa main dans la fente, la pousse pour élargir l'espace et s'insinue dans l'église. L'intrus s'avance dans l'allée principale et s'arrête en plein centre, à mi-chemin entre l'entrée et le chœur. Un vieil homme balaie devant l'autel. Il n'a pas vu entrer l'étrange individu qui se tient immobile, à quelques pas de lui. Le vieil homme porte des vêtements noirs et une croix qui laissent planer peu de doute sur sa profession. Il doit avoir dans les 80 ans et se déplace lentement, avec des mouvements plus ou moins volontaires. Soudain, il aperçoit la silhouette.

— Je peux vous aider mon enfant ?

Sans un mot, l'homme se retourne et se dirige directement vers la cabine du confessionnal située à la gauche de la porte d'entrée. Il s'installe sans préambule dans la section du pénitent. Tout en se dirigeant vers le confessionnal à son tour, le vieux pasteur s'écrie :

— Non, non Monsieur ! Vous ne pouvez pas vous asseoir là, c'est fermé ! La porte est peut-être ouverte mais l'heure de la confesse est passée. C'est fermé ! C'est fermé ! répète-t-il sans cesse.

Parvenu enfin au bout de sa course, le pasteur appuie son balai contre le mur et, intrigué, saisit la bible sur le banc et s'assoit quand même de l'autre côté de la grille, non sans maugréer. Il est curieux d'entendre les confidences de cette âme asociale.

Il accomplit machinalement les rituels d'usage.

— Je vous écoute mon fils mais soyez bref ! grogne-t-il.

— Mon Père, j'ai péché.

— Qu'avez-vous fait ?

— Je dois vous confesser la mort d'un être cher que nous avons en commun.

Le pasteur, surpris, devient inquiet.

— De qui parlez-vous ?

— Je parle d'une personne dont je suis responsable de la mort.

— Qu'avez-vous fait… racontez-moi mon fils.

— J'avais jadis une amie, mais j'étais petit et elle, encore plus que moi.

Le pasteur ne comprend rien à ce charabia. Sa voix se teinte de sympathie pour en savoir plus.

— Cela semble faire plusieurs années.

— Mon Père j'ai péché !

— Allons, ça ne doit pas être si grave que cela ! Racontez-moi !

Le pénitent renifle, sa voix est de plus en plus triste et ses propos se voilent. L'aumônier se le figure les yeux pleins d'eau.

— Dieu pardonne à ses créatures mon fils. Mais il faut tout lui dire…

— Elle était si mignonne. Elle aimait rire… elle riait toujours. Elle voulait être mon amie. Elle ne demandait rien d'autre. Elle voulait seulement une vraie famille. Elle n'aurait jamais rien raconté, mais moi j'ai… j'ai…

— Qu'avez-vous fait mon fils ? Continuez !

Le repentant se ressaisit, sèche ses larmes et reprend sur un ton plus sérieux, plus grave.

— Je l'ai forcée à faire des choses.

— De quelles choses s'agit-il mon fils ? Racontez-moi !

— Des choses qu'elle ne voulait pas faire… Il y a des choses que l'on ne doit pas faire à une jeune fille, ni à un quelconque être vivant mon Père.

Le pasteur commence à craindre le pire. Il ne sait toujours pas qui est cette brebis égarée dont la voix devient de plus en plus menaçante et les propos, inquiétants. Comme le dernier office est terminé et qu'il est seul dans l'église, le vieil homme se met à penser qu'il n'est peut-être pas trop sage de poursuivre la conversation. Il ne dispose d'aucune arme pour se défendre. Certes, il y a bien le balai, mais il n'aurait pas la force de s'en servir. Il y a aussi le téléphone, mais il se trouve derrière l'autel, tout au fond. Il est venu en taxi et personne ne s'inquiétera de son absence avant des heures. Le soir, il ne rentre jamais à la même heure chez lui car il aime bien errer dans l'église, parfois jusqu'aux petites heures du matin. Le pasteur décide donc de jouer la carte de l'amitié pour calmer les ardeurs de la confession. Mais son long silence l'a trahi et laisse deviner son tourment. Alarmé, le pèlerin anonyme l'interroge.

— Mon Père, me suivez-vous toujours ?

— Oui, oui mon fils ! Mais comment vous appelez-vous, je n'ai pas vu votre visage et votre voix ne me dit rien. Êtes-vous de Bifield ?

Un silence de mort fait écho à sa question. Il n'entend que la respiration de l'homme derrière la grille.

— *Il faut mettre fin à cette mascarade !* se dit le pasteur. Je crois qu'il est tard mon fils, bien tard. Nous devrions reparler de tout cela demain. Au nom du père et du fils...

— Je n'ai pas fini mon Père ! s'exclame brusquement le pécheur sur un ton sans équivoque.

Le révérend a des sueurs froides.

— Mon fils, il faut être raisonnable ! Je…

— Ne voulez-vous pas savoir de qui il s'agit ? engueule violemment l'individu, outré de l'attitude du pasteur qui tente d'échapper à ses révélations.

— Non je ne veux pas le savoir ! La confession est terminée ! lance le pasteur qui se replie sur la défensive.

Il ferme la porte coulissante sur la grille qui sépare les deux hommes, sort précipitamment de l'isoloir et se hâte vers l'autel. L'individu ne bronche pas.

— Le nom d'Iris ne vous rappelle rien mon Père !

Le pasteur qui croyait avoir trouvé le moyen de se dérober à la discussion s'arrête, le souffle coupé. Il laisse tomber sa bible et se retourne brusquement. Malgré son vieil âge, il se met à courir tant bien que mal vers l'isoloir et ouvre la porte sauvagement pour voir enfin le visage de l'étranger.

— Espèce de salaud, je vais vous…

— Bonjour, est-ce que tu veux m'aider à faire mes devoirs Papa ?

— Toi ! Non, non… C'est impossible ! Les loups t'ont dévoré dans la forêt, s'écrie le pasteur qui reste figé devant l'homme qui se redresse.

— Faut croire que je n'étais pas assez bon pour eux.

Le pasteur se met à reculer devant l'étranger qui s'avance sur lui.

— Vous ne savez pas qu'il faut toujours fermer sa porte.

— Non, non n'avance pas ! Dieu est miséricorde ! Il sait pardonner, ne fais pas ça ! Ne touche pas à un homme d'Église, tu n'auras plus ta place au paradis… J'ai de l'argent tu peux tout prendre.

Le vieil homme trébuche et tombe. Il se retourne puis, les yeux noyés de larmes, rampe vers l'autel en suppliant son bourreau de l'épargner. Mais ce dernier semble insensible au malheur du vieillard.

— Vous m'offrez de l'argent contre votre âme ! Mais vous blasphémez dans une église. Vous devriez savoir que ce n'est pas bien mon Révérend. L'on ne peut pas tout acheter sur Terre mon Père. Au fait, j'y pense, où est votre épouse, madame Barton, une bien belle femme si mon souvenir est exact. Je crois que je vais lui rendre une petite visite quand j'en aurai fini avec vous. Dites-moi mon Père, quelle est sa spécialité ?

— Fichez la paix à ma femme espèce de monstre ! Elle est morte depuis des années ! Que Dieu ait son âme !

— Quel dommage, j'en gardais un excellent souvenir. Je l'ai reluquée une fois lorsqu'elle était sous la douche, mais j'étais petit alors cela ne compte pas. Je me suis toujours dit qu'elle devait bien vous satisfaire et pourtant ! Apparemment, elle ne vous a pas tellement comblé. Vous m'avez plutôt semblé… comment dirais-je… Je l'ai ! Bien insatisfait ! Votre femme…

— Que voulez-vous ? s'écrie le pasteur qui n'en peut plus.

Le bourreau qui était perdu dans ses pensées et qui s'écoutait parler n'apprécie pas du tout cette brusque interruption. Il réplique sur un ton colérique.

— Mais vous me coupez la parole, c'est très mal élevé. Vous ne voyez pas que je tente d'établir le contact, de nous rapprocher vous et moi.

Terrorisé, le pasteur se confond en excuses.

— Pardonnez-moi ! Je m'excuse ! Je m'excuse sincèrement, pardonnez-moi !…

— Là, c'est mieux, c'est beaucoup mieux ! Mais c'est insuffisant. Où en étais-je ?… Ah oui ! Votre femme, toute une créature, dommage qu'elle ne soit plus de ce monde. On aurait pu passer de bonnes heures de plaisir elle et moi. Et le directeur d'école, monsieur Ballard, qu'est-il devenu ? Il n'est pas mort lui-aussi j'espère ? J'aimais bien son sens de l'humour. Même si je l'ai trouvé un peu lourd, j'aurais plaisir à rire encore un peu avec lui. Dites-moi Révérend, où est passé ce bon vieux directeur d'école ?

— Le pauvre homme est à l'hôpital général de Boston.

— Il ne souffre pas d'Alzheimer toujours ? Ce serait regrettable même si cela ne serait pas surprenant.

L'étranger continue d'avancer sur le pasteur qui recule péniblement en rampant.

— Ne me faites pas de mal, je vous en supplie. Je dirai un bon mot pour vous là-haut. Soyez généreux !

— Mais qu'est-ce que je dois répliquer à ça ? Je devrais m'énerver et vous crier : tu sais où tu peux te le foutre ton bon dieu ! Ou alors me mettre à pleurer en disant : au nom du Ciel pardonnez-moi ! Ces mains que tu as créées sont pour transmettre le bien, pas le mal… Non, c'est ridicule ! Mais j'ai envie de vous mon Père. Non, je devrais plutôt dire : j'ai besoin de vous. Je ne peux pas vous laisser partir comme ça. Et malheureusement pour vous, ça va vous faire mal ! Ça va vous faire très mal ! Mais ai-je le choix ?...

Le pasteur tente de se relever. L'homme le saisit par un pied. Le pasteur trébuche, percute lourdement le sol tête première et se fend la joue. Son assaillant sort une corde de chanvre de sa poche, la lui noue autour du pied puis enroule l'autre extrémité autour de son propre poignet.

— J'espère que ça va tenir, je n'ai jamais été très doué pour faire des nœuds et c'est la première fois que j'en fais des comme ça. Par contre, pour me servir de ça, je crois que je suis vraiment champion.

Il sort alors de la poche intérieure de sa veste une petite statuette de la Vierge Marie d'environ quinze centimètres. Une lame de rasoir dépasse de sa tête. En apercevant l'objet horriblement modifié, le pasteur projette ses pieds dans tous les sens en hurlant.

— Ne me faites pas souffrir. Pitié ! Pitié !

L'homme lui pose alors le pied sur le ventre pour le stabiliser.

— Mais vous vous débattez comme le diable dans l'eau bénite mon Père. Je vous ai déjà dit que là-dessus, je ne pouvais rien pour vous. Sinon je perds tout mon profit. Il ne faudrait pas que votre mort me mette dans l'embarras, sinon à quoi bon tout ce cirque. Allez maintenant, fini de parler, il faut passer aux choses sérieuses. Déshabille-toi et que ça saute mon beau !

— Nooon… !

Deux heures plus tard, le meurtrier quitte l'église et file en droite ligne vers le cimetière. Il dépasse la tombe commune de la famille McBerry sur laquelle on a déposé un énorme bouquet de fleurs. Puis il s'arrête sur une imposante pierre tombale où l'on peut lire cette épitaphe :

Anna Barton
1927-1972
Fidèle épouse du pasteur Charles Douglas
Mère dévouée
Sa vie fut d'une charité exemplaire
RIP

Le tueur quitte le cimetière et disparaît dans la forêt.

12

Dimanche matin, église de Bifield...

Castelli tient dans sa main droite un appareil
photo et dans la gauche son sempiternel dossier
sur la quinzaine de meurtres non-résolus, incluant
maintenant ceux de Sharonneville. Jarvis et lui sont
les seuls représentants du FBI dépêchés sur les lieux.
Jamison protège jalousement ses dimanches. Comme
Castelli est son meilleur élément, il lui abandonne
tous ses stagiaires session après session. C'est au tour
de Jarvis. Elle va enfin pouvoir mesurer ses talents
sur le terrain. La scène est terrifiante, il y a du sang
partout. La croix habituellement placée derrière l'autel
est maintenant appuyée sur le devant, la tête en bas.
Le pasteur, nu, y est crucifié. Castelli refile son dossier
à Jarvis, prend un cliché puis fait signe aux adjoints.
Les hommes du shérif s'avancent et soulèvent le lourd
ornement de bois pour le coucher sur l'autel. Castelli
dépose son appareil photo sur un banc et enfile des
gants pour les aider. Jarvis s'arrête, hésitante. Castelli

l'invite à s'approcher. Mais elle est perturbée, émue et horrifiée par l'extrême violence de la scène. Il comprend son désarroi et n'insiste pas. Les policiers finissent d'installer le corps crucifié et Castelli commence seul la description.

— Je vais le faire Jarvis ! Asseyez-vous et observez.

— Merci.

— Je vais décrire ce que je vois, vous pourrez intervenir quand bon vous semblera.

Castelli sort un magnétophone de sa poche, le met en bandoulière et le démarre. Pendant ce temps, le shérif et ses adjoints cherchent autour des bancs un objet, une trace ou quelque indice qui pourraient les aider à comprendre l'odieux tableau laissé par le tueur.

— Un vieil homme complètement nu, le pasteur aux dires du shérif. Race blanche. Il est cloué sur une croix la tête en bas comme Saint-Pierre. Peut-être n'était-il pas assez méritoire pour être crucifié la tête en haut. Le corps est blême. Il a la gorge tranchée. C'est la saignée qui a dû provoquer sa mort. Le sang répandu dans l'église provient de là. Il n'y a aucune empreinte de pied sur le sol. J'en déduis que le tueur lui a tranché la jugulaire en dernier, juste avant de quitter les lieux. Le pasteur était donc encore vivant quand il fut crucifié. Il pourrait s'agir de l'œuvre d'un extrémiste d'une autre église.

Le shérif qui épie plus ou moins discrètement le travail du représentant du FBI tout en furetant dans l'église, se met à rire. Jarvis se lève, dépose à côté d'elle le dossier qu'elle tenait toujours dans ses bras, se saisit de l'appareil photo et s'approche de Castelli.

— C'est trop violent pour un compétiteur.

Castelli la regarde, lui lance un sourire et reprend son travail.

— Ses mamelons ont été coupés. Il a un clou dans une main, la droite, celle de la politesse. Il n'était peut-être pas assez poli pour son tueur. L'autre main, la gauche, est attachée par une corde avec un nœud… ça me rappelle quelque chose. Il s'agit peut-être d'un récidiviste ou bien d'un imitateur. La main tient son pénis auquel elle est liée. Le nœud autour du poignet est identique à celui autour du pénis. Non, pas du pénis mais des testicules ! Comme s'il voulait l'émasculer.

Jarvis photographie la poitrine, la main et les organes génitaux. *Clic ! Clic ! Clic !*

— Il se masturbe ! Le tueur l'a regardé se masturber avant de le tuer.

Castelli tasse les organes génitaux du cadavre pour regarder dessous.

— Aucune trace de sperme.

Jarvis immortalise le tout. *Clic !* Puis son regard s'attarde sur le cou de la victime.

On dirait qu'il a une corde autour du cou !

Castelli s'approche et regarde de plus près.

— Elle est à peine visible tellement elle est imbibée de sang… avec encore le même nœud. Comme pour le pendre. Pourquoi le pendre ?

Clic !

— Judas a été pendu. Il a peut-être trahi son agresseur… de la vengeance ? Un châtiment un peu trop hors du commun pour une vendetta, on dirait qu'on lui a arraché les cheveux, c'est d'une telle violence… notre homme est bon à enfermer, un psychotique à coup sûr, poursuit Castelli.

— Les yeux sont crevés : *réification*, lance fièrement Jarvis qui utilise ce mot pour la première fois.

Elle regarde alors Castelli et y va d'une hypothèse.

— Nous avons affaire à un tueur en série. Il y a probablement eu pénétration avec un objet. Il est peut-être encore enfoncé quelque part.

Castelli ouvre la bouche de la victime. Rien. Il inspecte ensuite le nez et les oreilles. Toujours rien. Il fait signe au shérif de l'aider à retourner le cadavre. Celui-ci, avide, s'avance précipitamment. Castelli découvre une statuette de Marie enfoncée dans l'anus de la victime. Jarvis prend un autre cliché avant que Castelli retire l'objet avec mille précautions.

— Le corps est couvert de petites lacérations, comme s'il avait été fouetté. C'est probablement la lame au bout de la tête de Marie qui a servi à faire ça. Marie, la Vierge Marie. Sodomie. Le tueur est peut-être encore vierge et s'identifie à Marie, donc déteste les pasteurs protestants car ils ne respectent pas Marie. Il l'aurait lacéré et lui aurait extirpé les seins parce qu'il niait la virginité de Marie. Ce serait l'œuvre d'un jeune, ce qui expliquerait pourquoi les nœuds ne sont pas solides. Il est maladroit. Il ne sait pas comment s'y prendre. Vous avez raison Monsieur, ce doit être l'œuvre d'un imitateur, affirme Jarvis emportée par son analyse.

Un shérif adjoint entre dans l'église et se dirige tout droit vers l'autel en tenant un drap blanc.

— Tenez, j'ai trouvé ça dans les buissons en arrière de l'église !

— Merci ! disent d'un même élan Castelli et le chef de l'adjoint.

Les deux supérieurs se fixent alors du regard sans broncher. L'adjoint tend toujours l'objet que personne ne semble vouloir saisir. Jarvis sort des gants de son blouson, les enfile en toute hâte et s'empare du drap pour mettre fin à l'impasse. Puis elle l'ouvre en le soulevant dans les airs. Il est immaculé hormis une tache de sang circulaire d'environ 10 cm qui orne son centre.

— C'est le drapeau japonais. Il l'a confectionné avec la nappe de l'autel. C'est un Japonais ! suggère spontanément Jarvis avant de glisser l'objet dans un sac de plastique qu'elle dépose à ses pieds.

Le shérif quitte l'autel avec son adjoint pour poursuivre la recherche d'indices. Castelli semble songeur.

— Non, il s'agit plutôt d'un rite archaïque qui consiste à faire saigner la femme lors de sa défloraison, afin de montrer à ses congénères qu'elle était vierge, que son hymen était intact. Après le coït, l'époux sort de la chambre nuptiale et exhibe le drap ensanglanté à ses invités... Notre homme doit être un homosexuel immature qui ne veut pas se l'avouer. En sodomisant le pasteur, notre tueur a probablement voulu se faire croire qu'il venait de prendre une femme.

Jarvis ne croit pas trop à cette hypothèse.

— Mais Monsieur, il n'y a apparemment aucune trace de sperme. La porte semble avoir un problème à rester fermée. Ne serait-ce pas un tueur de passage qui aurait profité de cet accès facile pour tuer le pasteur ?

Castelli écoute distraitement Jarvis. Il se questionne sur un tout autre point qui semble le hanter. Il retire ses gants, s'engage dans l'allée et récupère son dossier sur le banc où Jarvis l'avait déposée. Il y fourrage fébrilement.

— Je ne sais pas.

— Vous ne savez pas quoi ? demande Jarvis qui est restée au pied de l'autel.

— Pourquoi les nœuds ne sont-ils pas solides ?

— Peut-être qu'il s'amusait à voir sa victime essayer de s'échapper. Le plaisir pervers de domination est fréquent chez ce genre de détraqué. Il a dû jouer au chat et à la souris avec lui, élabore Jarvis qui tente par tous les moyens de regagner l'attention de son supérieur.

Castelli se replonge dans son dossier.

— De mémoire, il n'y a jamais eu ce genre de crime ni ici ni ailleurs au pays et pourtant...

— Ce doit être sa première victime, Monsieur ! La connotation sexuelle est trop forte et la réification peut laisser présumer que c'est le premier acte d'un tueur en série. Il n'a pas supporté que sa victime le regarde. Il a dû la déshumaniser, enchaîne Jarvis.

Elle se penche, ramasse brusquement le sac transparent qui contient la nappe et le brandit en poursuivant.

— Et cette nappe a été maquillée sciemment pour nous montrer qu'il n'est plus vierge. Il a commis son premier meurtre.

— Très intelligente Jarvis, très intelligente votre remarque !

13

Lundi matin, 2ᵉ cours de Psychanalyse animale...

Le professeur Neumann entame son premier exposé magistral.

— La semaine dernière, nous nous sommes laissés sur un thème. Qui peut me le rappeler ?

Un jeune homme lève la main.

— Oui monsieur Barkley. C'est bien votre nom ?

— Oui Monsieur.

— Je ne sais pas si j'aurai autant de chance avec chacun d'entre vous.

Les élèves se mettent à rire. Neumann se tient perpendiculaire au tableau, une craie à la main et l'autre dans la poche.

— Votre réponse ?

— La vie.

— C'est exact !

Neumann écrit le mot *vie* au tableau.

— Maintenant qu'est-ce que la vie ?

Un silence pythagorique s'abat sur la salle. On pourrait entendre voler une mouche. Le professeur reprend la parole.

— La vie, c'est ce qui nous active. C'est ce qui nous permet de penser. Pourquoi sommes-nous des êtres intelligents ? Pourquoi tous les vivants agissent-ils intelligemment ? Comment se fait-il qu'un singe crie et grimpe dans un arbre à la vue d'un lion ?… C'est qu'il est mortel. La mortalité émane de la vie.

Neumann revient au tableau, trace une flèche après le mot vie et inscrit le mot *mortalité*.

— La vie est donc la quintessence. Elle doit être à l'assise même de toute votre pensée. Levez la main ceux qui, dans cette classe, croient avoir été créés par un petit lutin vert qui, en ce moment, est en train de vous manipuler avec des ficelles comme une marionnette ? Allez ! Levez la main… Personne !… Bon !… Maintenant levez la main ceux qui sont prêts à me signer que ce même petit lutin vert contrôle votre âme et qu'il vous a même déjà parlé, sous la promesse que j'exempterai de ce cours les signataires tout en leur donnant un A, et que je ferai exécuter tous ceux qui refusent d'apposer leur signature.

Toutes les mains se lèvent à l'unisson dans un grand éclat de rire. Neumann sourit lui aussi.

— Voilà, vous avez tout compris !… Mais en êtes-vous sûr ? L'intelligence émane de la mortalité.

Neumann revient au tableau, dessine une flèche après mortalité et y ajoute *intelligence*.

— L'intelligence sert à protéger la vie quoiqu'il advienne. Vous n'êtes pas des gens méchants, mais vous êtes pourtant prêts à signer n'importe quoi pour sauver votre propre vie, peu importe les conséquences sur les générations futures. Mais la vie se résume-t-elle à la seule vôtre ? Et que deviendra-t-elle si vous signez n'importe quoi ?

Un étudiant agite sa main frénétiquement.

— Oui monsieur Barkley ?

— Mais Monsieur, voulez-vous insinuer que comme nous avons tous choisi spontanément de signer pour survivre, c'est que nous sommes en fait que des êtres purement égoïstes ?

— Bien sûr que non ! L'homme n'est pas un être fondamentalement égoïste. Je dirais plutôt que c'est par simple ignorance que vous avez opté pour ce choix. Mais vous n'êtes pas le premier à vous poser cette question. En 1930, dans *Malaise dans la civilisation*, le docteur Sigmund Freud, père de la psychanalyse, a dépeint l'Homme comme un être méchant, haineux, égoïste et vindicatif. Pour lui, tous ses comportements sont mus d'abord et avant tout par un instinct agressif. L'Homme de Freud considère son prochain comme un subalterne et un objet sexuel de plaisir et de désirs de toutes sortes. Il aspire à molester, exploiter, violer, posséder, humilier, martyriser et tuer son semblable…

103

Mais n'est-il pas absurde de prétendre qu'un individu sain soit conçu d'instincts destructeurs ? Bien sûr que oui ! Un humain développé ne ressemble pas à cet être agressif décrit par Freud. Il s'agit plutôt d'un être combatif qui ne supporte pas la déviance et qui n'est pas affligé d'une telle volonté d'abuser. Les hommes selon Freud sont en réalité des individus possédant une personnalité psychopathique. Ils sont profondément déséquilibrés et incapables de vivre en harmonie avec la nature. Ils sont empreints de comportements agressifs, antisociaux et autoritaires. Malheureusement pour nous, ces hommes ont trop souvent des postes d'autorité. Résultat, ils nous font signer n'importe quoi !

Les élèves se remettent à rire.

— En revanche, Freud nous rappelle que la longévité n'est pas le but ultime. À partir du moment où la vie a pu utiliser l'individu pour en recréer un autre, il lui est totalement inutile de lui assurer la vie éternelle. La vie mise plutôt sur la reproduction massive de cet être. Avec plus de six milliards d'humains sur Terre, il est difficile de le nier. C'est là qu'entre en jeu l'intelligence. Si un individu veut survivre, il doit utiliser sa propre conscience pour assurer sa survie à défaut de quoi il disparaîtra. Mais pire encore, s'il n'utilise pas l'intelligence pour défendre la vérité, c'est toute son espèce qui s'éteindra et qui sera remplacée par une forme de vie mieux adaptée. N'aurait-il pas été plus profitable pour vous et vos semblables de m'affronter et d'opposer la vérité à mon dieu lutin plutôt que de vous y soumettre ? Certains d'entre vous auraient probablement péri, mais n'oubliez pas que si votre espèce n'est plus adaptée, elle est de toute façon vouée à disparaître. En vous opposant, non seulement vos chances de survie individuelle étaient plus grandes car vous n'auriez laissé personne manipuler ce que dictent vos instincts au plus profond de vous mais en plus, votre parti pris pour la vérité assurait l'adaptation de votre espèce qui n'aurait pas eu à subir les méfaits de cette doctrine. Doctrine qui ne peut survivre qu'en vous gardant dans l'ignorance. Galilée a-t-il fait le bon choix en signant que la Terre n'était pas ronde malgré ses convictions, pour sauver sa peau ? Savait-il seulement qu'il maintiendrait ainsi les fidèles de l'Église catholique romaine dans l'obscurantisme pendant encore 300 ans avant que leur guide spirituel, le pape, reconnaisse cette réalité scientifique si évidente ?

Neumann laisse un moment de répit à ses élèves. Il écrit *vérité* à la suite du mot intelligence puis poursuit.

— De façon linéaire, nous conduirons notre espèce à l'extinction si nous ne prenons pas la peine d'éduquer les gens à vivre selon les instincts prescrits par la Nature. L'homme doit apprendre que *la maturité est la perte de ses croyances.* L'omnipotence est une qualité chez l'enfant car elle lui permet d'accepter de survivre. Mais lorsque cet enfant devient adulte, l'avenir de son espèce repose sur ses épaules. S'il ne s'éveille pas à la réalité, elle aura vite raison de ses prétentions. Se comporter tels des êtres de lumière tout-puissants et invincibles contrevient au combat que nous devons livrer jour après jour pour survivre. Ce n'est pas parce que l'on peut se laisser envahir momentanément par la rêverie et l'infantilisme après une longue journée de travail que l'on peut se permettre de reléguer aux oubliettes la notion fondamentale de notre appartenance au règne animal et à tous les durs labeurs qui s'y rattachent. Quantité d'espèces ont vécu avant nous et ont disparu, sans que rien ne change. L'Homme est un porteur de la vie. De fait, son but ultime est d'être l'instrument de la survie de la vie. À titre d'exemple, le porteur de la flamme olympique peut sembler être le principal acteur de ces célèbres jeux mais en réalité, c'est la flamme qui importe et le porteur n'est qu'un attribut. À partir du moment où il passe le flambeau à un autre coureur, les gens ont vite fait de l'oublier et de tourner leurs yeux vers ce nouveau coureur, car il est maintenant le porteur de cette flamme. Vous avez le choix : faire de votre vie un combat pour la vérité et la survie de votre espèce ou signer. C'est à vous de décider ce que sera votre société.

Neumann reprend sa craie et complète sa ligne en y adjoignant *survie de l'espèce*.

— Voilà qui nous sommes. En résumé, nous sommes des êtres de vie, donc confrontés inexorablement à la mortalité. Cette mortalité sera d'autant plus tardive si nous utilisons notre intelligence à mieux comprendre la vérité de notre animalité et répondre ainsi adéquatement à nos besoins instinctifs d'adaptation à la nature qui permettront la survie de notre espèce... Mais nombre de nos comportements sociaux ne sont-ils pas névrotiques ?

Neumann arrête son exposé pour laisser aux jeunes gens le temps d'assimiler son enseignement et de réfléchir à sa question. Son regard tombe sur Blair Dexter et il note sa grande tristesse. Il a déjà remarqué, lors du premier cours, que le jeune homme ne cessait de regarder Jennifer Robert avec toute la subtilité que les gens de son âge mettent à reluquer les jeunes filles dont ils sont épris. Neumann scrute alors la classe à la recherche de Jennifer. Mais en vain.

— Quelqu'un saurait-il me dire où est Mademoiselle Robert ?

Dexter qui retenait ses larmes jusqu'alors laisse libre court à sa peine.

— Vous ne savez pas ! Elle s'est suicidée en se jetant par la fenêtre de sa salle de bain vendredi soir.

Cette nouvelle produit sur Neumann l'effet d'une bombe. Son esprit s'active. Il se rappelle lui avoir offert son aide le jour du présumé suicide. Si elle avait eu besoin d'aide, elle n'aurait pas hésité à le joindre, ce qu'il sait ne pas avoir été tenté puisqu'il a demandé à sa secrétaire ce matin, comme tous les lundis matin, s'il avait reçu des messages durant le week-end. Il en déduit qu'un élément externe a dû précipiter sa mort. Il écarte d'office la thèse du suicide.

Dexter, désespéré, ne peut en supporter davantage. Il se précipite vers la porte de sortie. Neumann a juste le temps de sortir de ses pensées et de lui barrer la route.

— Où allez-vous comme ça ?

— Je vais boire !

— Calmez-vous ! Calmez-vous, tout va bien aller je vous le promets. Je vous laisse sortir et prendre de l'eau si vous acceptez de remplir mon pichet et que vous promettez de me le rapporter !

Dexter acquiesce de la tête en essuyant ses larmes qu'il essaie désespérément de cacher du revers de la main. Neumann est habile. En lui demandant de lui rapporter de l'eau, il s'assure ainsi que le jeune, qui passe à travers une épreuve extrêmement douloureuse, ne commettra pas de bêtises, comme aller rejoindre l'élue de son cœur. En devenant son ami et en lui demandant un service, il investit Blair Dexter du devoir moral de revenir porter le pichet à

108

son professeur. Neumann reprend sa place devant une classe atterrée. Son regard rencontre celui d'Elizabeth qui baisse les paupières et croise ses bras et ses jambes. Son teint est livide. Sentant que Neumann ne la lâche plus du regard, elle se sent obligée de répliquer.

— Le temps passe Monsieur et il serait profitable pour tous si nous poursuivions cet enseignement si intéressant !

— Vous parlez enfin, vous qui avez l'habitude d'interrompre sans cesse ce cours en chuchotant avec vos amies. Je vous trouve bien silencieuse aujourd'hui mademoiselle Elizabeth McGill.

— C'est que je connaissais à peine Jennifer Robert, mais mes amies et moi croyons que c'était une fille très charmante.

— Vous m'en direz tant. Je ne savais pas que vous possédiez des affinités avec mademoiselle Robert. Votre tenue est plus dans les couleurs vives que dans les tons de noir. Vos cheveux sont bien brossés, votre regard est vif et votre expression, concentrée comme quelqu'un qui observe son environnement. Vous n'arborez pourtant pas le regard triste et pitoyable de notre ami Dexter. Vous savez, il existe deux catégories de gens qui s'intéressent à la psychologie. Il y a ceux qui veulent découvrir ce qu'ils sont pour évoluer et les autres qui veulent apprendre seulement pour comprendre comment abuser de leurs congénères…

Au même moment, Dexter rentre dans la classe, dépose le pichet plein sur le bureau de Neumann et regagne son siège. Neumann se retourne vers lui et lui sourit.

— Merci monsieur Dexter.

Il poursuit alors son cours.

— Freud soutenait que l'Homme pourrait corriger les comportements névrotiques de sa société le jour où il disposerait d'une toile de fond pour différencier les bons des mauvais comportements. Or, nous savons aujourd'hui que le *Canis lupus* est un être développé, juste et équitable, et que sa horde est constituée d'individus tolérants mais combatifs…

Ali est assise juste à côté d'Elizabeth. D'un geste nerveux, elle rabat les manches de son cardigan, regarde autour d'elle pour s'assurer que personne ne l'observe et attache fébrilement les boutons de son chemisier blanc afin de cacher son décolleté.

14

Ce même matin, au Bureau du shérif de Sharonneville…

Le shérif dépose un rapport sur la pile déjà volumineuse qui se trouve sur la table de travail de Seward.

— Tiens Ness, complète ça si tu peux et entre-le sur le serveur…

À peine le shérif s'est-il dessaisi du dossier qu'il tourne le dos à Seward. Ce dernier, assis devant son ordinateur, lève les yeux au ciel. Il en a assez de saisir des données. Il fait basculer sa chaise sur les deux pattes arrière et prend une grande inspiration.

— Qu'est-ce que c'est ?

Le shérif se retourne pour lui répondre.

— C'est le rapport du double meurtre perpétré vendredi. Il faut expédier le tout à Craig Jamison au FBI dès que possible.

— Oui, tout de suite Monsieur !

— Tu peux m'appeler Karl ou Shérif comme tout le monde, dit-il d'un ton faussement bourru.

— Oui Shérif, merci.

Le shérif tourne les talons et repart vers son bureau. Seward s'empare du dossier, l'ouvre en toute hâte et aperçoit les photos de la scène du crime. Son regard tombe en arrêt sur les clichés des deux pauvres victimes comme si le temps n'existait plus. L'air intrigué mais interdit, il n'y comprend pas grand-chose. Il pose le dossier sur la pile et contemple la photo installée sur le coin de son bureau où il est accompagné de Jarvis et de Robinson. Il se dit qu'il est grand temps de déclarer son amour à Jarvis. Il prend son courage à deux mains, saisit le téléphone et compose le numéro de l'élue de son cœur.

Jarvis est en plein meeting. Elle est assise à la table de réunion dans le bureau de Jamison en compagnie de six inspecteurs chevronnés. Elle est la seule représentante de son sexe. En entendant la sonnerie de son téléphone, les six hommes se retournent de concert et la dévisagent. Elle tient son cellulaire d'une main et joue nerveusement avec un crayon de l'autre. Elle esquisse un timide sourire, fait pivoter sa chaise pour échapper aux regards inquisiteurs de ses collègues et se penche légèrement sous la table pour répondre.

— Agent spécial Jarvis, j'écoute ! lance-t-elle pompeusement pour ne pas s'en laisser imposer par ses nouveaux confrères.

— C'est moi, j'appelle pour te dire bonjour, je pensais à toi…

— Merci, c'est gentil ! Ciao !

112

— Attends !

— Je suis en pleine réunion sur le meurtre de jeudi à Altoona, tu t'en souviens ?

— Oui.

— Jamison fait un exposé sur les meurtres non-résolus sur lesquels le Bureau enquête depuis plus de deux ans et qui ont le même *modus operandi*. Le logiciel VICAP (*Violent Criminal Apprehension Program*) les a regroupés par territoire et classés par ordre chronologique. Le premier remonte à plus de dix ans. On fait un remue-méninges pour tenter de dégager une piste.

— Est-ce qu'ils ont trouvé quelque chose ?

— Oui, plein de choses intéressantes, mais rien encore de concret pour mener à une ou des arrestations.

— Mais est-ce que…

Jamison hausse alors le ton.

— …Comme vous avez pu le constater dans le document que je vous ai fait distribuer plus tôt ce matin, aux douze meurtres que je viens de décrire, il faut en ajouter trois. La treizième victime se nomme Monica Jones. Elle a été assassinée alors qu'elle se faisait bronzer. Elle était fille de millionnaire et devait se marier à un homme de bonne famille veuf et père de deux enfants. Mais ce dernier ne toucha pas un sou de l'héritage. Il fut donc écarté d'office de la liste des suspects. Car dois-je vous le rappeler, s'il n'y a pas de mobile, il n'y a pas de meurtrier et s'il n'y a pas de cadavre, il n'y a pas de meurtre. C'est

113

le principe de base de tout notre travail. Le tueur l'a agrippée par les cheveux et lui a cassé net la nuque.

La quatorzième victime, Erchel Feinstein, était un voyageur de commerce élégant et athlétique. Il était marié, bien rangé et pratiquait le jogging partout où il allait. Et la quinzième, tenez-vous bien, c'est Bill Bill. Les plus vieux d'entre vous se rappelleront que cet homme alors âgé de 44 ans avait fait à l'époque l'objet d'une enquête exhaustive. Il vivait seul, avait déjà fait un court séjour en psychiatrie dans sa jeunesse et on ne lui connaissait aucun antécédent judiciaire. Il fut interpellé une fois pour vol de voiture, mais il était mineur alors... Il habitait dans une maison de campagne au nord du pays et collectionnait des répliques miniatures de cloches d'église qu'il faisait venir d'un peu partout. D'après son psychiatre, il faisait une fixation au stade oral d'où la passion pour les cloches symbolisant pour lui les seins maternels dont il aurait été privé. Enfin bref, on l'avait retrouvé dans sa camionnette, le cou brisé et à ses côtés, huit rouleaux de corde de chanvre non entamés. Ce meurtre s'apparenterait aux quatorze autres qui nous prennent la tête. Il s'agirait du premier de la liste.

— Tous ces gens sont morts la nuque brisée sans aucune autre marque de violence et le meurtrier n'a jamais frappé deux fois dans la même ville. Les crimes ont été perpétrés à Altoona, Harrisburg,

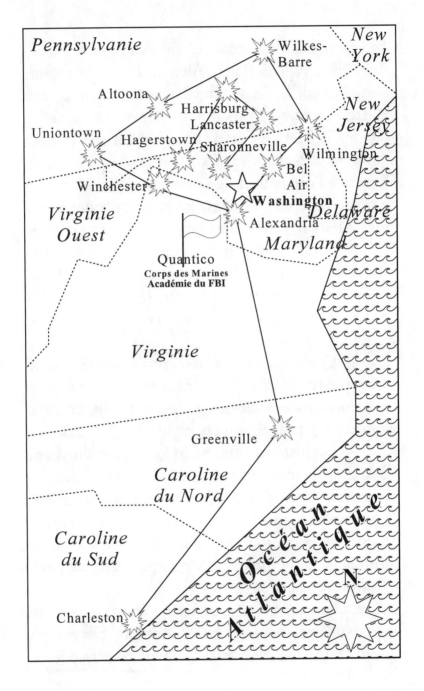

Charleston, Bel Air, Lancaster, Winchester, Uniontown, Greenville, Wilkes-Barre, Alexandria, Wilmington et finalement à Sharonneville pas plus tard que vendredi dernier. Tous ces meurtres ont été reliés grâce au VICAP. Il y en a eu probablement d'autres mais il est difficile de le savoir, car les corps policiers n'ont pas l'obligation de participer à l'élaboration de notre base de données, et nous transmettre les renseignements sur les crimes non-résolus commis dans leur juridiction ne fait pas nécessairement partie de leur culture...

Jarvis écoute distraitement et Seward et les propos de Jamison. Son attention est déchirée entre les deux hommes.

— Quoi ?... Oui ! On a appris que l'homme du couple retrouvé mort jeudi aurait eu une liaison avec un homosexuel qui a déjà travaillé comme agent correctionnel, chuchote Jarvis.

— J'ai justement en main le rapport du shérif sur le double meurtre qui a eu lieu ici vendredi. Le shérif vient à peine de me le donner. Il m'a demandé de le traiter en priorité et de l'expédier à Jamison... Alors, Jamison croit que ces meurtres sont tous commis de la même main, y compris celui de jeudi à Altoona ? C'est ça ?

Seward, tout excité, se relève et passe sa main libre dans ses cheveux. Jarvis aimerait raccrocher au plus vite mais elle sent que Seward possède de l'information fraîche sur le thème même de sa réunion. Elle préfère rester en ligne. Jamison commence à laisser paraître des signes d'impatience à son endroit. Elle décide donc de sortir du local. Comme elle est assise au bout de la table à quelques pas de la porte, il lui est facile de s'esquiver sans trop attirer l'attention des autres inspecteurs qui écoutent attentivement leur chef. Seward prend un ton plus solennel et poursuit.

— ... Le shérif n'a pas tout complété. Il m'a laissé ses notes pour que je constitue un dossier et que je l'envoie le plus rapidement possible à Jamison. J'ai plein de trucs à faire et ils sont tous très urgents. Enfin, je crois pouvoir décoder les gribouillis du chef, remplir les formulaires et télécopier le tout cet après-midi. Tu vois le genre !

— C'est tout ?

— *Il faut que je l'impressionne, sinon elle va raccrocher,* pense Seward en se mordant la main. Je me disais qu'on avait peut-être affaire à un tueur en série.

— Un quoi ?

Seward est hésitant, mais se décide quand même à renchérir.

— Oui... quelqu'un qui tuerait toutes ces personnes pour satisfaire un plaisir pervers quel-conque. Le couple qu'on a trouvé jeudi et celui de vendredi n'ont pas été agressés ni volés, ils ont juste été tués de la même façon, mais...

— C'est tout ? reprend Jarvis d'un ton irrité.

Seward comprend que Jarvis ne supporte pas trop sa thèse.

— Oui… non, on se voit toujours au bar après le bureau ? Denis vient me chercher et on file directement là-bas. C'est beau ?

— C'est ça, si je n'y vais pas, je te rappelle. Bye !

— J'y pense et si notre homme…

Mais elle a déjà raccroché. Jarvis retourne dans la salle et regagne sa place. Jamison vient tout juste de terminer son exposé. Il pose son regard sur elle et elle lui répond par un sourire forcé.

— …Voilà, nous n'avons rien de plus pour le moment. Des questions ? lance Jamison à la cantonade.

Jarvis est assise sur le bout de sa chaise le dos bien droit. Elle lève sa main.

— Oui Jarvis ! demande Jamison.

— Monsieur Jamison, si j'ai bien compris nous avons regroupé une quinzaine de meurtres qui sont tous sans motifs apparents et dont les victimes n'avaient ni ennemi ni problèmes familial, social ou économique connus. Leurs cadavres ne présentaient aucune marque de violence sauf lorsque nécessaire. On peut donc conclure que ces gens furent tous exécutés à peu près de la même façon.

— C'est bien ça ! rétorque Jamison intrigué.

118

— Je me demandais s'il ne pouvait s'agir d'une sorte de tueur en série.

Toute la salle s'esclaffe. Un des inspecteurs pointe Jarvis du doigt.

— C'est la meilleure ! s'exclame-t-il d'une voix tonitruante.

Jamison attend quelques secondes et reprend la parole afin de regagner l'attention de tous.

— Allons, allons, s'il-vous-plaît Messieurs. Jarvis, si vous avez conservé vos notes de cours de première année du programme, et j'espère que tel est le cas…

Un léger fou rire se fait entendre, mais Jamison continue.

— En les consultant ce soir, vous remarquerez rapidement que la caractérisation du comportement que vous venez de décrire ne s'applique pas à un tueur en série. Le tueur en série viole, mutile, bafoue, dépersonnalise, profane ou s'amuse avec les corps de ses victimes. Il répand du sang partout, s'attarde sur les lieux après son forfait, vole un objet en guise de scalp ou de trophée, procède avec le même *modus operandi* et laisse une signature. Il s'attaque à une même catégorie d'individus, habituellement de même sexe.

Jamison, qui n'a pas apprécié que Jarvis s'absente durant son exposé, profite de la situation et en remet.

— Si vous étiez restée parmi nous tout au long de l'exposé, vous auriez appris ce que je vais répéter pour vous. Notre homme agit vite, s'assure qu'il n'y aura pas de témoins et ne laisse pas la moindre trace de sang ni empreintes. Les lieux restent toujours impeccables. Il élimine sa cible et disparaît aussitôt dans la nature. Pas de pénétration, pas d'introduction d'objet dans la victime, pas de violence hormis pour tuer. La dépouille n'est pas déshabillée. Les crimes ne sont pas spectaculaires. Il n'utilise pas d'arme. Le cadavre n'est jamais déplacé ou posé de façon particulière. Il n'inflige aucune dépersonnalisation comme crever ou cacher les yeux ou le visage de sa victime, la défigurer ou lui couper la tête. Il ne tue pas que des gens de sa race, ni d'un sexe en particulier. Il ne prend pas de plaisir avec ses victimes. Aucune démonstration de pouvoir. Il n'exprime ni rage ni colère. Il frappe sans aucune synchronicité… Bref, il n'a rien d'un tueur en série. Tout ce qu'on peut dire pour l'instant, c'est que ces crimes sont commis sous un même *modus operandi*. Nos experts du BSU (*Behavioral Science Unit*) n'ont rien trouvé. Tous les logiciels alimentés avec nos données sur ces crimes en sont arrivés à la même conclusion. S'il existe un lien entre eux, c'est qu'ils seraient l'œuvre d'un tueur à gages qui agit froidement et sans motif personnel. D'autres questions ?

Jarvis n'a pas apprécié se faire remettre à sa place. Elle réplique du tac au tac.

— Monsieur ! Son plaisir sexuel ne pourrait-il pas être celui de se filmer et de visionner ensuite son acte assis bien tranquillement chez lui en pratiquant l'onanisme. Son pouvoir est peut-être celui de savoir qu'il ne laisse aucune trace donc qu'on ne pourra jamais le coincer, puisque nos logiciels sont trop bêtes pour lui.

Tous les enquêteurs se retournent et l'examinent d'un air janséniste. L'ambiance est à couper au couteau et le silence plane sur l'assemblée. Jarvis se sent isolée et comprend qu'elle y est allée un peu fort. Tendue, elle sourit et se gratte la nuque en baissant les yeux. La nervosité la gagne peu à peu, ses muscles se contractent et elle tressaille de rage. Jamison la dévisage d'un air sévère et réprobateur comme il ne l'a jamais fait auparavant. Il relance d'un ton sec :

— D'autres questions ?... J'ai ici une liste des choses à faire que vous allez devoir vous partager. Voyez chez les spécialistes en arts martiaux s'il n'y aurait pas une piste. Fouillez de nouveau les dossiers d'assurance de toutes les victimes, de leurs bénéficiaires et des compagnies qui les assurent. Enquêtez du côté des gens en fonction ou à la retraite dans la police ou dans la sécurité, car notre homme semble connaître nos méthodes. Vérifiez s'il n'existe pas de lien avec la mafia. Fouillez le passé de ceux qui ont de l'argent, comment ils ont fait fortune, s'ils font partie d'un même groupe religieux, quels sont leurs médecins de famille, ont-ils des amis communs qu'ils auraient fréquentés à l'école ou un camarade de classe frustré. Contactez vos indicateurs ainsi que les policiers des diverses localités des plus récentes victimes et voyez s'ils ne seraient pas au courant qu'un tueur à gages traînerait dans leur coin. Bon ! Décidez entre vous dans quel secteur vous voulez chercher et partagez-vous le travail. Des questions ?

Jamison porte son poignet à la hauteur de son visage et consulte sa montre.

— Il est midi. Bon appétit !

Tout le monde se lève et quitte la salle.

Jamison lorgne Jarvis qui garde les yeux rivés sur ses notes, la tête basse.

— Jarvis venez par ici ! lance le directeur d'un ton acerbe avant de s'asseoir.

Jarvis se mord les lèvres. Elle est désolée de sa tirade et regrette d'avoir froissé l'orgueil de Jamison en ayant quitté la salle en plein exposé. Elle s'avance.

— Je m'excuse Monsieur, je ne voulais pas…

— Je vous félicite, il faut oser parfois. Cette fois vous vous êtes trompée, mais la prochaine fois sera peut-être la bonne. Castelli a bien apprécié votre travail dimanche à l'église de Bifield. Je voudrais que vous vous rendiez à Sharonneville sur les lieux du dernier double meurtre. Une première équipe y est déjà passée, mais allez-y et voyez ce que vous pouvez y trouver. Si nous avons affaire à un tueur à gages, il finira par laisser des indices, ou peut-être qu'on trouvera celui qui commandite.

— Merci Monsieur.

— Bon, c'est bien.

Jarvis se retourne, sourit et s'apprête à quitter les lieux. Soudain, elle s'arrête et fait demi-tour.

— Pardonnez-moi ?

Jamison qui s'est déjà replongé dans ses notes lève la tête et observe Jarvis. Elle inspire une grande bouffée d'air.

— J'aimerais si possible être accompagnée...

— Prenez qui vous voulez ! réplique Jamison.

— Simon Seward est un stagiaire qui travaille justement à Sharonneville. Je sais que vous ne l'avez pas gardé dans votre groupe d'enquêteurs, mais comme il est déjà sur les lieux et qu'il a établi les premiers contacts avec la police locale, je me disais...

— Je sais, c'est d'accord.

— Merci !

Jamison se replonge dans ses dossiers. Jarvis détourne rapidement la tête pour cacher son sourire de satisfaction enfantin et quitte précipitamment la salle sans laisser à Jamison le temps de revenir sur sa décision.

15

Lundi soir…

À la fin de leur journée de travail, Robinson et Seward se rendent au bar tel que convenu. Une superbe serveuse, plateau en main, passe devant les deux compères. Robinson la dévore du regard. La serveuse, en bonne professionnelle de la vente, pose sa main libre sur l'épaule du lascar, se penche et lui décoche un large sourire.

— Tout va bien ici les gars ?

— Tout est parfait ! répond Robinson en ramassant son verre de bière qui est rempli à ras bord.

— Si vous avez besoin de quoi que ce soit, faites-moi signe.

— On n'y manquera pas ! répond Robinson d'un ton suave.

La serveuse retire sa main, se redresse et accourt vers la table suivante. Robinson engloutit sa bière d'un trait. Seward, qui a tout juste goûté à la sienne, mange distraitement des cacahuètes en observant tout autour. Il n'a pas prévu le geste de son camarade.

— Hé arrête ! Ça va pas ? Tu vas te rendre malade ! T'oublies que tu conduis ?

Robinson sort ses clefs de sa poche et les tend à Seward.

— Tiens, prends-les ! Cette fille est un ange, je vais commander une autre bière ! Je veux qu'elle me touche encore une fois.

Seward s'empare des clefs pendant que Robinson agite son bras en regardant dans la direction de la serveuse. Elle lui fait signe qu'elle l'a vu et lui adresse une œillade. Au même moment, Jarvis fait son apparition. Seward l'a aperçue à travers la foule dès son entrée, car il surveille la porte depuis son arrivée tellement il aime la regarder marcher.

— Salut Nicole !

— Salut les gars !

— Tu as trouvé un stationnement pas trop loin ? s'inquiète Seward qui n'a d'yeux que pour elle.

— Jamais d'auto quand je bois, je suis venue en taxi, répond Jarvis sourire aux lèvres, satisfaite de constater l'inlassable fascination qu'elle provoque chez Seward.

Elle s'assoit entre les deux hommes, ouvre sa serviette et en sort deux gros dossiers. Elle en tend un à Robinson qui le harponne prestement, car il a toujours adoré jouer dans les papiers. À peine l'a-t-il en mains qu'il est déjà en train de le feuilleter.

— Qu'est-ce que c'est ? C'est le meurtre de jeudi ?

Jarvis dépose l'autre dossier devant Seward. Elle se retourne vers Robinson.

— Dans le mille, on croit que c'est un tueur à gages. Comme on a toujours travaillé en équipe, je me suis dit que… Je compte sur votre entière discrétion, ce dossier est confidentiel.

Robinson redresse la tête.

— Super !

Jarvis se tourne de nouveau vers Seward.

— J'ai une bonne et une mauvaise nouvelle pour toi !

— Tu veux l'embrasser ? décroche Robinson tout excité de farfouiller dans un vrai dossier d'enquêtes en cours.

Seward ne peut retenir un rire nerveux. Robinson encouragé par la réaction de son ami récidive de plus belle.

— Mais avant d'aller plus loin, elle veut que tu saches qu'elle est un travesti.

Les garçons éclatent de rire comme des gamins. Jarvis affiche un sourire qui en dit long sur ce qu'elle pense de leurs blagues infantiles.

— C'est fini ?

Robinson replonge la tête dans son nouveau jouet, mais non sans en rajouter.

— Dommage ! Tu aurais pu combler tous ses fantasmes.

Jarvis commence à en avoir ras-le-bol.

Seward l'a remarqué mais ne peut s'empêcher d'esquisser un dernier sourire en direction de Robinson avant de reprendre son sérieux.

— C'est bon, vas-y commence par la mauvaise !

— C'est que t'es un pauvre con ! J'ai déclaré à Jamison en pleine réunion que tu pensais que le meurtrier pouvait être un tueur en série. J'ai passé pour une vraie conne. Tout le monde s'est mis à rire. Et quand j'ai voulu défendre ton idée en imaginant le scénario du tueur, ces sales porcs de puritains se sont mis à me dévisager comme si j'étais une horrible perverse sexuelle. Comment je vais faire pour leur imposer le respect maintenant ? La prochaine fois, pense avant de parler !

Les propos de Jarvis choquent les oreilles de Robinson.

— C'est quoi cette histoire d'imposer le respect ? De toute façon, tu as dit à Jamison que c'était l'idée de Simon alors…

— Aie ! Quelqu'un t'as sonné ? Fantasme sur tes photos de macchabées ! Tu ne vois pas qu'on cause entre grandes personnes ?

Jarvis possède cette fragilité émotive des gens instables qui, tantôt parlent normalement et un instant plus tard, endiguent le droit de parole de leur vis-à-vis en manifestant sans préavis une agressivité démesurée et caractérielle, et ce, peu importe le lieu et l'interlocuteur. Robinson est plus rationnel et instinctif.

— Quoi ?

Seward tente de rétablir l'ordre en prenant le contrôle de la situation.

— Woh ! Woh ! Calmez-vous ! On s'excite un peu trop par ici. Et la bonne nouvelle ?

— C'est que demain, je vais à Sharonneville pour examiner les lieux du meurtre et je t'ai choisi pour venir avec moi !

— Ouais ! s'écrient les deux garçons d'une même voix en échangeant un regard complice.

Jarvis se bouche les oreilles et sourit.

— Jamison veut que j'aille voir si je ne trouverais pas un indice que les autres gars n'auraient pas vu. Je lui ai demandé si tu pouvais m'accompagner et il a dit oui.

Les deux jeunes hommes se lèvent et frappent leurs mains au-dessus de la tête de Jarvis qui se penche légèrement.

— C'est ça, embrassez-vous et rincez-vous l'œil avec vos belles petites serveuses sexy. Moi, je vais dormir. Demain on se lève tôt. Sharonneville est à plus d'une heure d'ici et je ne veux pas y passer toute la journée.

Les deux hommes tentent de la convaincre de rester encore un peu. Mais son idée est déjà faite.

— Allez reste encore un peu, tu viens à peine d'arriver et tu n'as rien commandé, supplie Seward.

— Et moi, j'ai même pas encore eu ma deuxième bière. On en prend une ensemble ? Je te l'offre, ajoute Robinson.

— Non, non je ne peux pas. Merci ! réplique Jarvis qui n'en démord pas.

Elle ramasse sa serviette et se lève. Robinson la salue et elle lui retourne un sourire en coin. Seward se lève à son tour et l'accompagne jusqu'à la sortie. Une fois dehors, il la saisit par les bras et la fait pivoter vers lui.

— Je te remercie, c'est chouette d'être sur une enquête.

— C'est pas tout à fait une enquête, c'est juste pour aller examiner les lieux.

Seward s'approche un peu plus près d'elle et tente de l'embrasser. Mais Jarvis l'a vu venir.

— Qu'est-ce que tu fais ? Tu pues l'alcool !

Il se redresse aussitôt et Jarvis se dégage en portant la main à sa bouche. Seward reste figé. Jarvis en profite pour filer jusqu'au bord du trottoir et héler un taxi. Seward n'ose pas aller plus loin. Il la regarde s'enfuir puis redescend sur terre, mais il est déjà trop tard.

— Eh, je voulais savoir, est-ce que tu es pour l'allaitement maternel ? lui crie-t-il les mains en porte-voix. Trois filles passent devant lui au même moment. Elles éclatent de rire.

— Quoi ? lance Jarvis en prenant place dans la voiture.

— Ce n'est rien, oublie ça. Bonne nuit ! rétorque Seward embarrassé.

La voiture démarre et elle baisse sa fenêtre.

— Je passe te prendre à six heures trente.

Seward lui fait un signe de tête affirmatif, la salue de la main et regarde le taxi s'éloigner. Il retourne lentement rejoindre Robinson. Il prend une gorgée de bière et étend ses pieds sous la table. Il commence à peine à relaxer quand soudain, Robinson lui braque sous le nez l'épais dossier qui est déjà tout écorné. Il s'exclame :

— J'ai trouvé !

— Quoi, t'as trouvé le meurtrier ? lance Seward en rigolant.

— Ce sont des villes vierges.

— De quoi parles-tu ?

— Tu te rappelles, je me demandais pourquoi Jamison avait envoyé ses meilleurs élèves dans des petites villes au lieu de les affecter sur des enquêtes.

— Ouais, je m'en souviens.

La serveuse arrive à ce moment-là et met sa main sur l'épaule de Robinson.

— Je m'excuse, je suis débordée, je suis à toi tout de suite, ça va ?

— Tout ce que tu voudras, j'attendrais toute la nuit s'il le fallait.

La serveuse se tourne vers Seward.

— Il est mignon ton ami.

Robinson sourit béatement et la serveuse reprend son service. Seward rapproche sa chaise de Robinson.

— Qu'est-ce que tu disais ?

— Je l'attendrais toute la nuit.

— Non, pas à la fille… Qu'est-ce que tu voulais dire à propos des affectations ?

— Ah oui, le dossier de Jamison ! Je ne sais toujours pas pourquoi il a choisi d'y expédier les premiers de classe au lieu de les garder dans son équipe d'enquêtes ou de les envoyer dans l'un des nombreux services du FBI comme cela se fait normalement. Mais je sais maintenant qu'il vous a envoyé là où il n'y a pas encore eu ce genre de meurtre. Regarde la carte, tous ces meurtres ont été commis dans un même périmètre tout autour de Washington, mais jamais dans la même ville. Jamison a donc repéré des villes susceptibles d'être l'hôte du prochain meurtre. N'ayant pas assez d'étudiants à inscrire au programme Ness pour couvrir toutes les villes potentielles, il a joué à la roulette et a manifestement frappé dans le mille avec toi à Sharonneville.

Seward en reste pantois.

16

Mardi matin, 8 h, Sharonneville...

Jarvis se gare devant le Bureau du shérif. Elle attend dans la voiture pendant que Seward entre dans le poste. Biff est déjà là et les deux hommes se saluent. Seward se dirige tout droit vers les dossiers empilés à côté de son ordinateur et cherche le rapport du shérif sur le double meurtre de vendredi.

— Je ne serai pas ici de la journée, mon directeur m'a demandé d'aller examiner la maison des deux femmes qu'on a trouvées mortes vendredi. Tu pourras le dire au shérif quand il arrivera.

— Pas de problème ! lance Biff toujours prêt à rendre service.

— Où est le rapport du shérif ? Je l'avais laissé sur mon bureau et je ne le trouve pas.

Biff regarde autour de lui et ramasse un dossier sur la filière.

— C'est celui-là ?

Seward s'empare du document.

— Merci !

Il jette un coup d'œil rapide sur les photos et constate qu'il s'agit du bon rapport. Il glisse le dossier sous son bras et ressort.

— J'y vais, salut !

— Salut !

Il saute dans la voiture et Jarvis décolle aussitôt. Ils traversent une partie de la ville et arrivent à la maison. Jarvis gare la voiture dans l'entrée et tous deux enfilent des gants chirurgicaux. Jarvis ramasse le dossier du FBI, le rapport du shérif et un appareil photo. Seward prend un magnétophone, le met en bandoulière et attrape un bloc-notes et un crayon. Ainsi parés, ils sortent du véhicule. Ils passent sous les scellés laissés sur les lieux. Une fois sur le perron, Jarvis sort une enveloppe de la poche de son blouson et en retire les clefs de la maison. Elle déverrouille la porte.

— C'est le moment de vérité !

Ils pénètrent dans la demeure et une odeur d'eau de Javel les envahit. Ils se pincent machinalement le nez. Seward met le magnétophone en marche.

— Ça sent fort ! Il faudrait ouvrir une fenêtre, dit Jarvis.

— Puis laisser entrer les voleurs !… Forte émanation d'eau de Javel qui provient du tapis. Je confirme ce que j'ai lu dans le rapport du shérif qui fait mention que la scène du crime fut nettoyée

134

par le tueur pour faire disparaître toute trace de son passage.

— Le hall d'entrée est nickel. Ça ne serait pas l'œuvre d'un ex-psychiatrisé ? Ils ont l'habitude de frotter de façon compulsive lorsqu'ils commettent un crime, commente Jarvis, fière d'étaler son savoir.

— Ce n'est pas exactement ça. Il est vrai que lorsque l'on retrouve sur une scène de crime une section précise nettoyée à fond, il s'agit d'un aliéné libéré depuis peu d'un institut psychiatrique. Mais dans ces cas-là, le reste des lieux demeure souillé et ressemble à une véritable boucherie, corrige sans façon Seward.

Jarvis consulte le rapport du FBI.

— D'après les photos, un ruban collé marque l'endroit où gisait le corps découvert dans le hall d'entrée et un autre, celui trouvé sur une chaise dans la cuisine.

Jarvis dépose les dossiers sur un tabouret dans l'entrée et prend des clichés un peu partout pour obtenir des angles différents de la scène de crime et surtout pour vérifier que rien n'a disparu depuis le passage des policiers. Elle poursuit son analyse.

— Le salon est impeccable, rien ne semble avoir été déplacé malgré qu'il y a eu lutte dans l'entrée entre la victime et l'agresseur. La fille avait l'os de la joue cassé. Il manque un morceau de tapis à deux pas de l'endroit où l'on a découvert le deuxième cadavre. Comment est-il entré dans la maison ? Par la cuisine ?

— Je crois que c'est ça ! Regarde dans le rapport du shérif, répond Seward.

Jarvis dépose l'appareil photo sur un fauteuil et retourne dans le hall prendre le dossier du shérif sur le tabouret.

Seward se dirige vers la cuisine et remarque sur la poignée de porte des résidus de poudre dactyloscopique qui fut utilisé pour la révélation d'empreintes.

— La porte ne devait pas être verrouillée !

Jarvis compulse le rapport du shérif.

— Exact ! D'après l'adjoint du shérif, la porte arrière n'était pas verrouillée au moment où la femme… Annie Davis, devait prendre sa douche. On l'a trouvée nue, mouillée, avec des traces de savon sur le corps, il y avait de l'eau sur le carrelage et la douche coulait toujours. L'individu se serait introduit par la cuisine et serait allé la cueillir sous la douche.

Seward passe dans la salle de bain et ouvre le rideau de douche. Pendant ce temps, Jarvis examine les photos dans le dossier du shérif en se dirigeant vers le salon.

— Eh Simon ! Viens un peu ici !

Seward la rejoint.

— Qu'est-ce qu'il y a ?… Dans la salle de bain, le rideau n'a même pas été arraché. Il n'y a aucune trace de bagarre. Il a peut-être frappé à la porte et elle est allée répondre.

Jarvis est décontenancée.

— Toute nue ?… C'est ça, la fille est sortie de la douche sans fermer le robinet et sans se rincer ni s'essuyer, pour aller ouvrir la porte flambant nue à un inconnu ! Arrête de fantasmer ! On est ici pour travailler… Regarde ça !

Jarvis tend la photo de la deuxième victime, celle trouvée morte dans le hall d'entrée.

— La femme porte des souliers de caoutchouc.

— Oui tu as raison et après ? dit Seward en haussant les épaules.

Il redonne aussitôt la photo à Jarvis, n'y voyant aucun intérêt.

— Les souliers de caoutchouc, c'est pour la pluie ! Mais elle n'a pas d'imperméable.

— Elle s'est habillée pour sortir et c'est elle qui aurait fait entrer le meurtrier. Elle serait donc la première victime et non la deuxième.

— Non tu n'y es pas du tout Simon ! Il y avait des provisions dans la voiture, donc elle ne quittait pas les lieux, elle arrivait sur les lieux. T'as pas lu le dossier que je t'ai donné hier ?

Seward baisse la tête, penaud.

— On est sorti tard du bar et après j'étais fatigué…

— Laisse tomber ! À l'épicerie, les commis interrogés ont dit l'avoir vue sortir les bras chargés quelques minutes avant l'heure du crime consignée dans le rapport du médecin légiste !

Seward se dirige vers le hall et y déambule.

— Bon, elle a des chaussures de pluie et pas d'imperméable. Qu'est-ce que ça change ? Il n'est tombé que quelques gouttes vendredi, elle n'a pas jugé bon en porter.

Seward ouvre le placard du hall. Trois imperméables y sont accrochés.

— Ils sont là Nicole ! Elle a simplement décidé de ne pas en porter ce jour-là.

Jarvis se cabre et frappe sur le rapport du shérif.

— Tu veux rire Simon ! Une femme qui sort en souliers de pluie sans imperméable, où t'as vu ça ? Elle aurait pris un vêtement pour accompagner les chaussures de caoutchouc, un blouson ou un accessoire comme un chapeau… Un parapluie ! Elle devait avoir un parapluie ! Le rapport du FBI dit que la scène a été lavée soigneusement et qu'un morceau de tapis a été découpé. La victime a peut-être blessé le tueur en se débattant, mais ils n'ont pas trouvé d'arme. Elle devait avoir un parapluie qu'elle a utilisé pour se défendre.

Jarvis s'avance dans le hall et repose le dossier du shérif sur le tabouret, regarde partout autour d'elle et fouille dans le placard pendant que Seward range son bloc-notes et son crayon dans la poche de son blouson et va vérifier dans la voiture des victimes. Il revient quelques instants plus tard.

— Je n'ai rien trouvé et toi ?

— Moi non plus. Mais le meurtrier a dû être blessé !

— Oui t'as raison Nicole !

— D'après moi, quand elle est arrivée, il était en train d'assassiner la femme dans la cuisine. Il aurait alors sauté sur madame… Voyons comment elle s'appelle ?

Jarvis reprend le dossier du shérif et tourne les pages.

— …Cameron Lucas dans le hall. Mais elle avait un parapluie et l'a blessé avant qu'il ne la tue. Si le test au luminol n'a révélé aucune trace de sang, c'est tout bonnement qu'il a découpé la portion de tapis qui en était souillée ! déduit Jarvis.

— Et il a lavé le tout, puis a aspergé de l'eau de Javel pour enlever le plus de traces possible d'ADN provenant de peaux mortes, sang, poils, cheveux, sueur, fibres de tissus ou autres contaminants. Ce n'est pas une méthode infaillible pour brouiller les pistes, mais c'est beaucoup mieux que de ne rien nettoyer… La preuve, c'est qu'on n'a rien trouvé !

Seward fait les cent pas dans le hall. Jarvis sent qu'elle est sur le point de résoudre l'énigme.

— Simon, tu viens d'aller dans la salle de bain et tu dis qu'il n'y a aucune trace de violence. Le rideau n'est même pas déchiré ?

— Non, rien !

— Il connaissait les victimes ! C'est pour cela qu'il est entré sans effraction, il avait la clef. Il a maquillé toute la scène ! Il n'y avait aucune trace de violence sexuelle, c'est bien ça ?

Seward s'arrête et soulève le rapport du shérif pour prendre celui du FBI. Il y cherche l'information.

— Non, aucune trace de violence sexuelle sur aucune des deux femmes. On ne signale aucun objet volé non plus Nicole. Or, lorsqu'il existe des liens entre le meurtrier et ses victimes, le vol est très fréquent. Pour ce qui est de la clef, je te rappelle que la porte n'était simplement pas verrouillée d'après le shérif adjoint. Je te concède que cela peut être parce que le meurtrier avait la clef et n'a pas refermé en partant. Mais tu sais comme moi comment on fait pour savoir si le meurtrier avait la clef ? On vérifie les autres accès de la maison. Or, le rapport du shérif, pour l'avoir lu hier, stipule que les fenêtres des chambres étaient grandes ouvertes de même que toutes les portes de la maison, et même celles de la voiture et celle du cabanon. Même leurs bicyclettes ne sont pas attachées, elles sont simplement appuyées sur le mur arrière de la maison. On peut donc conclure que les filles n'étaient pas fortes sur le verrouillage.

Jarvis poursuit sur sa lancée comme si Seward n'était pas là.

— Il a voulu camoufler le meurtre, c'est quelqu'un de la famille, un meurtre intrafamilial. Simon, la mise en scène est fréquente pour brouiller les pistes. Dans les drames familiaux, l'assassin inexpérimenté copie les meurtres médiatisés et non-résolus pour incriminer un fou qui court toujours. Notre tueur lit les journaux à sensation ou il fait partie de la police, ironise la jeune policière en terminant sa phrase.

Seward écoute Jarvis tout en continuant sa lecture du rapport du FBI.

— Tu n'as rien écouté de ce que je viens de te dire… De toute façon si tel était le cas, le tueur aurait recouvert le corps nu de la femme trouvée dans la cuisine.

— Pourquoi ? demande Jarvis.

— Parce que fatalement, c'était la fillette qui devait découvrir les cadavres dont celui de sa mère en revenant de l'école. Or dans les crimes intrafamiliaux, les meurtriers ne sont pas des experts et recouvrent les corps. Les organes génitaux sont toujours cachés pour éviter que les enfants qui découvrent les victimes ne restent traumatisés. Il n'y a rien de semblable ici, tu fais fausse route Nicole.

Seward repose le dossier du FBI sur le tabouret. Jarvis a la tête dure et elle adhère difficilement à une autre opinion, surtout lorsque ce sont ses arguments qui sont pris en défaut. C'est là la marque d'un complexe de supériorité qu'elle a du mal à maîtriser. Elle se referme sur elle-même, empoigne le dossier du shérif et se plonge dans sa lecture, laissant Seward parler tout seul.

— L'eau coulait encore au moment de la découverte des deux corps. Elle a donc dû être bel et bien surprise sous la douche. Le meurtrier l'aurait menacée d'une arme pour la faire sortir et s'asseoir dans la cuisine pour la questionner... Non ! Elle avait des marques sur le cou, strangulation ? On n'a jamais retrouvé d'arme ni aucune blessure causée par un objet. Il l'a étranglée à main nue...

— Mais on n'a retracé que les marques d'une seule main. On les distingue très bien d'ailleurs, la main gauche d'après le rapport du shérif. Ce qui fut corroboré par l'analyse du labo, interrompt Jarvis.

— Il voulait faire parler la première victime. Il l'a forcé à parler. Donc, les marques sur le cou n'auraient pas été causées par la torture mais plutôt par les efforts pour la maintenir. Il aurait été surpris et l'aurait tuée pour ne pas avoir à se battre contre les deux femmes en même temps. Il voulait seulement savoir quand l'autre arriverait. La deuxième victime l'aurait surpris. Il lui a brisé la nuque. C'est toujours

142

la même façon d'agir, ça doit être une force de la nature. Notre homme doit être le même que celui qui a commis les autres meurtres. Il n'a qu'un seul but : tuer et quitter les lieux au plus vite, sans laisser de traces. Mais pourquoi et qu'ont en commun toutes ces victimes ? questionne Seward.

Jarvis est littéralement plongée dans le dossier du shérif mais elle réagit aux propos de son collègue.

— Hé ! Comment fais-tu pour savoir tout ça sur le meurtrier ? Il me semblait que tu n'avais pas lu le dossier.

— Je n'ai jamais dit ça ! J'ai lu seulement ce que je trouvais pertinent.

Seward se dirige vers les chambres à coucher tout en continuant d'enregistrer son monologue. Il entre dans la chambre principale et tire les tiroirs de la commode en coin située au fond de la pièce.

— Jarvis, viens voir un peu !

Elle le suit dans la chambre.

— Qu'est-ce que c'est ?

— J'ai trouvé un fouet et des menottes. Nos victimes s'adonnaient à des plaisirs extrêmes !

Jarvis adore découvrir ce genre de secret caché et faire des remarques salées avec une pointe d'ironie et des allusions de toutes sortes. Elle sourit en abaissant les commissures de ses lèvres, les relève en un rictus moqueur puis émet un gros rire gras, la bouche ouverte en regardant Seward dans les yeux.

— Il y en a qui ne se prive de rien ! Elles se sont payées du bon temps avant de mourir !

Seward la recentre sur l'enquête.

— L'équipe de vendredi n'a pas dû juger bon de faire analyser tout ça car le crime ne présentait pas de connotation sexuelle… Mais je crois qu'il ne faut rien laisser au hasard !

Jarvis dépose le dossier du shérif sur la commode, sort un sac de sa poche et y insère les objets trouvés. Elle dépose le sac sur le meuble puis reprend le rapport. Seward traverse dans la chambre d'enfant. Elle n'a rien de particulier. Un décor moderne et dénudé, un simple secrétaire contenant des vêtements d'enfant, un vieil édredon couché de travers sur le lit et un seul gros toutou un peu vieilli qui gît au sol. Jarvis repasse dans le hall et repose le rapport du shérif sur le tabouret. Elle va chercher la caméra qu'elle avait laissée sur le fauteuil du salon et revient prendre des photos des deux chambres pendant que Seward retourne au salon en s'interrogeant à voix haute sur le mobile du meurtre. Il s'impatiente et crie à Jarvis :

— Si on trouve le mobile, on trouve le meurtrier. Il n'y a pas de trace d'effraction, la porte n'était pas fermée et elles n'ont été ni violées ni volées. Il faut faire analyser les menottes, le fouet, quelques petites culottes et autres trucs de ce genre pour vérifier s'il y a des traces d'un troisième partenaire d'occasion

144

qu'elles auraient ramené d'un bar et qui aurait participé à leurs ébats amoureux. Peut-être qu'il ou elle se serait pris un peu trop au sérieux en jouant les bourreaux et serait revenu achever son travail.

Jarvis regagne le hall, croise Seward en route pour la cuisine, dépose sur le sol l'appareil photo et le sac contenant les divers objets recueillis dans la chambre à coucher, ramasse le rapport du shérif et reprend sa lecture depuis le début en se dirigeant vers le salon. Pendant ce temps, Seward arpente la cuisine de long en large en se creusant les méninges à la recherche de quelque chose, sans trop savoir quoi. Il s'exprime à voix haute pour faciliter sa concentration.

— Je suis sûr que notre tueur a commis aussi une partie des meurtres documentés dans le rapport du Bureau. Un tueur à gages ? Jamison a raison, mais je n'en suis pas sûr. Un tueur à gages qui ne prend des contrats que dans des villes différentes, qui devient ami avec ses victimes et qui tue maintenant à des dates rapprochées, je ne sais pas… Ça, c'est étrange ! Voyons… Peut-être que c'est vraiment un tueur en série, un tueur compulsif ou un mélange des deux. Nicole, tu m'écoutes ? Je me forge une hypothèse à partir des données que l'on a.

— Oui, oui !

Jarvis reste plongée dans le rapport du shérif qu'elle lit et relit sans cesse, assise confortablement dans un fauteuil. Seward, réconforté tant bien que mal par ce léger encouragement de sa partenaire, la rejoint au salon où il poursuit son analyse.

— Le tueur en série connaît souvent sa première victime et nous n'avons encore identifié aucun suspect commun aux différents milieux des victimes. Sa méthode évolue avec l'âge, lui n'en a pas changé depuis au moins dix ans. Il ne tue pas avec une synchronicité espace-temps, par exemple à la pleine lune. Les meurtres semblent plutôt aléatoires mais on peut déceler un début de compulsivité. Un double meurtre jeudi et un autre doublé vendredi. Wow ! C'est pas ordinaire. Il existe deux modèles bien typés de tueur en série, l'organisé et l'inorganisé. Ce n'est pas un psychotique, les lieux sont trop propres, il serait plutôt psychopathe, donc organisé. Les scènes de crimes sont contrôlées, aucune agressivité n'y est exprimée, tout reste rangé. Le tueur est organisé et athlétique, notre homme tue à mains nues. Il tue de sang-froid, il n'est pas énervé puisqu'il prend le temps de faire le ménage de la scène du crime. Il tue sans mobile et que des gens aisés ou presque. C'est bien ça. C'est donc un homme athlétique et de milieu aisé, avec un héritage ou un emploi qui lui laisse du temps libre. Une profession libérale. Il tue de façon compulsive car il sent sa fin proche. Un enquêteur de chez nous ou d'ailleurs a dû l'interroger et il est devenu compulsif. C'est ça Nicole, je l'ai !

146

Jarvis sursaute car elle était concentrée sur sa lecture et ne l'écoutait plus qu'à moitié.

— Tu as quoi ?

— Notre homme est un tueur en série organisé d'un milieu aisé.

— Woh, Woh ! Il n'effectue pas de mise en scène, les tueurs en série en ont tous ! Il n'y a pas de réification, il n'exerce pas de contrôle sur la situation, il n'est donc pas organisé. Il s'est laissé surprendre par la deuxième victime, je te rappelle ! Le tueur organisé tue dans sa tranche d'âge puis avec l'expérience, il s'en prend aussi à des victimes plus jeunes. Est-ce le cas ici ?

— Non.

— Non, de plus ses victimes sont-elles toujours à bas risque ?

— Non !

— Non plus, bref ton homme ne peut pas être un tueur en série organisé !

— Peut-être alors est-il mixte, à la fois organisé et inorganisé…

— Ah non, c'est pas vrai !

— Oui, mais…

— Simon t'es pas possible ! Les tueurs en série aiment s'amuser avec leurs victimes pour les rabaisser, il n'y a rien de ça ici. Ils aiment avoir une raison historique ou autre, un nom de rue significatif. Tuer des gens qui habitent en face d'un cimetière. Est-ce que tu vois un cimetière ici ?

— Non, mais…

— Est-ce que tu vois un lieu historique.

— Non !

— Donc, il ne peut pas se donner bonne conscience de tuer. Or c'est important pour eux.

— Oui, je sais…

— T'en veux encore ? Pas de problème, j'ai relu de fond en comble mes notes de cours pas plus tard qu'hier soir. Ils augmentent leur plaisir à tuer en ayant des rapports sexuels et en torturant leurs victimes, vivantes ou mortes. Ils aiment dominer, pratiquer la sodomie pour démontrer leur toute-puissance. Il n'y a pas de ça non plus. Notre homme, si toutefois il s'agit du même tueur pour tous ces crimes et ça, je veux bien le croire, tue en brisant les nuques proprement, n'a jamais agressé aucune de ses victimes et agit plus souvent qu'autrement à la vitesse de l'éclair. Les tueurs en série sont d'horribles pervers sexuels. Mais notre homme ne fonctionne pas comme ça. Tu aurais intérêt à relire les rapports comme moi et à te fier un peu plus aux analyses de nos experts du BSU avant de parler.

Jarvis lui brandit le dossier qu'elle tient dans ses mains. Seward fait son *mea culpa*.

— Oui d'accord excuse-moi, peut-être que je me suis un peu emballé. Qu'est-ce que tu lis ?

— C'est le rapport du shérif.

— Tu peux le lire à voix haute ?

Jarvis reprend sa lecture sur un ton monocorde. Seward s'assoit pour l'écouter et revient peu à peu sur terre.

— *La victime trouvée nue dans la cuisine se nomme Annie Davis. Elle avait un lourd dossier de contraventions impayées. Elle a été fichée comme violente au volant pour une altercation sur laquelle le Bureau du shérif a été appelé à intervenir durant l'été. Elle avait apparemment frappé une femme enceinte dans un stationnement, mais cette dernière n'a pas voulu porter plainte et on n'a trouvé aucun témoin. Il n'y a donc pas eu de suite…*

— Mais qui a bien pu écrire ça ? interroge Seward.

— C'est le shérif, je suis en train de lire son rapport.

Seward se lève et s'approche de Jarvis en lui tendant la main.

— Montre un peu.

Seward se met à lire pour lui-même. Il reste interloqué.

— Mais qu'est-ce que c'est que ça ? Je n'ai jamais transcrit ça !

Seward tourne les pages à la volée. Jarvis comprend qu'il se passe quelque chose d'étrange, car Seward semble de plus en plus stupéfait. Elle se lève à son tour.

— Mais c'est normal, c'est le rapport du shérif, pas le tien !

— Où sont les notes manuscrites du shérif ? Elles ne disaient pas ça !

— Il n'y avait que le formulaire officiel…

— Le shérif n'a jamais défini la personnalité des victimes. Je le sais, c'est moi qui devais transcrire le rapport sur ordinateur et ces notes ne disaient rien là-dessus.

— Je ne sais pas où sont ces notes ! C'est toi qui es allé chercher le dossier au Bureau du shérif tout à l'heure, pas moi ! se défend Jarvis qui croit que Seward l'attaque.

Mais ce dernier est plutôt bouleversé par le contenu du rapport, il ne comprend plus rien. Il se remet à lire le dossier lorsque soudain, il s'écrie :

— Merde ! C'est la même description que Bob m'a faite de toi l'autre jour.

— Quoi ! Quel Bob ?

— Il m'a décrit ta personnalité dans les mêmes termes que ce rapport vendredi dernier.

Seward tourne le dos à Jarvis et se frappe le front.

— Bob, Bob…

— Comment ça il t'a parlé de moi ? Mais qui c'est ?

— C'est le shérif adjoint… La jambe !

— Quoi la jambe ?

Seward se retourne face à Jarvis.

150

— Bob avait une jambe blessée. C'est pour ça qu'il est resté avec moi vendredi au lieu de venir ici après l'appel au Bureau du shérif. Il avait une jambe blessée… le parapluie et le tapis ont disparu. Il n'y a qu'un policier qui peut faire un travail si propre. Le rapport de Jamison sur le meurtre d'Altoona, c'est ça… Toi aussi tu l'as dit en blaguant tout à l'heure.

Seward est dans tous ses états.

— Du temps libre. Un policier a tout le temps qu'il lui faut pour observer ses victimes. Il vit seul et m'a dit qu'il aimait les balades en voiture… Que je suis bête ! Ce n'est pas un tueur en série, tu as raison, c'est un tueur à gages ! Bob prend des contrats sur des gens. C'est lui le tueur à gages ! C'est lui ! C'est Bob ! C'est l'adjoint du shérif.

Jarvis ne comprend rien du tout aux propos délirants de Seward. Elle monte le ton afin de le saisir.

— Qu'est-ce que tu racontes ?

Seward retrouve son calme.

— Le rapport que l'on vient de lire, ce n'est pas celui du shérif. J'ai lu son manuscrit hier, mais je n'ai pas eu le temps de remplir le document officiel avant de partir, alors je l'ai laissé sur le bureau. Bob ne m'a pas vu le lire. Il passe ses journées à se bercer sous le portique. Il a cru qu'il pourrait ajouter ce qu'il voulait dans le dossier. Il a rédigé sur ces filles la même description qu'il m'a faite de toi vendredi après-midi. Il a une espèce de vision particulière de la vie, il analyse tout, c'est une sorte de paranoïaque misogyne. Où est ton cellulaire ?

— Il est là.

— Passe-le-moi !

Seward envoie choir le rapport du shérif sur le fauteuil derrière Jarvis pendant que celle-ci sort son cellulaire de sa ceinture.

— Tiens. Qui appelles-tu ?

— Jamison.

Jarvis saute sur la main de Seward et lui arrache le cellulaire.

— T'es tombé sur la tête, merde !

— Quoi ! C'est lui, il faut un mandat !

— Un mandat, un mandat, tu veux un mandat…

— Oui…

Jarvis devient folle de rage.

— Tu veux rire ? Tu crois vraiment que Jamison va envoyer la cavalerie pour coffrer un shérif adjoint parce que c'est un misogyne paranoïaque avec une psychologie à la con ?

— Oui !

— Mais c'est la totalité des shérifs adjoints de ce pays que tu viens de décrire. Tu as déjà entendu parler des preuves ?… Il te faut des preuves.

Seward est aveuglé par sa découverte et ne prête aucune attention aux propos de sa collègue.

— Passe-moi ton cellulaire !

— Assieds-toi !

— Quoi ?

Jarvis fulmine. Elle lui désigne le fauteuil d'un doigt autoritaire et lui enjoint d'une voix rauque :

— J'ai dit assis !

Seward s'exécute machinalement et reprend son souffle.

— Il faut…

— Tais-toi, je me concentre… Bon, il nous faut des preuves.

Seward reprend la parole sur un ton calme, respectueux et plus rationnel.

— Notre tueur ne tue pas de façon compulsive, en fait il accumule les contrats puis il les exécute tous d'un coup. Ensuite, il se fait oublier pendant un an ou deux. Il tue dans des villes différentes en espérant que l'on ne puisse pas regrouper les meurtres. Pourquoi ? Car il sait que les corps policiers n'échangent pas facilement leurs informations. Ça explique aussi pourquoi les victimes ne sont pas toutes exécutées chez elles. Il utilise les failles du système ! C'est notre homme.

Jarvis reste songeuse. Seward poursuit.

— Tu me laisses au Bureau du shérif, c'est tout près d'ici. Je vais vérifier une chose ou deux. Pendant ce temps, tu files au labo, tu demandes à Denis de vérifier au plus vite si les cadavres portent des marques qui pourraient être attribuées à des menottes ou des coups de fouet. Tu lui demandes également s'il s'est fait un ami qui pourrait nous analyser en priorité les menottes, le fouet et le reste, question de voir s'il n'y trouverait pas des traces de quelqu'un d'autre.

— Comme celles de Bob ?

— Exact ! Peut-être qu'il devient intime avec ses victimes quelque temps avant de les éliminer. Il se familiarise ainsi avec les lieux. Ce qui expliquerait comment il fait pour agir si vite quand vient le temps de les exécuter.

— D'accord, on y va.

— C'est parti !

17

Un peu plus tard, Bureau du shérif de Sharonneville...

Une voiture s'arrête brusquement devant le Bureau du shérif. Seward saute du véhicule, esquisse un salut et Jarvis redémarre aussitôt. Seward pénètre à grandes enjambées dans le Bureau.

— Salut Karl !

— Salut Ness !

Seward dépasse en coup de vent le bureau du shérif et s'arrête à celui de Bob. Il s'empare de la plaque où est inscrit son nom complet et file à son poste de travail. Il s'assoit devant son ordinateur, le met en marche et entre dans le site du FBI. Il tape son mot de passe et interroge les banques de données sur le nom de Robert Conway. En une fraction de seconde, sa fiche apparaît à l'écran. Seward est entièrement concentré sur sa lecture.

— Je l'aurais parié ! s'écrie-t-il triomphant.

Il se lève d'un bond et se campe devant le bureau du shérif. Il appuie ses deux poings sur le meuble, de chaque côté du triangle de métal où est inscrit le nom de Karl Conrad. Le shérif lève la tête et le regarde, déconcerté. Seward le toise en affichant un large sourire.

— Savez-vous où était Bob vendredi matin ?

— Il était là en train de se bercer comme d'habitude.

— Je veux dire à quelle heure est-il arrivé ? Est-ce qu'il était déjà là quand vous êtes entré ?

— Bien sûr… En fait non. Il est arrivé à peine cinq minutes avant toi. Pourquoi ?

— C'est bien ce que je pensais ! Je le cherche, vous savez où il est ?

— Non, il a fini tard hier soir puis il est parti en congé pour deux semaines.

— C'est notre homme, Shérif !

— Quoi notre homme ?

— Je veux le coffrer pour meurtre.

Le shérif dépose son crayon et fait basculer sa chaise en mettant ses mains derrière la tête, l'air amusé.

— Mais de quoi parles-tu Ness ?

— Du meurtre des deux femmes de vendredi, c'est Bob qui a fait le coup !

156

Le shérif en a le souffle coupé. Il bascule complètement sa chaise par en arrière et tombe sur le dos. Il se relève aussitôt, fou de rage.

— Petit con, fous-moi le camp d'ici !

— Vos notes manuscrites du rapport ont disparu, c'est lui !…

— Qu'est-ce que tu racontes ? Ça fait trente ans que je connais Bob et ce n'est pas un petit con comme toi qui va venir foutre le bordel ici ! Biff, Puce, sortez-moi ça d'ici !

Les deux adjoints, assis à leurs bureaux situés de part et d'autre de celui du shérif, bondissent de leur siège et dans le temps de le dire, empoignent Seward chacun par le bras le plus rapproché de lui. Le pauvre stagiaire se retrouve littéralement soulevé de terre. Ils le maintiennent ainsi devant le shérif. Seward, désemparé, tente de s'expliquer et de faire entendre raison au shérif.

— Écoute Karl !…

— Qui t'a permis de m'appeler Karl petit con ?

— Excusez-moi Shérif. Écoutez, l'autre jour j'ai parlé avec lui et il m'a dit qu'il était né dans le coin, plus au sud…

— Je sais très bien d'où il vient…

— Il m'a raconté que ses parents vivaient dans le Sud. C'est faux Shérif ! Il n'est pas né dans le Sud. Il vient d'une ville du nord. Et ses parents sont morts quand il était petit. Il a été pris en charge par un orphelinat…

Le shérif est indigné. Il regarde du côté de l'ordinateur sur le bureau de fortune de Seward et voit qu'il est encore ouvert dans le site du FBI. Il ramasse Seward par la cravate et le couche sur son bureau. Seward se retrouve les pieds dans les airs, les mains dans le dos, tenu par les adjoints et étranglé par le shérif qui colle son visage contre le sien.

— Tu as fait une enquête sur un de mes hommes en consultant vos dossiers de merde du FBI avec un de mes ordinateurs ? Personne n'enquête sur moi ni sur mes hommes ici !

Seward est de plus en plus rouge et commence sérieusement à étouffer.

— Je m'excuse… mais vous ne comprenez pas Shérif, balbutie-t-il d'une voix enrouée.

Le shérif pointe l'index de son autre main entre les deux yeux de Seward.

— C'est toi qui ne comprends rien Ness. J'ai toujours su d'où il venait et sa vie n'a pas été facile. Mais c'est rien comparé à ce qui t'attend si tu remets les pieds ici. C'est clair ?

Seward peut à peine respirer et il est incapable de parler. Il fait oui de la tête. Le shérif le relâche et le repousse d'un même geste. Les adjoints libèrent brusquement le pauvre bougre qui s'affaisse sur le sol. Le shérif se penche devant son bureau et regarde Seward qui tente de reprendre son souffle.

— Tu crois que cet homme va raconter sa vie privée à un petit blanc-bec dans ton genre parce qu'il fait joujou avec un insigne du FBI trop lourd pour lui ?

— C'est vous qui serez responsable du prochain meurtre Shérif ! répond Seward en toussant.

— T'as pas intérêt à foutre ton nez dans nos affaires. Je t'aimais bien tu sais... mais fais gaffe de ne pas ramener tes fesses par ici.

Seward se relève péniblement.

— Ça va, je m'en vais. Je peux ravoir mes affaires ?

— Biff, ramasse-lui tout ça et fous-lui dans une boîte !

Biff s'exécute sans dire un mot pendant que Seward replace ses vêtements.

— Je n'ai pas d'auto.

Le shérif se rassoit.

— Biff va t'accompagner hors de MA ville. Maintenant va attendre dehors, dégage de ma vue !

Seward se retourne, sort du Bureau et s'assoit dans les marches de l'entrée. Biff arrive quelques minutes plus tard en portant la même boîte qui avait servi, quelques jours auparavant, à transporter les effets personnels de l'aspirant du FBI à son nouveau lieu de stage. Biff passe à côté de Seward, descend une première marche puis s'arrête deux marches plus bas que celle où il est assis. Il lui fait un signe amical de la tête.

— Allez amène toi, je vais te reconduire chez toi !

18

Mercredi matin…

La veille, Seward a été sommé de se présenter
au bureau de Jamison à la première heure le lendemain
pour expliquer son éviction spectaculaire du Bureau
du shérif. Ce dernier avait téléphoné personnellement
à Jamison quelques minutes après l'incident pour lui
signifier dans des termes peu élogieux qu'il ne voulait
plus recevoir ses stagiaires à son Bureau. Jamison
était furax. Il avait dû contacter un de ses proches
collaborateurs à l'administration du FBI qui avait ses
entrées à la mairie de Sharonneville pour trouver un
moyen de récupérer la situation auprès du shérif. Il
avait dû par la suite décider du sort de Seward dont
le stage venait de prendre fin abruptement avant
terme. Si Seward s'était trouvé devant lui à cet instant,
il l'aurait expulsé de l'Académie sur l'heure. Dans
l'après-midi, Jamison avait fait chercher Seward
partout, mais ce dernier s'était terré jusque vers
les vingt-trois heures, comme le lui avait conseillé

gentiment Biff en le déposant chez lui. C'est dans ces moments-là qu'on apprécie ne pas posséder de cellulaire. Seward avait ensuite appelé Jarvis d'un téléphone public pour lui expliquer ce qui lui était arrivé. Jarvis lui avait dit qu'elle avait rendez-vous avec Jamison le soir même pour lui faire un compte rendu de leur visite à Sharonneville. Elle en profiterait pour prendre le pouls du directeur et tenter de calmer le jeu. Pour sa part, Seward n'avait plus qu'à retourner se réfugier dans son appartement où elle alla le rejoindre en fin de soirée. Il reçut trois appels mais ne décrocha pas. Il se contenta de prendre ses messages. Tous provenaient du Bureau de Jamison. Dans le dernier message, vers les vingt et une heures, la secrétaire de garde le convoquait pour le lendemain matin, sans faute.

Jamison est assis dans son fauteuil. Il n'entend pas à rire et regarde Seward droit dans les yeux.

— Vous avez été foutu dehors de votre lieu de stage. C'est inacceptable. Qu'avez-vous pensé, les shérifs qui acceptent de coopérer sans trop d'histoire au programme Ness ne courent pas les rues. Qu'avez-vous à dire pour votre défense ?

162

Seward garde les yeux rivés au sol pour montrer son respect envers l'autorité de son supérieur et implorer sa clémence. Il doit se retenir pour ne pas exploser et raconter son histoire tout à trac. Son instinct de survie lui commande d'adopter cette fois une approche plus raisonnable. Il répond donc calmement :

— J'ai fait une enquête sur un des adjoints…

— Je sais tout ça. Jarvis m'a exposé votre hypothèse hier soir, j'y réfléchis. Vous savez, je n'ai aucun autre endroit disponible pour vous permettre de finir votre session et vous éviter de reprendre votre année. Heureusement pour vous, Jarvis m'a aussi dit qu'elle acceptait de vous prendre sous son aile. Je veux bien faire une exception. Un des adjoints du shérif m'a dit beaucoup de bien de vous. Un dénommé… Bifford Dooley, je crois.

Seward relève la tête et fait un sourire pour tenter d'alléger l'atmosphère, mais Jamison arrête de parler et le fixe. Le stagiaire déchu baisse la tête et ravale son sourire. Jamison reprend.

— Je vous laisse une dernière chance, il n'y en aura pas d'autres.

— Merci Monsieur.

— Ne me remerciez pas, remerciez plutôt Jarvis. Vous n'aurez aucune autre chance, suis-je bien clair ?

— Oui Monsieur.

— Parfait, alors vous pouvez disposer… Attendez ! En sortant d'ici, passez au Service de l'approvisionnement, je vous ai réservé un cellulaire. Ne l'oubliez pas !

— Bien Monsieur. Merci !

Seward quitte le bureau de Jamison sans demander son reste. En refermant la porte derrière lui, il prend une grande respiration. Jarvis est là qui l'attend.

— Pis, qu'est-ce qu'il t'a dit ?

Seward attrape Jarvis par les deux bras.

— Tu m'as sauvé la vie. Il accepte que je travaille sous tes ordres.

— Yéh !

— Je ne sais pas comment te remercier.

— Commence par aller au labo voir si Robinson n'aurait pas des résultats pour nous.

— T'as raison, j'y file. Tu m'accompagnes ?

— Non, je vais rester pas trop loin de Jamison à lui faire des sourires toute la matinée pour lui flatter l'ego en guise de remerciements. Les vieux comme lui adorent qu'on rie de leurs blagues, qu'on leur pose des questions et qu'on leur tourne autour. Ce sont des trucs vieux comme le monde. Ces techniques sont éprouvées et on ne peut pas mettre en doute leur efficacité pour s'attirer la faveur des supérieurs.

Jarvis détache un bouton de son chemisier et se bombe la poitrine. Les deux stagiaires se mettent à rire et Seward prend la direction du laboratoire, non sans passer d'abord par le Service de l'approvisionnement pour prendre possession du cellulaire que Jamison a réservé à son intention.

*
* *

Jamison n'est pas un être particulièrement charitable. Il n'a pas sauvé Seward en l'abritant sous la tutelle de Jarvis uniquement par humanité envers un de ses étudiants. Jamison n'a pas dit toute la vérité à Seward. Il est vrai qu'il a dû utiliser tous les moyens mis à sa disposition pour conserver un bon contact auprès du shérif de Sharonneville et que les shérifs qui acceptent de participer au programme Ness ne sont pas légion. Il n'en demeure pas moins qu'il existe nombre d'autres villes où il aurait pu envoyer Seward terminer son stage, s'il avait voulu se donner la peine de passer quelques coups de fil. En fait, le stagiaire, bien qu'il n'en était pas conscient, avait pleinement joué le rôle qu'attendait de lui son supérieur. Bien qu'il n'en avait pas glissé un mot à qui que ce soit, Jamison avait délibérément envoyé ses meilleurs étudiants sur le programme Ness. Ces derniers, se disait-il, seraient les plus aptes à lui fournir de l'information privilégiée si un meurtre était commis sur un des territoires où il avait choisi de placer ses protégés. Sa stratégie avait porté fruit dans le cas de Sharonneville. Par la suite, mardi soir, il avait pris la décision de créer le duo Seward-Jarvis après que celle-ci lui avait fait part de leurs découvertes sur le double meurtre de Sharonneville. Il en avait vraiment été impressionné. Leur théorie d'un shérif adjoint tueur à gages et d'un parapluie qui aurait disparu, donc d'une mise en scène orchestrée par l'assassin, l'avait fasciné au plus haut point. Elle apportait des éléments nouveaux et pertinents comme seuls les enquêteurs expérimentés en dénichent habituellement. La chance des débutants se disait-il. De toute façon, leurs trouvailles leur donnaient bien droit à un écart de conduite.

Plus tard dans la soirée, il avait donc discuté sciemment du problème Seward avec Jarvis pour observer sa réaction. Malgré qu'elle n'ait mentionné qu'une seule fois le nom de Seward lors de son rapport sur leur récente enquête, Jamison savait pertinemment que Seward y avait participé activement et il se souvenait que c'est Jarvis elle-même qui avait proposé, la veille, que Seward l'y accompagne. Il se doutait bien que Jarvis retirait un profit de sa collaboration avec Seward. Il ne voulait pas la priver de cet avantage qui lui permettait d'accomplir un travail si professionnel dont il pourrait peut-être tirer lui-même certains bénéfices. C'est pourquoi il l'avait

166

incité aux confidences en lui faisant part du cas de Seward et en lui accordant de petits privilèges. La réaction de Jarvis avait été immédiate. Il n'eut même pas à la travailler, elle tomba directement dans le piège. Jamison avait vu juste, même s'il ne mesurait pas tout à fait l'importance de l'apport de Seward dans l'enquête confiée à Jarvis. Il était prêt à reconnaître que la présence de Seward à Sharonneville avait été providentielle, malgré que son stage se soit terminé sur une bien mauvaise note. Jamison avait salué le fait que Jarvis s'était elle-même proposée pour superviser Seward. Il n'aurait pas fait mieux lui-même. Seward est un premier de classe, Jamison n'aurait donc pas de peine à justifier sa présence au sein de son équipe, en duo avec Jarvis.

En réalité, le haut fonctionnaire du FBI ne perçoit pas que Seward possède cette façon particulièrement intuitive d'envisager les faits que l'on retrouve chez les bons inspecteurs et que Jarvis exploite à son compte, mais de toute façon cela ne l'intéresse guère. Ce qui lui importe vraiment, c'est qu'elle lui livre la marchandise.

19

Peu de temps après, laboratoire du FBI...

Seward est en train de faire joujou avec son cellulaire pour en comprendre toutes les fonctionnalités. Il téléphone à Jarvis pour lui donner son numéro. Il tombe sur sa boîte vocale au moment où il traverse les portes du laboratoire du FBI. Il dépasse la réception puis se dirige dans le couloir qui mène au bureau de Robinson. Il laisse son numéro, ferme son appareil et frappe à la porte.

— Entrez ! s'écrie solennellement Robinson.

— Salut ! dit Seward qui ne fait que passer sa tête entre le cadre et la porte.

— Hé ! Ça va ? Entre Simon ! lance cette fois à la bonne franquette Robinson qui se lève pour aller saluer son copain.

— Oui, toi ?

— Très bien, qu'est-ce qui me vaut ta visite ?... J'ai pris le message que tu m'as laissé hier soir concernant ton stage, c'est moche ! Est-ce que t'as du nouveau ? Tu as vu Jamison ? Raconte !

— Si ce n'était pas de Nicole, j'y passais.

— À ce point ?

— Oui Monsieur ! Mais tout va bien, je vais travailler avec elle maintenant, je te raconterai plus tard. Eh ! Hier Nicole ne t'a pas amené des trucs à analyser ?

— Non…je blague. Oui, j'ai examiné les objets et je n'ai rien trouvé de particulier mais je n'ai pas encore reçu les résultats. Assieds-toi !

L'étroit bureau du stagiaire est meublé d'un pupitre en bois, d'un fauteuil et de deux chaises. Seward tire l'une d'elle et s'assoit.

— Merci !

Robinson retourne derrière le bureau et prend place sur son siège.

— Tu veux que j'aille vérifier s'il y a du nouveau ?

— Oui si tu peux.

— Pas de problème, je reviens dans cinq minutes. Reste là et fais comme chez toi ! J'étais justement en train de regarder de nouvelles photos des deux femmes trouvées mortes à Sharonneville. Jarvis m'a dit que tu croyais qu'il y avait une troisième personne qui participait à leurs ébats amoureux. C'est bien ça ?

— Oui, c'est ça ! Je peux les regarder ?

— Bien sûr !

Robinson quitte la pièce. Seward s'approche, tourne le dossier dans sa direction et examine les clichés des deux femmes. Il constate que pour les besoins de l'autopsie, on a dû dégager leurs visages en coiffant leurs cheveux vers l'arrière. Il remarque qu'elles se ressemblent énormément puis sursaute lorsqu'il réalise qu'elles ont le même faciès que Jarvis, en particulier Annie Davis, la plus menue, la mère de la fillette, celle qui fut retrouvée nue dans la cuisine. Sur les clichés pris par les enquêteurs avant que l'on ne bouge son cadavre sa chevelure éparse cachait en partie son visage. De même, sur les photos de famille trouvées à son domicile et annexées au dossier, ses cheveux étaient frisés et tombaient librement. Mais sur celles de l'autopsie, non seulement ses cheveux sont tirés, mais ses yeux et son corps sont semblables à ceux de Jarvis. Seward n'a plus l'ombre d'un doute. Bob est bien le tueur. Son instinct lui dit que tous ces gens doivent avoir quelque chose en commun qui lui échappe.

— Ce n'est pas un *serial killer*, car il n'agresse pas sexuellement ses victimes. Tous ces morts doivent avoir un lien, une personne a dû payer Bob pour les exécuter ou quelque chose comme ça. Peut-être que Bob est lui-même le lien, lance à voix haute Seward pour lui-même.

La veille au soir, après sa rencontre avec Jamison, Jarvis avait décidé de profiter du fait que Bob était en vacances pour fureter avec Seward autour de sa maison. Tous deux avaient regardé par les fenêtres et n'avaient rien trouvé d'anormal. Certains stores étaient même restés ouverts. Ils avaient questionné un de ses voisins qui, malgré l'heure tardive et la température fraîche des soirées d'automne, était assis dehors à caresser ses chiens. Mais toujours rien ! Seward avait épluché le dossier du shérif adjoint durant la nuit et encore là, il n'avait rien trouvé qui puisse le relier à tous ces meurtres, mis à part les deux dernières victimes, dont le seul lien était qu'elles habitaient dans la même ville que lui.

— *C'est mince comme raison pour tuer quelqu'un,* pense Seward. Il y a quelque chose qui m'échappe ! Quel salaud ! s'exclame-t-il dépité.

Robinson surgit derrière lui au même moment.

— J'espère que tu ne parlais pas de moi ?

— Non, c'est sûr !

— J'ai regardé, mais les résultats ne sont pas encore disponibles.

Le cellulaire de Seward sonne.

— Oui, allo !…Pardon ! Agent spécial Seward !

Jarvis est à l'autre bout du fil. Elle s'apprête à s'asseoir à la table de conférence du bureau de Jamison.

— Il faut que tu rappliques au plus vite. Jamison a reçu de nouveaux résultats dont il veut nous faire part. Il convoque tout le monde ici tout de suite.

— J'arrive !

Seward coupe la communication puis sort un bloc-notes et un crayon de son veston, y inscrit une série de chiffres et tend le papier à Robinson.

— Tiens ! Je dois y aller, voici mon numéro de cellulaire. Rappelle-moi dès que tu auras du nouveau, c'est très important pour moi.

— D'accord, je regarde ce que je peux faire.

— Merci.

20

10 h 30, Bureau de Jamison…

Seward pénètre dans la salle de conférence où Jamison entame tout juste son exposé. Jarvis lui a réservé la chaise voisine de la sienne sur laquelle elle a mis ses notes de cours. Seward les retire, les dépose devant lui sur la table et prend place. Personne ne relève son retard. L'atmosphère est à la solidarité. Tous savent que normalement, lorsque le directeur convoque les inspecteurs en réunion extraordinaire, c'est qu'il y a du neuf et que tout le monde pourra s'en réjouir. Jamison présente Seward aux autres membres de son équipe en le qualifiant de stagiaire de la stagiaire. Cela fait bien rigoler les hommes, mais sans plus. Du reste, le jeune aspirant a droit à des saluts sympathiques des vétérans. Jarvis se tourne la tête et murmure à l'oreille de Seward :

— Est-ce qu'ils ont trouvé quelque chose au labo ?

— Non, rien pour l'instant, répond à voix basse Seward.

*

* *

À la suite de la réunion précédente, juste après le départ de Jarvis, Jamison s'était précipité au BSU avec un double de l'épais dossier fétiche de Castelli sur les meurtres non-résolus qu'on présumait être l'œuvre d'un tueur à gages. Jamison voulait en fait vérifier qu'il ne s'agissait pas plutôt d'un tueur en série, comme l'avait suggéré si instinctivement Jarvis. Il avait bien pris soin de ne pas mentionner le nom de sa protégée à son homologue du BSU. *Dossier prioritaire* avait-il précisé à son confrère Lionel Clark, directeur de cette unité. Jamison flairait un gros coup pour sa carrière. Si l'hypothèse de Jarvis s'avérait exacte et qu'elle menait rapidement à l'arrestation de ce détraqué, un bon poste l'attendrait à Washington. En effet, cette suite de mortalités atypiques parmi lesquelles se trouvaient de grosses huiles commençait à faire jaser en haut lieu. Surtout depuis que le nom de la tante d'un élu du Congrès était inscrit sur la liste des victimes.

De son côté, Lionel Clark n'était pas né de la dernière pluie, lui non plus. Le vieux renard connaissait l'importance de l'enquête et savait aussi que son équipe n'aimerait pas devoir réviser ses propres conclusions sous prétexte qu'un des membres du Département des enquêtes les mettait en doute. Il avait donc transmis le dossier à un profileur externe. Il avait pris bien soin de lui spécifier : *Les meurtres que nous vous soumettons ont été commis par un tueur en série. Nous aimerions que vous nous élaboriez son profil. Recevez mes meilleures salutations, Lionel Clark, directeur de l'Unité des sciences du comportement, FBI.*

Cette méthode scientifiquement éprouvée pour confirmer une hypothèse est occasionnellement utilisée au FBI. Elle consiste à induire un biais dans la demande envoyée aux consultants externes. Si le leurre fonctionne, les résultats n'aborderont pas dans le même sens que ceux déjà obtenus par la précédente équipe et convergeront vers un tout nouveau profil de tueur. Dans le cas contraire, la nouvelle hypothèse sera écartée et les résultats obtenus confirmeront les premières analyses réalisées à l'interne. Il ne reste plus qu'à les étayer par une autre série d'études au besoin.

Jamison poursuit la réunion extraordinaire qu'il a commandée. Il peut maintenant faire état des résultats à son équipe.

— Mademoiselle, Messieurs, je viens de m'entretenir avec Lionel Clark, responsable du BSU.

Il m'a fait parvenir les résultats concernant notre requête, à savoir si on pouvait relier les meurtres de Sharonneville aux autres déjà perpétrés dans à peu près les mêmes circonstances. Eh bien oui ! Selon eux, nous avons un fil conducteur.

Tous se réjouissent de pouvoir enfin s'appuyer sur un point de départ, une base d'enquête.

— Le Bureau de l'éminent professeur de psychologie de l'Université de Boston auquel a été confiée l'élaboration du profilage est formel. Les quinze crimes qu'on lui a soumis sont tous commis par une seule et même personne. Il s'agirait d'un homme de race blanche âgé entre trente-cinq et cinquante-cinq ans, célibataire, sportif et doté d'une grande force physique. Il doit connaître les arts martiaux puisqu'il tue toujours à mains nues. Notre homme vit et agit seul, c'est pourquoi il se déplace vite et de nuit. Il est gaucher, il a donc une personnalité artistique qu'il ne peut probablement pas exprimer. Il tue dans divers groupes ethniques, il vit donc dans une région cosmopolite. Il sélectionne ses victimes avec des critères précis.

— D'après le spécialiste, il tire sa motivation dans le plaisir à faire souffrir psychologiquement les enfants. Toutes ses victimes sauf trois ont un point en commun, des enfants en bas âge. Il n'y a que les meurtres de Bill Bill et du couple Rupert qui diffèrent.

En conclusion, notre homme serait un tueur en série. Bravo Jarvis, vous avez eu un flair excellent !

Toute l'équipe applaudit en regardant dans la direction de Jarvis. Celle-ci affiche un sourire béat de satisfaction, le nez en l'air. Seward redresse brusquement la tête. Il est stupéfait. Il se penche sur l'oreille de Jarvis et lui chuchote en insistant sur le tu.

— TU as eu un excellent flair ?

Jarvis prend alors un air offusqué. Elle n'apprécie pas du tout le sous-entendu. Jamison reprend son exposé.

— D'après le rapport, il faut canaliser nos efforts de recherche du côté de Bill Bill et du couple Rupert. Selon le consultant, ils seraient des victimes de passage ou des connaissances. Bill Bill serait bel et bien le premier de la série. Il faudra revoir son dossier en profondeur.

— Notre tueur brise la nuque de ses victimes. Cette technique laisse supposer qu'il peut avoir été élevé sur une ferme ou bien qu'il a travaillé dans un abattoir. Notre homme serait un ancien pédophile. L'absence de viol et de trace de pénétration d'objet chez ses victimes indique qu'il est puéril et habite probablement encore chez ses parents. D'après le rapport, il doit s'agir d'un ex-détenu. La totalité des tueurs en série que l'on libère récidivent. Cependant, notre tueur n'a pas été incarcéré pour meurtre, car

98.5 % des tueurs en série violent ou agressent. Or notre homme ne viole pas. D'après le spécialiste, il doit donc s'agir d'un ancien pédophile qui a dû suivre une cure psychiatrique après sa capture. Il a sans doute été soigné par castration et stimulation béhaviorale. Il n'attaque donc plus les enfants et n'éprouve plus de plaisir sexuel avec eux, car il est conditionné à les craindre. Il n'a plus le courage de les approcher, mais il les désirerait toujours sexuellement. Il métamorphose donc ce désir en haine, car il les considère responsables de tous les maux qui l'accablent. Il tue alors des adultes en espérant fantasmatiquement que les enfants esseulés iront se jeter dans ses bras en pleurant pour quémander son affection. Ainsi, ils paieraient pour ce qu'il a dû subir et lui ne serait pas coupable de les désirer sexuellement puisque ce seraient eux qui iraient vers lui. Il croit ainsi se débarrasser de sa castration. Mais dans les faits, il quitte les lieux avant le retour des enfants et son fantasme ne se réalise jamais. Nous avons affaire à un prédateur sexuel castré. C'est un tueur en série à comportement mixte. Il est organisé donc intelligent. C'est pourquoi il fait disparaître les preuves. Il tue parfois en plein jour. Il est donc très narcissique, ce qui lui a déjà valu de se faire surprendre par l'amie d'une de ses victimes à Sharonneville. Si le profilage du meurtrier est exact, il serait également affligé d'une structure fantasmatique de toute-puissance qui l'affaiblit, le rend vulnérable et le pousse à poser des gestes inorganisés.

— D'après ce que j'en sais, pour les experts, une telle structure est difficilement conciliable avec la personnalité d'un pédophile. Nous serions donc ici en présence d'un cas unique, extrêmement dangereux et non répertorié.

Jamison reprend la lecture du résumé du rapport du profileur.

— Pour l'instant, il s'en prend surtout à ceux qui représentent l'autorité phallique, l'ordre établi, donc des gens qui ont des enfants, une réussite sociale et qui sont aimés de tous. Il serait très jaloux de la liberté de ses victimes de pouvoir aimer des enfants, alors que lui ne peut plus être en contact avec eux à la suite de ses traitements. Comme César, il refuse d'être le second. C'est pour cela qu'il s'attaque principalement aux dignitaires. Après son meurtre, il se sent le maître de la ville où il a détrôné son rival. Elle est devenue son territoire où tous les enfants lui appartiennent. Mais ce sentiment n'est que temporaire. Ce mégalomane frustré dans sa fantasmatique change de ville dès qu'il l'a conquise car il a peur de s'approcher des enfants. Il choisit alors une autre ville et recommence en croyant que cette fois, il sera capable d'aller jusqu'au bout. Mais en réalité, il ne fait que récidiver car, comme il n'arrive pas à se satisfaire sexuellement avec ses victimes qu'il ne tue que pour atteindre leurs enfants dont il n'arrive pas à s'approcher, sa pulsion le tenaille.

— Le fait qu'il commette ses meurtres à des intervalles de plus en plus rapprochés indique qu'il est peut-être de moins en moins satisfait de s'attaquer à des adultes. Il risque de changer de cible, de *modus operandi* et de se créer une signature puisqu'il est sans cesse à la recherche d'une nouvelle victime. N'oubliez pas que sa dernière en date, Annie Davis, était nue et délicate comme un enfant. Si ce crime a réveillé sa pédophilie, il va recommencer à agresser des enfants. Cependant, d'après le profileur, à l'heure actuelle, notre homme ne devrait plus s'en prendre aux enfants. Il doit avoir totalement commué son désir sexuel envers les juvéniles par un plaisir frénétique de toute-puissance à tuer des adultes. À l'inverse, si le meurtre d'Annie Davis a transposé sa crainte des enfants sur les adultes, il risque de se refermer sur lui-même et de se terrer pendant des années. Sa prochaine victime nous dira où il en est. Les détails complets du profil sont dans ce document d'une trentaine de pages. Voici vos exemplaires….

— Vous avez des questions ?… Bon, allez-y et pensez à tout ça. Vous deux, filez à l'hôpital psychiatrique où a séjourné Bill Bill. Épluchez les dossiers des patients qui le côtoyaient. Vérifier s'il y en a qui pourraient correspondre au profil recherché et qui seraient actuellement en liberté. Castelli, vous venez avec moi. Nous allons interroger les ordinateurs sur les pédophiles qui courent et qui auraient subi un traitement chimique ou chirurgical et nous allons envoyer un avis à tous les Bureaux des forces de l'ordre de la région étendue de Washington de nous signaler toutes les activités suspectes concernant un pédophile récidiviste dans leur juridiction.

Seward et Jarvis ramassent leurs effets et descendent à leur casier. Un silence les sépare et l'atmosphère est tendue. Jarvis casse la glace.

— Qu'est-ce qu'il y a ?

— Qu'est-ce qu'il y a ! Je vais te dire ce qu'il y a ! Tu m'avais dit que Jamison savait que c'était mon idée celle du tueur en série !

— Oh ! C'est ça ! Oui bien… j'ai dû oublier de mentionner ton nom ou bien c'est Jamison qui a mal compris, qu'est-ce que j'en sais moi ?

— Quoi, oublié ! Qu'est-ce que tu racontes ?… Et qu'est-ce que tout ce tissu de conneries d'ex-pédophile que raconte Jamison sur le tueur ? Tu sais comme moi qu'un profileur ne fait qu'émettre des hypothèses.

— Oui mais elles s'avèrent juste quatre fois sur cinq. Tu ne vas pas me dire maintenant que tu ne crois plus que c'est un tueur en série !

— Tu ne vois pas qu'il y a quelque chose qui cloche dans leur théorie ?

— Non, tu m'excuseras mais je ne vois pas !

183

— Merde, c'est Bob le tueur !

— Encore ! Mais on a même fait le tour de sa maison et on n'a rien trouvé et le profileur…

— Écoute, je vais te dire : ils veulent un homme qui n'aime pas les enfants ; Bob n'en a jamais eus. Ils veulent un homme fort et qui sait se battre ; Bob est dans la police. Ils veulent un homme qui a appris à briser la nuque des poulets pour les tuer ; il habite sur une ferme, sa maison aurait pu servir de décor pour *Les arpents verts*. Ils veulent un gaucher ; Bob porte son arme à gauche. Ils veulent un artiste frustré ; cet homme passe son temps à observer toutes les mouches qui volent… s'emporte Seward.

— J'en peux plus, arrête tes conneries ! rétorque Jarvis qui trouve son propos indigeste.

— Il t'a même analysé et tu sais, les filles à la morgue, elles ont le même faciès que toi.

— Quoi !

Seward en pleure de dépit. Jarvis le prend dans ses bras.

— Ça va aller, calme-toi ! Allez, va te reposer, toute cette histoire est en train de nous tuer. Tu as à peine dormi la nuit dernière.

Seward se dégage et fait appel à toute sa fierté masculine pour se ressaisir. Il sèche ses larmes.

— C'est beau, ça va aller.

Jarvis n'a manifestement aucune sympathie pour sa thèse et Seward le conçoit fort bien.

184

21

Jeudi, 15 h 34, Hagerstown…

Un petit garçon quitte la cour de son école en saluant ses camarades. Il trottine sur le trottoir. Une voiture blanche vient se positionner derrière lui et le suit à bonne distance. Le petit tourne le coin de la rue. Il est hors de portée de vue de l'école. À sa droite, un boisé longe le trottoir et le cache du reste du monde. À sa gauche se trouve une rangée de maisons. Aucun véhicule n'est garé dans les stationnements. Le long trottoir est désert, aucune âme qui vive à l'horizon. La voiture accélère et dépasse le bambin. Elle s'arrête en douceur sur le bord du trottoir, à quelques mètres à peine devant lui. Lorsque l'enfant arrive à la hauteur de la portière du côté passager, celle-ci s'ouvre d'un coup et lui bloque le chemin. Le gamin, surpris, reste figé et dans un mouvement de réflexe, regarde à l'intérieur de la voiture. Il voit une main qui quitte le volant, descend sur le banc du passager et ramasse une superbe sucette orange montée en spirale. La main la fait pivoter en la roulant entre le pouce et l'index.

— Tu la veux petit ? murmure l'homme au volant.

Le petit paralysé par la peur n'ose pas se sauver. Il ne demande qu'à être rassuré et l'offre alléchante le réconforte. Il hoche la tête en signe d'assentiment et l'habile chauffeur lui sourit à pleines dents.

— Tiens petit ! Prends, elle est pour toi !

Le garçonnet s'avance et tend son bras pour attraper la friandise. L'homme ramène doucement le bonbon plus près de lui pour forcer l'enfant à grimper dans le véhicule. La ruse fonctionne à merveille. Dans le temps de le dire, le petit se retrouve assis à côté du tentateur. L'homme entreprend alors la conversation pour ne pas brusquer l'enfant et le mettre en confiance.

— Comment tu t'appelles mon ange ?

— Je m...

Soudain, une main s'enfonce dans la voiture, empoigne l'enfant par son sac à dos et le soulève. Le bambin se met à hurler. Il est extirpé de la voiture aussi aisément qu'une chatte attrape ses bébés dans sa gueule pour les porter en lieu sûr. À peine les pieds au sol, le gamin s'enfuit à toutes jambes et disparaît dans la forêt. Un homme prend alors sa place dans le véhicule. Le chauffeur, pétrifié, tente désespérément d'attraper la poignée de sa portière pour quitter l'habitacle, mais peine perdue. Dans sa panique, il n'arrive pas à sortir. L'intrus le saisit par la tête et lui brise la nuque d'un coup sec. Puis il couche le corps du chauffeur sur la banquette avant, verrouille les portières, sort du véhicule et quitte lentement les lieux.

22

Deux heures plus tard, Hagerstown...

Deux voitures du Bureau du shérif et une ambulance, gyrophares scintillants, sont garées derrière le véhicule de la victime. Trois voitures du FBI arrivent en trombe et s'arrêtent à leur hauteur. Jamison et Castelli sortent de leur voiture respective, Jarvis et Seward de la dernière, une Caprice classique banalisée flambant neuve. Castelli fait signe aux deux étudiants de venir l'aider à sortir l'appareil photo, le magnétophone et tout le barda de son propre véhicule. Jamison se dirige droit vers le shérif qui discute avec un homme appuyé sur une voiture.

— Bonjour ! Shérif Bidman je présume ? C'est vous qui nous avez appelés ? questionne Jamison.

— Oui. Hier, vous nous avez fait parvenir un avis demandant de vous signaler tout comportement pouvant être lié à un pédophile. Alors comme le cadavre de cet homme a été retrouvé à deux pas d'une école, je me suis dit…

— Vous avez très bien fait Shérif, je vous en remercie. Quelqu'un a vu quelque chose ?

Le shérif pointe le doigt en direction de l'homme aux bras croisés appuyé contre l'aile arrière de sa voiture arrêtée juste devant le véhicule blanc de la victime.

— C'est lui qui nous a appelés ! C'est un adjoint de Sharonneville, dit le shérif Bidman.

L'homme s'avance, la main tendue.

— Robert Conway, mais on m'appelle Bob.

— Craig Jamison. Enchanté Bob !

— J'ai trouvé le corps et j'ai tout de suite appelé le shérif, l'informe Bob d'un ton décidé.

Jamison se retourne vers le shérif Bidman.

— Est-ce qu'on sait de qui il s'agit ?

Le shérif n'a pas le temps d'ouvrir la bouche que Bob enchaîne :

— C'est un pédophile.

Seward est en train de rapailler le matériel de Castelli. Il reconnaît la silhouette de Bob et abandonne Castelli et Jarvis pour rejoindre Jamison. Jarvis le suit. Jamison présente les stagiaires au shérif Bidman, puis à Bob, mais Seward ne peut détacher son regard de l'imposant adjoint.

— Qu'est-ce que tu fous ici toi ?

— Je passais par là, lui répond Bob d'un ton flegmatique.

— Ah oui et pourquoi tu passais par là ?

— La victime est un récidiviste que j'ai coffré il y a quelques années. Il avait été condamné pour pédophilie. Il en avait pris pour dix ans, mais il n'a pas eu à finir sa peine car il n'a jamais tué d'enfant. C'était un puéril. Durant son incarcération, il s'est plié à toutes les formes de traitements thérapeutiques que les psys voulaient expérimenter. Il a toujours été volontaire. Il préférait être en laboratoire plutôt qu'en cellule. Tellement qu'il était devenu presque ami avec les chercheurs. Ils ont même accepté de témoigner pour lui à la conditionnelle.

Seward monte alors le ton.

— Ah oui !… et pourquoi ils auraient témoigné pour lui ?

— Il a accepté de se faire couper les couilles.

Jamison retrousse les lèvres et se tourne vers le shérif Bidman qui en fait autant.

— C'est notre homme ! s'exclame-t-il.

Jamison et le shérif s'éloignent, Jamison vers sa voiture pour vérifier auprès du central les allégations de Bob concernant l'identité de la victime et le shérif, vers son adjoint qui lui a fait signe de venir le rejoindre à l'arrière du véhicule de la victime. Jarvis reste avec Seward pour écouter la suite des explications de Bob.

— Il paraît qu'en dedans, on ne rigole pas trop avec ce genre d'individu. Il ne voulait plus retourner avec ses petits camarades de cellule, explique Bob.

Un deuxième adjoint du shérif arrive en voiture et s'arrête à la hauteur du groupe. Il sort de son véhicule et appuie ses mains sur son capot.

— Shérif, j'ai vérifié avec l'école, tous les enfants semblent être rentrés sains et saufs. Rien à signaler.

— Merci !

Jamison revient auprès de Castelli qui photographie le véhicule de la victime, à deux pas de Bob.

— Notre homme était ambidextre, célibataire et a bien fait de la prison pour pédophilie.

Castelli acquiesce et se penche à l'intérieur du véhicule. Il soulève la tête du cadavre, puis ressort.

— Il s'est fait briser le cou, c'est le cas classique du trappeur trappé dans son propre piège.

Le shérif se met à rire et en rajoute.

— Ils peuvent maintenant aller l'enterrer à côté de ses couilles.

Tous éclatent de rire sauf Bob, Jarvis et Seward. Ce dernier poursuit son interrogatoire avec opiniâtreté.

— Et que faisiez-vous ici ?

— Je viens de te le dire, je l'ai toujours eu à l'œil ce zigoto. Je n'ai jamais cru à toutes ces histoires de réhabilitation béhaviorale et de castration. Alors de temps en temps, je venais fureter par où il habite.

192

— Et où il habite ?

— Là-bas, juste en face de l'école.

— C'est vous qui avez rédigé le rapport sur le double meurtre de Sharonneville ?

— Oui, c'est moi. Le shérif disait que c'était urgent et comme tu n'avais pas toutes les données pour le compléter et que tu étais déjà parti, alors je l'ai fait. On ne peut pas t'en vouloir, il y avait une pile monstre sur ton bureau.

— Ah oui. Et d'où vient-elle la description psychologique des deux femmes ? Le shérif n'a émis aucune note là-dessus.

— Parce que c'est toujours moi qui fais les descriptions des victimes d'après les dossiers et les photos. Le shérif a horreur de s'occuper de ça…

Bob lance un coup d'œil en direction de Jarvis.

— Eh Ness, t'en pinces toujours pour elle ?

— Quoi ? Espèce de salaud ! Tu crois que tu auras toujours le dernier mot ?

Seward saute au cou de Bob qui l'esquive. Jamison, Castelli et le shérif Bidman séparent les deux hommes avant que les coups ne pleuvent.

— Holà ! dit Jamison.

Castelli maintient les deux bras de Seward derrière son dos. Le stagiaire, énervé, reprend de plus belle.

— C'est toi le meurtrier, c'est toi qui l'as tué hein Bob ! Tu crois que tu vas t'en tirer toujours comme ça ? Tu crois que la mort de cette merde va te servir à enterrer tous tes crimes !

Jarvis se colle contre Seward pour le retenir, car elle voit bien que Bob pourrait n'en faire qu'une bouchée. Il est calme, garde son sang-froid et fait preuve d'une maîtrise absolue de la situation. Jamison n'apprécie pas les démonstrations publiques d'hystérie de la part d'un de ses hommes. Il est furieux.

— Seward, calmez-vous, c'est un ordre !

Mais Seward ne voit plus clair. Il a perdu tout contrôle.

— Vous ne voyez pas que c'est lui. Il était blessé à la jambe le jour du meurtre des deux femmes de Sharonneville. Aujourd'hui, il est arrivé le premier sur les lieux. Et le profil psychologique des victimes qu'il a tracé dans le rapport du shérif est le même qu'il m'a fait l'autre jour de Nicole.

— Vous déraillez, j'ai lu ce rapport et la description des victimes qui s'y trouve ne ressemble en rien à celle de votre collègue. Jarvis débarrassez-moi de lui sur-le-champ, je ne veux plus le voir avant lundi !

— Oui Monsieur, je m'en occupe. Allez viens ! dit Jarvis d'un ton amical en prenant Seward par le bras.

Castelli lâche Seward et Jarvis le pousse jusqu'à leur voiture, à l'écart des autres policiers. Seward reprend peu à peu ses esprits pendant que Jamison s'informe de l'état de santé de Bob.

— Tout va bien ?

— Oui très bien merci ! Je m'excuse, je n'aurais pas dû, le petit a cru que je voulais attaquer sa camarade… j'ai dit ça pour détendre l'atmosphère, se défend Bob.

— Ce n'est rien, oubliez ça, rétorque Jamison en bon diplomate qu'il est.

— Il y a quelque chose qui manque ! s'interroge Seward en s'éloignant escorté par Jarvis.

— Mais qu'est-ce que tu veux au juste ? Il n'y a aucun témoin de la scène ni aucune preuve de ce que tu avances. Tu es en train de foutre ta carrière en l'air Simon. Qu'est-ce qui t'arrive ?

— Merde ouvre-toi les yeux Nicole ! Enfin quoi, le BSU nous envoie à la recherche d'un pédophile et le lendemain, bang ! Ça y est on le coince !

— Tu vas trop loin là Simon ! Comment veux-tu que Bob ait su que l'on recherchait un pédophile, rétorque Jarvis exaspérée.

— Mais voyons ! Rien de plus simple, Jamison a envoyé hier avant-midi un avis à tous les corps policiers des environs de Washington pour qu'ils collent au train de tous les pédérastes du pays. Bob fait partie de la police. Le shérif de Sharonneville, un contact ou je ne sais pas qui lui aura fourni l'information. Bon sang !

— Calme-toi Simon, je…

— La fillette !

— Quoi ?

— La fillette de la famille des deux lesbiennes, personne ne l'a interrogée !

— Il y a le témoignage de la voisine… T'as raison. On parle d'une fillette, mais personne ne l'a interrogée. Il n'y a aucune déposition.

— Où est-elle ?

— Je ne sais pas.

— Oui, oui dans le rapport du shérif, il était question d'un orphelinat.

— Ça doit être un orphelinat dans le coin de Sharonneville, mais c'est à plus d'une heure de route d'ici. Il se fait tard, les enfants…

— J'y vais, je prends la voiture.

Jarvis hésite quelques secondes.

— D'accord ! Je rentrerai avec Jamison ou Castelli, mais fais attention, calme-toi et appelle-moi si tu trouves quelque chose. Et n'oublie pas que je me suis portée garante de tes actions. Eh ! Fais gaffe à la bagnole, Jamison m'a fait une fleur en me signant le bon de sortie. Tu me la ramènes sans la moindre égratignure.

— Aucun problème ! crie Seward en démarrant en toute hâte.

196

23

En route vers l'orphelinat...

Seward fonce sur l'autoroute en direction de l'orphelinat. Son cellulaire se met à sonner. Sa main droite quitte le volant pour fouiller la poche portefeuille de son veston où il déniche l'objet.

— Oui allo, Agent spécial Seward !

— Salut, Simon !

— Oui ?

— C'est Denis.

— Comment ça va ?

— Très bien merci. J'ai du nouveau pour toi.

— Vas-y, je t'écoute.

— J'ai reçu des résultats préliminaires de l'analyse des menottes, du fouet et des autres articles trouvés chez les Lucas Davis. Ils sont incomplets, mais comme tu m'as demandé de te téléphoner dès qu'il y aurait du nouveau, alors je n'ai pas hésité.

— T'as bien fait, continue.

— Tu avais encore raison !

— Quoi !

— Il y avait une troisième personne qui parti-cipait aux jeux sexuels des deux femmes. On a trouvé du sang qui n'appartenait pas aux victimes.

— À qui alors ?

— J'en sais foutrement rien Simon, c'est toi qui fait l'enquête, pas moi ! lui répond Robinson en riant.

Seward lâche un peu de vapeur.

— C'est bon, j'ai compris. T'as raison.

— J'ai demandé à mon superviseur, un homme aussi gentil que compétent, si l'on pouvait pousser plus loin l'analyse sanguine. Il m'a dit qu'il allait voir avec son chef. N'espère pas trop obtenir les résultats aujourd'hui mais s'il y a quelque chose de plus, on devrait le savoir avant le week-end.

— Merci Denis, merci beaucoup !

— De rien ! On se rappelle.

— C'est beau.

Seward coupe la ligne et rouvre aussitôt son cellulaire pour composer un nouveau numéro.

— Bureau du shérif de Sharonneville !

— Biff, c'est Simon Seward.

— Qui ?

— Ness, s'il-te-plaît ne raccroche pas !

— Ness ! Comment ça va ?

— Ça va merci ! Et toi ?

— Comme toujours ! Qu'est-ce que je peux faire pour toi ?

— Est-ce que tu as eu des nouvelles de Bob ?

— Non rien.

— Il n'aurait pas téléphoné hier ou ce matin ?

— Non… Peut-être qu'il a parlé au shérif. Tu veux que je m'informe ?

— Non, non, surtout pas ! Merci !

— Que je suis bête, de toute façon il n'est pas là, il est sorti mais je l'attends d'une minute à l'autre…

— Non, non, ça va aller comme ça. Merci !

— Oui c'est vrai, je comprends !

— J'aurais besoin d'un petit service, tu veux m'aider ?

— Demande toujours !

— Dans le rapport du shérif sur le meurtre des deux femmes de vendredi, il est écrit que la fillette fut confiée à un orphelinat mais il n'est fait mention nulle part de quel établissement il s'agit…

— Ça doit être à la maison Perkins. Ne bouge pas !

— Merci !

Biff consulte les dossiers empilés sur l'ancien bureau de Seward. Puis il reprend le combiné.

— J'ai trouvé, elle est bien à Perkins, c'est à vingt minutes au nord d'ici.

— Merci, est-ce qu'il y a une nouvelle déposition ou d'autres développements ?

199

— Non, rien de plus. Seulement les témoignages de la voisine et de la fillette.

— La fillette ?

— Oui, enfin ce n'est pas tout à fait une déposition. Je lui ai parlé quand je suis arrivé sur les lieux. Elle m'a raconté qu'elle était revenue de l'école vers seize heures et avait retrouvé les deux femmes mortes dans la maison. Elle est ressortie aussitôt pour aller chercher du secours chez la voisine. Je ne lui ai rien demandé de plus, il s'agit d'une fillette encore sur les bancs d'école. Tu comprends ce que je veux dire ?

— Oui, oui je vois ! Bon si j'ai de la chance, elle ne sera pas déjà placée en famille d'accueil.

Biff ricane à l'autre bout du fil.

— Il n'y a pas de danger !

— Comment ça ?

— À Perkins, on ne donne pas les enfants en adoption. D'après la rumeur, quand on y entre, c'est pour la vie. Les enfants font partie de « la grande famille » sous la protection du directeur-fondateur lui-même.

— Quoi, c'est une secte ?...

— Je sais pas trop. Je n'ai jamais eu à y aller !...

— Ouais, d'accord... Oh ! Je voulais te remercier pour le bon mot que tu as dit pour moi à Jamison.

— Ce n'est rien ! On a tous besoin d'un petit coup de pouce un jour ou l'autre. Fais gaffe où tu mets les pieds ! Je te laisse, le shérif arrive.

Biff coupe la ligne.

*
* *

19 h 40…

Après avoir parcouru les rues de la ville dans tous les sens, Seward arrive enfin devant l'immense domaine de l'orphelinat Perkins. Il s'arrête devant le portail et appuie sur le bouton de l'interphone. Une employée lui répond d'une voix feutrée.

— Bienvenue à la maison Perkins ! Que puis-je pour vous ?

— Bonjour ! Je suis l'agent spécial Simon Seward du FBI. Je voudrais interroger une de vos pensionnaires.

— Un instant s'il-vous-plaît.

Quelques secondes plus tard, l'employée revient.

— Je regrette Monsieur, votre nom n'apparaît pas sur ma liste des personnes attendues ce soir. Je suis désolée…

— Attendez s'il-vous-plaît Madame ! C'est très important et je n'en aurai que pour quelques minutes !

— Veuillez patienter !

Seward a sorti sa tête par la fenêtre pour se rapprocher de l'interphone. Il lève les yeux et voit une inscription en forme de demi-cercle qui surplombe les immenses grilles en fer forgé : *Ici les enfants ne pleurent jamais.* Après à peine deux minutes, le son d'une porte télécommandée se fait entendre. Seward engage son véhicule entre les deux lourdes portes qui s'ouvrent devant lui. Il avance lentement dans l'immense allée bordée d'arbres. Des enfants jouent avec des cerfs-volants et d'autres au ballon sur une superbe pelouse devant le somptueux bâtiment. Deux surveillantes dévisagent Seward. Il détourne son regard vers le porche où une vieille dame se berce paisiblement au rythme joyeux des rires des enfants. À côté d'elle se tient un chauffeur en livrée, un véritable colosse qui n'entend pas à rire. Tout comme les autres, il surveille attentivement cet étranger qui arrête sa voiture devant l'entrée. Seward a tout juste le temps de sortir de son véhicule qu'une femme très élégante, vêtue d'un tailleur sorti tout droit d'une grande maison de couture parisienne, s'avance pour l'accueillir.

— Mireille Darc, que puis-je faire pour vous Monsieur…

— Agent spécial Simon Seward du FBI. J'enquête sur un double meurtre qui a eu lieu vendredi dernier à Sharonneville…

— Oui, j'en ai entendu parler. En quoi, puis-je vous être utile ?

— Vous avez ici la petite Julie Davis, je crois ?

— Oui, elle est ici, voulez-vous passer à mon bureau ?

— Non merci, la soirée est trop belle… J'aimerais savoir si elle vous a parlé de quoi que ce soit qui pourrait nous être utile dans notre enquête. S'est-elle confiée à vous ? À cet âge, les enfants ont parfois des secrets.

— Non, elle ne m'a rien dit, je suis désolée. Cependant, je peux appeler sa monitrice. Peut-être qu'elle sera plus en mesure de vous aider.

— Merci.

Madame Darc interpelle une des surveillantes qui s'empresse aussitôt.

— Oui madame Darc ?

— Madame Seegers ! L'officier Simon Seward du FBI ici présent aimerait vous poser quelques questions sur la petite Julie Davis.

Seward s'avance et serre la main de la monitrice.

— Enchanté madame Seegers !

— Que puis-je pour vous ?

— La petite Julie vous aurait-elle fait une confidence sur le drame qui a eu lieu chez elle ?

— Non pas du tout. Vous savez ici, on ne questionne jamais les enfants. S'ils veulent nous parler, ils peuvent le faire bien sûr. Mais nous avons un psychologue qui les rencontre et qu'ils peuvent voir sur rendez-vous.

— Puis-je rencontrer cet homme ?

— Malheureusement, il n'est pas ici pour l'instant. De toute façon, la petite Julie ne l'a pas encore rencontré. Il ne vous serait pas d'une grande utilité.

— En effet, je vous remercie. Est-ce qu'il me serait possible de m'entretenir quelques minutes avec la petite en tête-à-tête ?

Madame Seegers regarde dans la direction de madame Darc qui y consent aussitôt.

— Bien sûr, elle est là-bas, elle joue au ballon avec ses nouveaux amis. Madame Seegers, pouvez-vous aller la chercher s'il-vous-plaît ?

— Avec plaisir.

Madame Seegers se dirige vers le groupe d'enfants. Seward attend, les mains dans les poches, pendant que madame Darc le regarde. Les deux échangent un sourire poli sans que personne n'engage la conversation. Madame Seegers revient enfin en tenant la petite fille par la main.

— Voilà ! Julie, je te présente l'inspecteur Seward, c'est un policier. D'accord ?

La fillette est radieuse, en pleine forme et semble contente d'être à l'orphelinat. Elle hoche la tête. Madame Seegers poursuit :

— Il a des questions à te poser sur ta maman. Tu n'es pas obligée de lui répondre mais si tu l'aides, il va pouvoir mieux réussir son travail. Madame Darc et moi restons juste là sous le porche. Si tu as besoin de quoi que ce soit, tu n'auras qu'à nous faire signe.

Les deux femmes s'éloignent et laissent Seward en compagnie de la petite. Il s'accroupit pour se mettre à sa portée.

— Salut Julie, moi c'est Simon. J'aurais une ou deux questions à te poser… Tu veux bien ?

La fillette lui fait signe que oui.

— L'autre jour, lorsque tu es revenue de l'école, est-ce que tu aurais vu quelqu'un dans la maison ou sortir de ta maison ? Concentre-toi bien, c'est important.

— Non Monsieur, il n'y avait personne, répond-elle de sa petite voix angélique.

— À part madame Lucas, est-ce que ta mère avait des amis qui venaient parfois à la maison, le jour ou le soir, pour s'amuser ensemble ?

La fillette fait signe que non.

— Ou peut-être le soir quand tu dormais ? Tu n'as jamais vu les amis de ta mère ?

— Non Monsieur !

— Est-ce qu'un policier serait venu à la maison auparavant ou dans la dernière semaine ?

La fillette fait encore un signe négatif de la tête.

— Une dernière question. Est-ce que tu aurais vu ta mère ou son amie être beaucoup fâchées en parlant au téléphone ou en lisant une lettre ?

— Elles étaient toujours fâchées !

— Contre qui ? lance vivement Seward qui sent poindre l'indice.

— Elles disaient qu'elles n'aimaient pas recevoir des comptes.

Seward sourit en regardant par terre.

— D'accord petite merci, tu as été très gentille.

Il lui donne une poignée de main et remarque une longue cicatrice toute fraîche sur son poignet droit.

— Qui t'a fait ça ?

Le visage de la fillette se crispe.

— Personne, je suis tombée.

— T'es sûre ?

La fillette fait un signe affirmatif de la tête.

— Allez, va jouer !

La petite repart aussitôt en courant vers ses amis. Seward se relève et se dirige vers les deux femmes qui discutent ensemble. En voyant le jeune homme s'avancer, la monitrice entre dans le bâtiment et madame Darc se dirige vers lui. Tous deux se rencontrent à mi-chemin de la route en demi-cercle, devant l'entrée du domaine. Seward est frustré de n'avoir rien trouvé. Son enquête piétine et son ton devient plus hargneux.

— Je viens de voir une marque sur l'avant-bras de la fillette. Est-ce ici qu'elle s'est fait ça ? lance-t-il d'un ton accusateur.

— Monsieur l'Agent ! Elle est peut-être tombée. Ici personne ne touche aux enfants. Vous n'avez

206

probablement pas dû remarquer notre devise à l'entrée, bien qu'elle soit assez visible, me semble-t-il. *Ici les enfants ne pleurent jamais.* Notre bienfaiteur fondateur, qui est toujours d'ailleurs le directeur de l'établissement, est très strict sur ce point. Et nous défendons tous ardemment ce principe, lui répond-elle, outrée.

— Où est allée madame Seegers ? J'aurais deux mots à lui dire.

— Madame Seegers a dû nous quitter, je suis désolée !…

— Vous êtes un orphelinat ! Alors comment se fait-il que le mot orphelinat ne soit inscrit nulle part ? insiste Seward en passant du coq à l'âne.

— En fait, cela est peut-être un peu long à vous expliquer… rétorque sa distinguée interlocutrice qui reste inébranlable sous le flot d'accusations.

— J'ai tout mon temps, relance sans délicatesse Seward.

— Je vous emmènerais bien dans les considérations juridiques qui font de notre établissement un orphelinat, officier. Mais j'ai peur de ne pas très bien maîtriser moi-même toutes ces subtilités et je ne voudrais pas vous induire en erreur…

— Des gens viennent bien ici pour adopter les enfants dont l'État vous a confié la garde ? poursuit Seward.

— Pas exactement… En fait, vous avez raison d'une certaine manière.

207

— Je ne comprends pas !

— Les enfants qui désirent rester parmi nous peuvent le faire aussi longtemps qu'ils le souhaitent. Nous sommes parfaitement autonomes vous savez, nous avons tout ce qu'il faut pour élever correctement ces petits. Nous possédons le statut d'orphelinat grâce à une religieuse qui, jadis, nous a permis d'acquérir cette appellation légale. Mais en réalité, nous formons plutôt une grande famille d'accueil financée quasi entièrement par notre généreux bienfaiteur, le milliardaire professeur Neumann.

— Mais ces enfants ont tout de même une famille, même éloignée… Certaines personnes, cousins, oncles, tantes ou autres doivent vouloir les reprendre, les adopter…

— Notre fondateur est un milliardaire, dois-je vous le rappeler ? Il a de très bons contacts en haut lieu. Alors si quelqu'un, un étranger ou un membre proche ou éloigné de la famille de l'un de nos enfants tente de s'en approprier la garde sans le consentement de l'enfant, il doit composer avec les avocats de notre orphelinat, si vous me permettez l'expression. Et jusqu'à ce jour, nous n'avons jamais perdu un seul de nos enfants par une ordonnance de la Cour. Et aucun enfant n'a encore manifesté le désir de quitter notre grande famille.

— Est-il possible de rencontrer votre directeur ou faut-il s'adresser à ses avocats ?

— Ne soyez pas insolent monsieur Seward. Malheureusement, il n'est pas ici en ce moment. Par contre, je ne manquerai pas de lui faire part de votre visite. Soyez-en assuré... Maintenant, si vous n'avez pas d'autre question concernant notre petite Julie...

Seward se ressaisit.

— Non merci beaucoup !

Il comprend qu'il ne soutirera rien de plus de son interlocutrice. Madame Darc ne lui cédera pas un pouce.

L'administratrice avait plus d'un tour dans son sac. Elle avait été recrutée il y a une dizaine d'années déjà par un chasseur de tête qui avait eu pour mandat de trouver une personne capable de redresser l'administration de l'établissement. Lorsqu'elle passa l'entrevue, Neumann avait tout de suite senti qu'ils avaient des atomes crochus et avait compris que c'était elle et personne d'autre qu'il lui fallait. Mère de famille et directrice régionale d'une des plus prestigieuses firme comptable de la côte est américaine, Neumann avait dû payer le prix fort pour obtenir ses services. Il lui avait donné carte blanche pour administrer la maison Perkins. Elle redressa d'une main de maître les finances de l'orphelinat tant et si bien que Neumann en ouvrit trois autres à travers le pays, tous supervisés par madame Darc il va sans dire.

— Comment fait-on pour joindre monsieur Neumann ? reprend Seward d'un ton plus amène.

Madame Darc sort une carte professionnelle de sa poche et la lui tend.

— Tenez ! Appelez à ce numéro, sa secrétaire se fera un plaisir de vous fixer un rendez-vous.

— Tenez, prenez ma carte vous aussi. Si vous avez du nouveau à me confier, n'hésitez pas à m'appeler, c'est mon numéro de cellulaire.

— Je n'y manquerai pas Agent spécial.

Madame Darc consulte sa montre. Elle indique vingt heures passées. Elle sort un sifflet de sa poche et se retourne vers les enfants pour leur signifier qu'il est l'heure du souper. Dans cet établissement, on éduque les futures grandes personnes au savoir-vivre européen.

Après une longue route et de nombreuses cogitations, Seward arrive enfin à son appartement. Il gare le véhicule du FBI à la première place libre qu'il aperçoit et grimpe chez lui, exténué après ce long trajet et sa journée décevante. Il saute dans son lit et s'endort aussitôt. Il se met alors à rêver à un jeune cerf qui se sauve devant une bande de loups. Les carnassiers l'attrapent et le mettent à mort. Il rêve plusieurs fois à cette scène de mise à mort comme s'il repassait sans cesse le même film dans sa tête.

24

Vendredi matin...

Seward se réveille épuisé d'avoir trop rêvé. Il se lève et erre comme une âme en peine dans son appartement. Il ne doit pas se rendre au Bureau, Jamison l'a bien prévenu qu'il ne voulait plus le voir avant lundi. Ce vendredi de congé lui est imposé et il se dit qu'après tout, ça lui donne un jour de plus pour étudier toute cette histoire. Il ramasse son cellulaire, tente de joindre Jarvis pour se rapporter mais tombe dans sa boîte vocale. Il lui laisse alors le message qu'il s'est rendu à l'orphelinat la veille, qu'il est bien rentré chez lui et qu'il y passerait la journée. Il en profiterait pour écrire un rapport sur son passage à la maison Perkins. Il raccroche et enfonce son appareil dans la poche de sa robe de chambre car si Jamison ou Jarvis tentent de le joindre, il a intérêt à décrocher au plus vite. Il s'empare du dossier que Jarvis lui a remis quelques jours auparavant et s'y plonge le nez, assis à sa table de cuisine. Il a à peine commencé sa lecture qu'il relève la tête et se parle à voix haute.

— Mais ma parole, je suis en train de devenir un vrai Bruno Castelli ! Toujours la chasse au tueur en tête.

Seward se met à rire tout seul en se passant les mains dans le visage, puis reprend sa lecture avec l'opiniâtreté d'un Castelli.

*
* *

Université de Boston, en après-midi...

Neumann est dans une forme resplendissante. Il attaque son cours avec fougue. Comme toujours, il le commence en résumant l'exposé de la leçon précédente pour introduire la matière qu'il prévoit enseigner dans les prochaines heures.

— Lorsque nous nous sommes laissés lundi, nous avons vu à quel point nous étions prêts à adhérer à n'importe quoi si cela pouvait nous procurer un petit profit narcissique. Mais nous avons aussi pu constater à quel point cette attitude pouvait être dommageable à long terme. *La maturité est la perte de ses croyances*, énonce-t-il d'une voix forte pour bien marquer l'importance de cet axiome.

— Nous allons observer aujourd'hui à travers un cas vécu et documenté à quel point la maturité doit sous-tendre toute notre action si nous souhaitons corriger les comportements névrotiques de notre société. N'oubliez pas que chaque geste porte sa conséquence. La recherche du plaisir narcissique peut être très préjudiciable pour vous et pour votre collectivité. Elle n'a donc pas bien sûr sa place en thérapie. Vous avez probablement entendu parler du cas du petit Hans qui a rendu célèbre Freud.

Neumann sourit et balaie sa classe du regard. Il comptabilise rapidement les têtes qui réagissent favorablement.

— Bon c'est bien ! Combien d'entre vous peuvent me dire ce que cette étude a permis de démontrer ?... Personne ? D'accord.

Neumann se retourne vers le tableau et écrit.

— La *pulsion de reproduction*, l'*Œdipe* observable, l'indispensable *vérité*, le *refoulement*, l'importance de la *maturité* du thérapeute, l'*efficacité*. Je vais vous raconter l'histoire du petit garçon et nous reviendrons à la fin sur ces six points.

— Hans n'est pas le vrai nom du garçonnet. Il s'agit en fait d'Herbert Graf. Il était le fils de Max Graf et d'Olga König. Cependant, pour nous faciliter le travail et rester conforme à la littérature psychanalytique, nous continuerons de l'appeler Hans tout au long de l'exposé.

213

— Toujours est-il qu'en avril 1903, Olga donne le jour à un garçon, Hans. Dès sa naissance, Hans est un petit bonhomme bien bâti, heureux, franc, amical et à l'esprit vif. Comme tous les garçons de son âge, il est combatif et adore les jeux dynamiques. C'est un enfant gentil et élevé dans la bonne bourgeoisie. Le petit Hans aime tout le monde : sa mère, son père, les filles, ses cousins. Hans embrasse toutes les filles, de même que les garçons. Il s'intéresse également aux organes sexuels de tout son entourage. À peine âgé de quatre ans, il exprime déjà le désir de coucher avec Mariedl, la fille du propriétaire qui a atteint ses quatorze ans. Hans désire également voir sa bonne toute nue et souhaite avoir des enfants avec elle. Il passe des après-midi complets assis sur le perron, dans l'espoir d'observer une petite fille à son retour de l'école. Complexe d'Œdipe oblige !

Les élèves se mettent à rire. Neumann reprend.

— Qui peut me dire à quoi sert le complexe d'Œdipe ? Personne !… Allons ne soyez pas timides !

Mais nul ne répond. Neumann poursuit donc.

— Le complexe d'Œdipe sert exclusivement à développer les comportements sexuels de l'enfant en prévision de sa reproduction à l'âge adulte. C'est une phase normale de son développement qui se résout par le complexe de castration causé par la présence paternelle qui indique au garçon qu'il n'est pas prêt à prendre possession d'une femme.

Ce complexe n'est pas uniquement dirigé sur la mère. Mais qui peut me dire pourquoi les petits garçons centrent habituellement leur libido sur leur mère ?...

— Ils le font pour deux raisons fondamentales. La première consiste en l'absence d'autres femmes nubiles et accessibles autour d'eux et la seconde, au fait que la mère connaît les méthodes de reproduction puisqu'elle a déjà eu des enfants. Elle devient alors la candidate idéale pour le coït du garçon. Voilà pourquoi nombre de petits garçons souhaitent le divorce de leurs parents de façon fantasmatique et passagère. Cette séparation leur permettrait de se marier avec leur mère, représentante symbolique de la procréation. Le complexe d'Œdipe est au service de la reproduction.

Il souligne *pulsion de reproduction.*

— Il n'y a là rien de bien sorcier et pourtant Freud a failli se faire jeter au bûcher pour moins que ça à l'époque.

Les élèves éclatent de rire, pris au jeu.

— Voilà pour l'état mental et physique du petit Hans avant l'âge de cinq ans, année où il est frappé de troubles sévères du comportement. Hans se met alors à avoir d'affreux cauchemars, éprouve des désirs meurtriers, du dégoût et de la honte envers les bébés, pleure dès qu'il s'éloigne de sa mère et joue compulsivement avec son pénis. Puis soudainement, il manifeste des symptômes pathologiques à la vue d'un cheval et éprouve une peur panique d'être mordu par ce dernier au cours d'une promenade avec sa mère. À compter de ce jour, il cherche à éviter les lieux où se trouvent des chevaux. Ses parents respectent à la lettre les principes de la psychanalyse et ne brusquent pas le petit. Dans une dynamique devenue invivable, le cheval étant le principal moyen de transport à l'époque, les parents n'ont d'autres choix que de briser le silence de leur famille symbiotique. Le père consulte alors Freud. Ce dernier constate que le petit Hans souffre de névrose phobique et d'angoisse de castration. Mais plus encore, il comprend que le petit désire ardemment sa mère. Freud peut alors, pour la première fois, observer de façon pratique le complexe d'Œdipe en pleine action. Qui dit mieux !

Les élèves sourient poliment, car cette tirade déclenche chez eux une introspection involontaire. Neumann leur laisse un moment de répit et enchaîne.

— Freud entreprend immédiatement l'analyse du petit par l'intermédiaire du père qui lui rapporte régulièrement les faits et gestes quotidiens de Hans. À chaque fait rapporté, Freud lui indique comment réagir. Il ne fait donc pas directement l'analyse du garçonnet. Olga et Max sont des habitués des réunions du cercle de psychanalyse viennois de Freud qui ont lieu le mercredi soir. Freud les juge donc aptes à entreprendre cette analyse. Par la suite, il collige les données à partir des textes de Max Graf à propos de son fils. Après quelques mois de thérapie et une rencontre avec Hans, il est fin prêt à conclure. Il constate que le dégoût et la honte envers les bébés observés chez l'enfant sont en fait des mécanismes de défense occasionnés par son incrédulité face à la légende inculquée par ses parents, soit la livraison des bébés par une cigogne. L'anxiété et la phobie de Hans commencent à disparaître lorsque Freud lui avoue connaître ses désirs érotiques envers sa mère et meurtriers envers son père, qu'il lui explique que ses pleurs et sa peur des chevaux ne lui servent qu'à rester seul avec sa mère, et qu'il lui assure que personne ne lui coupera son pénis pour autant. Eurêka !

Les étudiants sont saisis par l'intonation théâtrale de Neumann. Satisfait de son effet, l'orateur poursuit.

— Freud crie alors à la réussite et rédige son article. En 1909, il publie *Analyse d'une phobie chez un petit garçon de 5 ans, le petit Hans*.

— Les pièces du puzzle sont sur la table ! Passons maintenant à la réalisation du casse-tête selon Freud ! Dans son essai, il explique que la phobie de Hans provient des désirs refoulés que l'enfant éprouve envers sa mère. Sous l'action du refoulement, ses désirs érotiques et ses pulsions agressives se transforment en angoisse de castration, car il a peur que son père lui coupe son pénis s'il apprend qu'il désire lui ravir sa femme. Cette peur de la castration se déplace sur un objet assimilable facilement au réel objet de peur. Un cheval à la muselière noire qu'il croise dans la rue lors d'une sortie remplace alors le père à la longue moustache noire. Hans doit donc éviter le cheval qui devient le porteur de son angoisse refoulée. Cette angoisse déplacée permet alors au petit d'agir en toute liberté dans son quotidien, en canalisant sa peur sur un seul objet terrifiant qui se trouve loin de lui, soit le cheval qui mord. Freud détient enfin un exemple vivant du complexe d'Œdipe en pleine castration.

Neumann se retourne et pointe maintenant du doigt le mot *Œdipe* inscrit au tableau.

— Freud déclare que le petit a pu exprimer librement les mécanismes psychosexuels de sa période œdipienne parce qu'il a été élevé loin de toute intimidation... Tout cela est fort bien mais n'explique en rien l'apparition d'une phobie chez l'enfant, car cette période ne doit normalement occasionner aucun traumatisme. Il nous faut donc relire attentivement le compte rendu du père que Freud a inséré dans son rapport. Nous découvrons alors une toute nouvelle dimension. Freud est un petit bonimenteur...

Neumann montre sa réprobation en bougeant son index de gauche à droite devant la classe subjuguée.

— Ce grand psychanalyste n'utilise pas tous les faits dont il dispose pour mener à bien son analyse. Elle est donc incomplète et insatisfaisante, car elle est empreinte de préjugés favorables à l'endroit des Graf, ce qui dénature considérablement les faits. Il faut donc corriger, ajouter un brin de lucidité à cette cure et replacer dans sa vraie perspective, et non plus à travers une loupe déformante, l'analyse des troubles du petit Hans. Que s'est-il donc passé dans la courte vie de cet enfant pour qu'il en arrive là ? La maladie mentale n'apparaît pas comme par magie ! Si cet enfant souffre de phobie alors qu'il est normalement constitué et qu'il n'est atteint d'aucun trouble organique, il y a donc une cause environnementale !

— Voyons donc de plus près ce que peut nous apprendre le compte rendu de Freud sur le couple Graf. Les Graf, en bons adeptes de la psychanalyse, aspirent à élever leur enfant en respectant les principes de bonheur, d'indulgence, de vérité, d'attention, de respect et de partage, dans une franche analyse des mots, des gestes et des rêves de l'enfant. Cependant, la réalité quotidienne sera tout autre. Olga, pourtant bien instruite des principes de la psychanalyse, s'avère une horrible marâtre. À l'âge de trois ans et demi, Hans est surpris par sa mère alors qu'il joue avec son pénis. Elle ne trouve rien de mieux que de le menacer de le lui faire couper par un docteur si elle le reprend à manipuler son sexe. Cette menace ne manque pas de déclencher, chez Hans, le complexe de castration. Tous les garçons ici présents en feraient autant n'est-ce pas ?

Les élèves rient nerveusement, mais de bon cœur.

— Voilà que sans crier gare, en octobre 1906, la cigogne frappe à la porte. Hans se retrouve frère et doit maintenant surmonter une nouvelle épreuve. Cet enfant unique âgé de trois ans et neuf mois est un peu vieux pour accepter la venue d'un nouveau bébé dans la famille. Dès la naissance de sa petite sœur, Hans éprouve le désir de l'éliminer. Il est tout bonnement jaloux de la nouvelle venue car elle capte toute l'attention, la nourriture et la possibilité de survie que la mère réservait exclusivement à Hans jusque là. La jalousie peut amener les gens à faire de bien vilaines choses n'est-ce pas ?

Neumann regarde Elizabeth McGill puis fixe Ali Morgan dans les yeux et lui décoche un sourire en finissant sa phrase.

— Hans veut éliminer sa sœur de façon purement narcissique, pour occuper toute la place. J'ai nommé cette volonté le *Désir de Caïn*. Mais ce phénomène n'est pas à l'ordre du jour de notre exposé. Je reviendrai là-dessus ultérieurement. Toujours est-il qu'il faudra à Hans six mois de plus pour digérer l'arrivée de sa petite sœur Anna et réprimer son désir de l'éliminer. Mais comme si cela n'était pas assez dur pour l'ego de l'aîné, le jour où il demande tout bonnement à ses parents d'où vient sa sœur, les Graf se perdent en mensonges plus stupides les uns que les autres. Ces derniers tentent de faire croire au petit que les enfants proviennent des cigognes, au lieu de lui enseigner la vérité comme le prône la psychanalyse dont ils se targuent pourtant d'être des disciples. Hans ne croira pas à cette légende. Comme tous les enfants, il ne gobera pas les bobards de ses parents car il pressent la vérité sur la sexualité.

Neumann se retourne au tableau et souligne *vérité*.

— Dire la vérité à un enfant est indispensable pour deux raisons. D'une part, elle lui sert à vérifier son acceptation dans la société. Si les parents lui disent la vérité, c'est qu'ils l'acceptent à part entière. D'autre part, elle lui permet de mesurer les limites que l'environnement imposera à son développement intellectuel. Si les parents lui disent la vérité, la connaissance lui deviendra librement accessible et il pourra évoluer. Il intégrera le savoir petit à petit sans avoir à se buter à des tabous. Il pourra accéder plus lucidement aux réalités de la vie puisqu'aucune barrière ne viendra bloquer l'organisation de sa pensée rationnelle. Vous voyez l'importance de ne pas signer n'importe quoi ! Rappelez-vous l'exercice de la semaine dernière sur nos croyances divines et ses conséquences à long terme... Lorsqu'un enfant obtient toujours la vérité à ses questions et qu'il est bien traité, il ne développera aucun refoulement.

Neumann pointe *refoulement* au tableau.

— Mais tel n'est pas le cas au sein de la famille Graf. Hans doit donc développer sa propre théorie. Pour lui, les bébés sont expulsés comme les fèces, seule vérité biologique qui colle à sa réalité quotidienne. Hans croit alors dans son imaginaire d'enfant mal guidé qu'il peut être à la fois père et mère, car il éprouve le même plaisir à assister à leur défécation.

— Mais pire encore… À l'âge de quatre ans et trois mois, alors que Hans demande à sa mère pourquoi elle ne touche jamais à son pénis lorsqu'elle l'essuie au sortir du bain, celle-ci lui répond: « parce que c'est une cochonnerie ! » Par la suite, elle le menace régulièrement de le quitter pour toujours ou de le noyer dans la baignoire. Et comme si cela n'était pas suffisant pour perturber le développement du petit, elle le frappe avec une badine. Toute une maman-gâteau, n'est-ce pas ? Le père, Max Graf, est pour sa part plus aimable. Il est un doux papa. Il joue souvent à saute-cheval avec son petit. Hans identifie dès lors son père moustachu à la toute-puissance phallique du cheval. Bien que relativement gentil envers son fils, le père n'affronte jamais sa femme car il est captivé par sa beauté et son comportement froid qu'il interprète, à tort, comme un signe de personnalité équilibrée. Chaque fois que Hans signale à son père que sa mère le maltraite et qu'il voudrait la battre, voire l'éliminer, il prend parti pour sa femme et dit qu'il a dû la provoquer. Le père n'assume aucunement son rôle de protecteur envers son fils. Voilà ce que nous révèle l'histoire du couple Graf lorsqu'on y regarde de plus près.

Neumann reprend son souffle. Quelques toussotements se font entendre.

— Toujours est-il que c'est dans ce contexte hautement éducatif rappelant l'Inquisition, si vous me permettez ce trait d'esprit, que notre petit garçon baignera durant les cinq premières années de sa vie. Nous sommes maintenant en mesure d'établir quelle est la véritable origine de la phobie névrotique de Hans. Elle ne provient nullement d'un désir sexuel envers la mère ni de la peur du père lors du complexe d'Œdipe, comme le pontifie Freud. Cette interprétation aurait été exacte si l'enfant n'avait pas été martyrisé. Mais la réalité est malheureusement tout autre. Le milieu éducatif dans lequel grandit Hans n'est pas du tout développemental malgré les prétentions de Freud. À en juger par ses actes la mère de Hans est à l'évidence très manipulatrice, méchante, agressive et castratrice. Voilà pourquoi le petit recherche tant son amour, c'est qu'il ne la sent pas du tout affective. Si le petit Hans pleure dès qu'il s'éloigne de sa mère, c'est qu'il a peur qu'elle ne l'aime plus du tout et qu'elle mette ses menaces à exécution. Sa frayeur du cheval n'est donc pas une excuse pour rester seul avec elle et obtenir une intimité œdipienne tel que stipulé dans la publication du grand homme. Quelle ineptie ! Un bambin sain encore tout près de ses instincts ne désire pas copuler avec son bourreau. De tels désirs pervers ne peuvent se retrouver que chez de misérables adultes déboussolés, plus souvent mâles que femelles !

Cette dernière tirade inattendue détend l'atmosphère et fait éclater de rire les jeunes étudiants. Après ce moment de répit, Neumann reprend.

— Hans a sans cesse besoin de retourner auprès de sa mère uniquement pour se faire confirmer qu'elle ne lui fera pas couper son pénis. Cette frayeur l'envahit de plus en plus car il s'intéresse fortement aux organes sexuels des gens qui l'entourent et aime toutes les filles, conformément à sa pulsion. Celle-ci guide la majorité des comportements de l'enfant, et ce, indépendamment de sa volonté, vers des actes purement sexuels et non sublimés à cet âge, ce dont il a peur que sa mère se rende compte. Si Hans joue avec son pénis de façon si compulsive, c'est qu'il veut tout bonnement s'assurer qu'il est encore là. Il marchande alors avec son père pour lui acheter sa mère en lui offrant cinquante mille florins. Il veut seulement posséder sa mère pour pouvoir la neutraliser et acquérir le droit de se reproduire à son tour. Cette peur de ne pas pouvoir obtenir d'affection maternelle se manifeste dans un rêve dans lequel sa mère l'abandonne. Ce cauchemar survient à peine quelques jours avant la sortie déterminante qui déclenchera la phobie chez l'enfant. Quel hasard !... Pour sa part le père du petit ne vaut guère mieux. Il est en réalité un être faible auquel l'enfant ne veut et ne peut s'identifier. Il force le petit à obéir à sa mère et excuse continuellement les actes sadiques de sa femme, ce qui provoque l'isolement et l'anxiété chez l'enfant. Le marmot réalise alors que son père est complice de sa mère par abstention. Hans n'aspire pas à éliminer son père et n'éprouve aucune hostilité envers lui, comme le prétend Freud. Cela serait d'ailleurs idiot puisqu'il est le seul qui ne le torture pas. Cependant, Hans éprouve de la rage envers son père qui défend sa mère, qui ne le protège pas et qui ne fait rien pour le sortir des griffes de la marâtre. En clamant qu'il aimerait la battre, Hans admet lui-même qu'il veut éliminer sa mère et non son père. Ce fantasme morbide qui l'habite n'est en fait qu'une volonté induite par l'instinct de survie de se défendre envers et contre tous. La violence attire la violence !

Neumann observe Blair Dexter, regarde intensément Elizabeth McGill puis fixe de nouveau Ali Morgan qui ne sait plus trop où se mettre. Puis il reprend son cours.

— Nous sommes donc en mesure de constater que la phobie de Hans dérive uniquement des mauvais traitements tant psychologiques que physiques et se révèle à l'étape de son complexe d'Œdipe. Si ce n'avait été de la tyrannie de la mère et de la mollesse du père, le petit Hans aurait pu traverser son Œdipe sans problème.

— L'évolution psychique de Hans est alors interrompue par une angoisse de castration extrême qui le fixe au stade œdipien de son développement mental et l'empêche de progresser normalement. Comble de malheurs pour cet enfant qui souffre, son thérapeute ferme les yeux sur sa petite enfance traumatisante.

— Mais pourquoi Freud ne discerne-t-il pas le véritable problème et offre-t-il une analyse si édulcorée ? Parce qu'en fait, notre analyste poursuit deux visées personnelles. La première provient du fait qu'il éprouve des désirs amoureux envers la mère du petit Hans qu'il qualifie ouvertement de « jolie maman ». Freud a du mal à cacher les fantasmes que lui inspire cette dernière, tout subjugué qu'il est par sa beauté ! Ne pas parler de la violence dont elle fait preuve envers son fils devrait lui rapporter quelques privilèges sexuels un jour, pense-t-il... Pour qu'une analyse soit pleinement efficace, le thérapeute doit être dégagé de tout intérêt personnel face à son patient.

Neumann hausse le ton en prononçant cette dernière phrase. Il laisse s'écouler un long moment puis poursuit.

226

— La seconde découle de sa volonté plus ou moins inconsciente de ne pas brusquer le couple afin d'obtenir leur accord pour la publication des notes du père portant sur l'évolution de Hans qui représente le premier cas clinique de l'histoire du complexe d'Œdipe. Voilà les obscures motivations de notre thérapeute qui déposséda le petit garçon de son droit à une franche psychanalyse ! Freud n'a en fait que recherché de vilains petits plaisirs narcissiques, tant sexuel que social. Il n'a certes pas fait preuve d'une solide maturité pour mener à bien cette analyse. C'est là une bien curieuse façon d'aider son patient n'est-ce pas ? La maturité du thérapeute ! La maturité du thérapeute ! Voilà la clef !

Neumann repasse sa craie sur le mot *maturité* pour bien mettre l'accent sur cette qualité indispensable.

— L'enfant ainsi isolé et sans espoir de secours face aux agressions et aux menaces de castration de sa mère devient un candidat idéal à la maladie mentale. C'est alors qu'au cours d'une promenade avec sa mère, il voit un cheval tomber. Et ce qui devait arriver arriva. Il craque sous la pression et s'imagine que c'est lui qui vient de s'affaisser sous le scalpel du docteur. Dans sa chute, le cheval s'est effondré sur le dos et Hans remarque qu'il est pourvu d'un gros pénis. Il le perçoit alors comme un adulte capable de se reproduire, tel son père. L'enfant, qui aspire à devenir un reproducteur, associe directement la chute de l'animal à la castration promise par sa mère, qui souhaite l'empêcher de devenir viril comme un homme.

— Le cheval qui tombe représente la concrétisation des menaces maternelles d'émasculation en représailles à ses coupables désirs d'érection. Y a-t-il quelqu'un dans cette classe qui est maintenant surpris que notre petit ami ait souffert de troubles psychiques multiples !

— La présence d'une mère aimante et attentionnée de même que celle d'un père protecteur qui enseigne les limites à l'enfant sont primordiales pour éviter l'apparition de symptômes névrotiques car elles constituent le Surmoi, l'autorité et la morale sociale qui permettent à l'enfant d'inhiber ses désirs sexuels, tant incestueux que non incestueux. Cette autorité morale et bienveillante le protège de sa pulsion qui le pousse à se reproduire sans avoir acquis la maturité nécessaire.

— Voilà pour l'histoire du garçon. Vous savez un père faible, une mère psychopathe et un analyste amoureux de la mère de son client auraient pu conduire le petit Hans à devenir un horrible monstre d'une violence extrême. Mais heureusement pour tous, tel ne semble pas avoir été le cas.

— Avez-vous des questions ?

Les étudiants sont captivés mais le temps alloué pour le cours est écoulé. Neumann jette un coup d'œil sur sa montre puis libère ses élèves.

— Le temps passe vite. J'ai eu tellement de plaisir à raconter cette histoire dans les détails que j'en ai oublié l'heure. Bien que je les ai pratiquement tous énoncés au fur et à mesure du récit, je reviendrai la semaine prochaine sur les six points écrits au tableau. Pour ceux d'entre vous qui ne peuvent attendre aussi longtemps et que la soif du savoir dévore, vous pourrez trouver le reste de cette analyse dans mon livre au chapitre huit qui s'intitule *Des études de cas*.

Neumann prend son livre sur le coin de son bureau et l'exhibe devant la classe.

— Bon, alors je vous souhaite un bon week-end… Attendez ! J'allais oublier. Je ne serai pas là lundi, il n'y aura donc pas de cours. Je dois me rendre à Rio pour l'inauguration d'un nouvel orphelinat. On se reverra alors vendredi prochain à quinze heures. D'ici là, faites attention à vous !

Neumann aperçoit Elizabeth la main levée.

— Oui mademoiselle McGill ?

— J'aimerais m'adresser au groupe si vous le permettez Monsieur.

— Faites donc Mademoiselle !

Neumann lui fait signe de la main pour lui indiquer qu'il lui offre sa place, puis se retire.

Elizabeth se lève, s'avance et monte sur la petite estrade. Elle se retourne et fait face à la classe les mains derrière le dos, la tête bien droite et le nez pompeusement en l'air.

— Je vous rappelle que l'initiation aura lieu demain. Ce soir, le comité se réunira pour les derniers préparatifs au musée de Salem, là où se déroulera la fête. Et comme convenu, nous allons maintenant dévoiler le thème. Lucy s'il-te-plaît !

Le père d'Elizabeth a des relations. Il lui a obtenu le musée pour sa petite fête à la suite d'un gros coup d'argent qu'il a fait réaliser aux responsables de l'établissement. Lucy tient une enveloppe dans ses mains. Dans une mise en scène digne de Broadway, elle se dirige solennellement vers l'avant de la classe, fait sauter le cachet et en sort le carton qu'elle brandit au-dessus de sa tête, en s'écriant :

— La sorcellerie !

25

Vendredi soir, 23 h, musée des Sorcières de Salem...

Les quatre inséparables organisatrices sont réunies au centre du musée. Assises en cercle par terre, elles discutent des derniers détails de la journée d'initiation. On aperçoit encore ça et là de l'équipement d'entretien de même qu'un échafaudage au-dessus de la porte d'entrée. Mais le responsable a promis à Elizabeth que le centre d'interprétation serait nettoyé à la première heure le lendemain matin, avant le début des festivités. Dehors, il pleut à boire debout et les éclairs illuminent la statue de Roger Conant, le fondateur de la ville qui surveille les âmes gravitant autour de son enceinte. Elizabeth ne peut s'empêcher de penser à l'époque où Salem entra dans l'histoire.

— Oh, c'est excitant, on se croirait en plein film d'horreur !

Lucy et Catherine se mettent à rire, mais Ali n'a pas le cœur à la fête. Elle a la tête ailleurs. En

Statue de Roger Conant

fait, sa conscience l'empêche tout simplement de rigoler avec ses amies.

Elizabeth surenchérit. Elle étend les bras en V dans un geste invocatoire, les yeux au plafond.

— Si le diable fait en sorte que Blair Dexter enfonce sa langue dans ma bouche trente secondes, je veux bien être damnée !

Les trois acolytes s'esclaffent quand soudain, un formidable coup de tonnerre éclate au-dessus d'elles. Leurs rires se muent en hurlements. Elles se rapprochent les unes des autres sauf Ali qui ne partage pas leurs jeux. Voyant que quelque chose ne va pas, Elizabeth l'interpelle.

— Eh Ali ! Qu'est-ce qui ne va pas ?

— Rien.

— Comment ça rien ! Tu ne t'amuses pas avec nous !

— J'ai fait un cauchemar.

— Quoi ! Raconte, demande Elizabeth avide.

— Oui, oui raconte ! scandent alors les trois filles en quête de sensations fortes.

— Non !

Mais les filles insistent de plus belle. Ali refuse une autre fois puis finalement, cède.

— J'ai rêvé que j'étais attachée à un arbre et qu'on voulait me couper la tête avec une hache. Il y avait plein de voix qui riaient autour de moi. Je hurlais de toutes mes forces quand une fille m'a prise par la main et m'a libérée de l'arbre. Je me suis enfuie dans la forêt en sa compagnie. Au bout d'un moment, je n'en pouvais plus de courir. L'inconnue se tenait devant moi et me tirait par la main pour m'inciter à fuir, en criant : « Plus vite ! Plus vite ! » Mais je trouvais que nous étions allées assez loin, je n'en pouvais plus et je voulais qu'elle se retourne pour que je puisse la remercier. Alors, j'ai freiné brusquement et je l'ai tirée à mon tour par le bras pour qu'elle s'arrête. Elle est alors tombée à genoux mais elle me faisait toujours dos. Je l'ai contournée pour la regarder, mais elle avait baissé la tête et sa chevelure épaisse m'empêchait toujours de voir qui était cet ange qui venait de me sauver la vie. J'ai alors posé doucement mes mains sur ses cheveux et je lui ai relevé la tête. Elle affichait un sourire épanoui, son visage était doux et elle me rappelait quelqu'un. Soudain, son corps a disparu mais sa tête était encore entre mes mains. C'est alors que j'ai reconnu Jennifer…

— Tais-toi ! crie Elizabeth.

— Du sang coulait partout, j'en avais plein les mains et les bras. Je voulais la lâcher, mais je ne voulais pas la laisser tomber par terre. Alors je me suis mise à hurler et elle, elle me souriait toujours…

— Tais-toi, j'ai dit ! répète Elizabeth d'un ton oppressé.

Ali se relève en pleurant comme une madone, les bras devant elle et les mains rapprochées comme si elle tenait la tête de Jennifer. Elizabeth se relève elle aussi.

— Qu'est-ce que tu as ? T'as des problèmes de conscience ? C'est ça ? Hein… c'est ça ?

— Oui c'est ça ! s'exclame Ali en larmes.

Elizabeth lui assène une gifle.

— Tiens espèce de pleurnicharde ! Ça va mieux maintenant ? Qu'est-ce qui t'arrive, tu ne vas pas te mettre à craquer ? hurle-t-elle.

— Vous n'avez pas remarqué comment Neumann nous regardait cet après-midi. On aurait dit qu'il savait qu'on avait des choses à cacher, qu'on avait fait du mal à quelqu'un. Pourquoi m'a-t-il fixé comme ça ?

— Arrête espèce de conne ! Il ne sait rien du tout. Il serine les mêmes conneries à ses étudiants depuis des années. Tu ne vois pas qu'il n'a même plus besoin de consulter ses notes tellement il connaît ses cours par cœur. Il a dû répéter sa rengaine des milliers de fois. Ça n'a rien de personnel avec toi ! explique Elizabeth en fulminant.

— Et son histoire de petit garçon, Hans que sa mère battait, il aurait pu devenir fou en vieillissant. La violence attire la violence, disait Neumann… Je ne veux pas vivre dans un monde comme ça. Si on n'avait pas bousculé Jennifer dans les cases… Non,

non, je crois qu'on devrait tout raconter à la police, implore la repentante.

— Tu rigoles ! Tu veux qu'on fasse de la prison parce que Madame a fait un petit cauchemar, s'époumone Elizabeth.

Les autres filles se mettent alors à rire pour montrer qu'elles sont d'accord avec Elizabeth qui ridiculise Ali pour l'empêcher de porter un jugement critique sur leur comportement qui a conduit Jennifer Robert à la mort. Mais Ali reste inconsolable.

— Ce n'est pas un petit cauchemar, je rêve à ça toutes les nuits depuis qu'on l'a tuée ! répond-elle sourdement.

— Quoi ! s'insurgent Lucy et Catherine d'une même voix.

Elizabeth, folle de rage, empoigne Ali par les cheveux. La pauvre fille n'offre aucune résistance.

— Écoute-moi bien espèce de demeurée ! Si t'as des problèmes de cervelle parce qu'un prof bonasse rêve d'un monde meilleur où il n'y aurait que des gentils, qui prône dans son livre que l'on devrait abandonner nos villes pour vivre comme ses stupides loups qui eux sont en harmonie avec la nature, et qui pérore sur la névrose et je ne sais trop quelle autre connerie, c'est tes affaires ! Mais lorsque tu jacasses sur la mort de cette pétasse de Robert, là ça nous concerne toutes, et de toute façon si je me rappelle bien « Madame je suis bourrelée de remords », Jennifer c'était ta coloc, c'est toi qui nous as ouvert la porte de sa chambre et c'est toi qui lui as caché ses vêtements à ta pauvre Jennifer ! raille ironiquement Elizabeth. Et qui nous a donné l'épingle pour déverrouiller la serrure de la salle de bain ? C'est encore toi. N'est-ce pas les filles ? lance-t-elle en quête d'approbation.

— Tout à fait ! répondent en chœur Lucy et Catherine qui ont choisi leur camp.

— Oh !… Ma pauvre Ali, il semblerait que tu vas devoir t'arranger toute seule avec tes petits problèmes de conscience, se moque Elizabeth sur un ton méprisant.

— J'ai…

Elizabeth ne lui laisse pas finir sa phrase et lui tire les cheveux d'un coup sec, lui penchant la tête encore un peu plus en arrière.

— Quoi… Je t'ai coupé ?… T'as quelque chose à rajouter ? demande Elizabeth, les dents serrées, en se collant le nez sur le visage d'Ali.

— Oui…Vous êtes vraiment folles !

Ali décoche un coup de coude dans l'estomac d'Elizabeth qui lâche prise. Elle se précipite pour s'évader et tente de se faufiler entre les filles assises devant elle. Mais Lucy l'attrape par une cheville et Ali s'écroule au sol. Catherine et Lucy se jettent sur elle et la maîtrisent, face contre terre. Elizabeth a mal au ventre et s'avance, courbée en deux.

— Tenez-là bien ! La salope, elle va me payer ça ! somme-t-elle vindicative.

La chipie dénoue le lacet d'une des chaussures d'Ali et lui ligote les mains dans le dos.

Pendant ce temps, à l'extérieur, un inconnu gare sa voiture dans la rue non loin de l'imposante statue du fondateur de la ville. L'individu en imperméable ciré, le visage caché dans son capuchon, sort du véhicule et se dirige lentement vers le musée sous une pluie battante. Il se rend furtivement jusqu'à la porte centrale et tourne lentement la poignée, mais la porte est verrouillée de l'intérieur. Il fait alors le tour de l'édifice par l'arrière.

À l'intérieur, Elizabeth s'en donne à cœur joie. Elle assène un coup de pied puis un deuxième dans le ventre d'Ali clouée au sol.

— Tiens prends ça pauvre conne ! Tu veux toujours aller voir la police, hein ?

Lucy utilise toutes ses forces pour retenir Ali au sol malgré que cette dernière a cessé de se débattre.

— Qu'est-ce qu'on fait d'elle maintenant ?

Elizabeth jubile de tenir Ali ainsi captive.

— Je ne sais pas. J'ai vu un type à la télé qui jouait avec ses victimes puis les dévorait avec sa propre recette de sauce barbecue !

Les trois bourreaux éclatent de rire. Puis Catherine leur fait part de sa brillante idée.

— J'ai de la corde dans la malle arrière de la voiture.

— Oui, ça c'est une idée ! On est à Salem, alors pendons-là, s'écrie Elizabeth d'une voix triomphante.

238

— Ouais, c'est ça ! réplique Lucy en admiration devant sa malicieuse copine.

Les trois filles se frappent dans les mains. Catherine court chercher les clefs de la voiture dans son sac à main, puis fouille fébrilement dans celui d'Elizabeth. Elle trouve enfin les clefs du musée et se précipite vers la porte de sortie.

— Je vais chercher la corde !

Elizabeth s'assoit par terre et soulève la tête d'Ali en la tirant de nouveau par les cheveux.

— Tu vois, je crois que tu as trop parlé. Ici on s'occupe des vilaines filles qui ont une langue de sorcière.

Les deux tortionnaires se remettent à rire. Ali commence à saisir toute l'horreur de sa situation et se débat en vain.

— Vous n'allez pas faire ça ? Lâchez-moi ! Lâchez-moi ! Non ! Vous n'avez pas le droit !

— C'est ce qu'on va voir, réplique sur un ton doucereux Elizabeth en caressant les cheveux d'Ali.

Catherine sort sous la pluie et la lourde porte se referme bruyamment derrière elle. Elle court jusqu'à la voiture, ouvre la malle, s'empare de la corde et se retourne lorsque la foudre illumine brusquement la statue de Roger Conant. La jeune fille terrorisée fait un bond en arrière, paralysée par la peur. Elle se secoue, ferme la malle d'un coup sec et repart en courant vers le musée. Elle sort sa clef, déverrouille la porte d'entrée et rentre en criant et en brandissant une longue corde de nylon toute ruisselante de pluie.

— Je l'ai !

Ali se démène de plus belle. Lucy n'arrive plus à la tenir. Catherine tend la corde à Elizabeth et court prêter main forte à Lucy pour maintenir Ali clouée au sol. Elizabeth fait un nœud et passe la corde autour du cou de leur prisonnière.

— Où on va la pendre ?

Catherine inspecte le plafond des yeux.

— À une poutre là-haut.

— Mais comment je vais faire pour aller passer la corde là-haut ? s'écrie la capricieuse Elizabeth, irritée de ne pas savoir comment s'y prendre.

— J'ai vu une échelle à l'arrière, dit Lucy.

Elizabeth resserre la corde autour du cou de sa victime et file chercher l'échelle. Elle la hisse sur une des poutres et grimpe les barreaux en tenant la corde d'une main. Elle la lance par-dessus l'énorme madrier, saisit l'extrémité qui pend, tend la corde et se l'attache autour de la taille.

— Lâchez-la ! hurle Elizabeth avant de débouler les barreaux.

Les deux filles ont juste le temps de libérer les mains d'Ali. La corde la soulève de terre et ses pieds commencent à battre l'air. Son corps se balance entre ciel et terre. Lucy et Catherine attrapent Elizabeth qui atterrit en riant. Elle défait le nœud qui lui enserre la taille et les trois filles hissent la malheureuse et fixent la corde sur une barre de fer forgé au fond du musée. Elizabeth est en extase devant le spectacle.

— Bye Bye Judas !

Les filles éclatent de rire. Puis Lucy commence à s'inquiéter.

— C'est bon les filles, elle a eu sa leçon. Il faut la descendre maintenant.

— Non, non ! Elle m'a frappée cette garce, attend un peu ! Elle est capable d'en prendre encore. Hein ma belle ! lance Elizabeth à Ali.

Ali n'a plus la force de retenir de ses mains la corde qui l'étrangle de plus en plus. Son visage change de couleur.

— C'est assez ! Catherine dit quelque chose ! relance Lucy.

— Lucy a raison Elizabeth ! Si on ne la descend pas tout de suite, on va lui bousiller la cervelle. Allez, ce n'est plus drôle ! Vient m'aider Lucy. Il faut la redescendre.

Lucy et Catherine se retournent pour aller défaire le point d'ancrage de la corde.

— Ne touchez pas à cette corde, moi je m'amuse follement, on attend encore un peu ! lance d'un ton menaçant Elizabeth.

Elle ne lâche pas des yeux la pendue. Ali s'évanouit et est sur le point de rendre l'âme quand le son sourd d'une porte qui se referme vient jeter un froid sur cette macabre cérémonie. Les apprenties meurtrières sont glacées jusqu'aux os. Elizabeth se tourne vers Catherine.

— Tu n'as pas fermé la porte derrière toi quand tu es entrée ?

— Oui… Je ne sais pas !

Lucy se colle sur Elizabeth.

— Je ne l'ai pas entendue se refermer, dit-elle en tremblant de tous ses membres.

Elizabeth se dégage de Lucy et tente de déceler l'origine du bruit, mais l'échafaudage qui surplombe la porte la plonge dans un noir total.

— Qui va là ?…Les filles allez-y !

— Et Ali ?… Il faut s'en occuper, merde ! crie Catherine.

— On n'en a rien à foutre d'Ali !... D'accord ! Je vais redescendre cette conne. Mais vous, bougez-vous ! commande Elizabeth.

Les deux complices avancent lentement en direction de la porte et s'enfoncent dans le noir. *Crac !… Crac !* Puis plus rien. Elizabeth, effrayée, demande d'une voix aiguë :

— Qui est là ?… Catherine, Lucy vous allez bien ?

Un lourd bruit de pas lui répond. Elle se met à courir vers le fond du musée en hurlant. Une main surgit derrière elle et s'abat sur son visage. *Crac !*

26

Hôpital général de Boston, Département de psychiatrie...

L'infirmier de service s'affaire à compléter un dossier lorsque sa montre-cadran se met à sonner. Elle indique trois heures du matin. La porte de l'ascenseur s'ouvre et un sceau sur roulettes en surgit, suivi d'une femme de ménage qui le pousse par le manche de la serpillière qui y trempe.

— Il y a des lits partout ici !

L'infirmier quitte son poste de garde et se dirige vers la femme, un large sourire aux lèvres.

— Toujours là à l'heure juste !...Oui, avec les compressions budgétaires, on a mit les vieux avec les dingues et ce n'est pas fait pour nous faciliter la tâche. Mais ne parle pas si fort, tu vas réveiller nos pensionnaires.

L'infirmier accompagne la préposée jusqu'aux toilettes pour bavarder tout son soûl pendant qu'elle fait le ménage, selon sa bonne habitude. Pendant ce temps, à l'autre extrémité de l'étage, un homme sort de la cage d'escalier et se faufile dans la première chambre qu'il rencontre. Lorsqu'il constate que la voie est libre, l'individu en ressort, longe le mur jusqu'au poste de garde, consulte un à un les noms des patients au tableau et s'arrête sur Thomas Ballard. Il ouvre les tiroirs les uns après les autres et s'empare d'un couteau X-acto. Il le glisse dans la poche arrière de son pantalon et se dirige à pas feutrés vers la chambre six. Il ouvre la lourde porte capitonnée. Il entre dans la pièce plongée dans le noir. Un bruit de va-et-vient à peine perceptible qui provient du fond de la chambre attire son attention. Il s'avance. Un cordon de veilleuse longe le mur. Le visiteur la saisit. Une fine lumière bleutée éclaire légèrement la pièce. Un homme est attaché sur une chaise berçante. Il serre compulsivement le reste d'un manche de couteau en plastique qu'on a dû casser dans sa main pour lui enlever la partie tranchante à défaut d'avoir réussi à lui ouvrir le poing pour lui retirer l'ustensile complet. L'étranger s'approche du visage de l'aliéné qui a les yeux grands ouverts. L'intrus remarque du sang séché depuis peu sur le pouce du pauvre homme. Il s'éloigne, inspecte une poubelle sous la fenêtre et y trouve la partie tranchante du couteau en plastique. La corbeille de métal est rougie par le sang. Le visiteur se rend ensuite au pied du premier lit sur sa gauche. Il soulève le dossier médical accroché au barreau et le lit à voix basse. Il s'agit de celui de Tom Ballard. Il est tombé pile sur le bon parmi les quatre occupants de la chambre.

— Mais vous êtes paralysé de la tête au pied mon pauvre homme.

Il continue sa lecture puis remet le dossier en place. Il s'approche de la tête du lit, saisit le rideau et le fait glisser sur le rail pour isoler l'espace réservé au vieil homme.

— Nous serons plus tranquilles comme ça.

Il allume la lampe témoin, se retourne et dans une brusque détente de la main, assène une gifle à décrocher la mâchoire en plein visage du patient endormi. Le malade se réveille dans un soubresaut en ouvrant la bouche, sans émettre le moindre son. L'intrus s'approche de son oreille.

— Bonjour monsieur le Directeur, nous avons rendez-vous avec notre destinée.

Le malheureux, effrayé, arrive à peine à tourner les yeux pour voir son assaillant. L'intrus lui prend la tête et la tourne dans sa direction. Le malade dont les muscles faciaux sont quasi paralysés a du mal à s'exprimer, mais il interroge quand même son agresseur.

— Que me voulez-vous ?... Qui êtes-vous ?

— Dans votre dossier médical, il est mentionné que vous souffrez d'Alzheimer. Je connais deux sortes de gens à qui on diagnostique cette maladie dégénérative. Il y a ceux qui sont très vieux et ceux qui veulent se soustraire à un passé trop douloureux pour leur conscience. Le passé, vous savez ?... Quand les vieux d'aujourd'hui avaient alors du pouvoir sur leur vie et sur celles des autres. Mais tout ça est éphémère n'est-ce pas ?

L'intrus décoche une nouvelle gifle en plein visage du vieil homme.

— Pardon, je me suis laissé emporter. Mais au fait, je n'ai jamais pu vérifier si cette théorie était exacte. Je suis votre ange gardien, je viens vous faire recouvrer la mémoire. Je ne peux certes pas vous garantir que je pourrai faire quelque chose pour vous. Vous êtes d'un âge vénérable et avec tous les médicaments que l'on vous fait avaler pour diminuer vos symptômes... je ne suis pas sûr que de s'attaquer à leur cause maintenant puisse régler vos problèmes dégénératifs. Ils semblent s'être si profondément ancrés. Ils n'ont jamais tenté un soutien psychologique pour vous soigner ? Il faut dire que les pilules, c'est tellement plus facile et beaucoup moins inquiétant quand vient le temps d'évaluer ses compétences.

L'intrus se sent de plus en plus en confiance et à l'aise. Il prend le temps de regarder autour de lui. Une panoplie d'appareils médicaux les entourent. Son regard saute d'un objet à l'autre lorsqu'il aperçoit du rouge sur le drap du vieil homme, à la hauteur de son mollet. Il s'approche et soulève le drap. Une gaze protège le tibia qui présente de petites incisions sur toute sa longueur. L'individu recouvre la jambe et retourne à la tête du paralysé.

— C'est un bien triste harnachement que vous avez là. Que vous est-il arrivé ?

— Un accident de voiture !…

— Comme c'est dommage ! Vous auriez pu en mourir. Vous avez même un moniteur cardiaque, c'est excellent, nous n'avons besoin de rien de plus. Regardez-moi… Oui, c'est ça. J'ai une petite histoire à vous raconter. Vous aimez les petites histoires ?

Le vieil homme reste interdit.

— Vous allez adorer la mienne. Notre histoire commence en 1964. Votre moniteur semble réagir à mes propos. Cette date éveille-t-elle des souvenirs enfouis en vous. C'est un miracle, votre mémoire me semble en parfait état, à moins qu'elle ne soit sélective comme chez tout bon Alzheimer digne de ce nom… Vous savez, je n'ai jamais raconté ce qui va suivre à qui que ce soit ! Et il faut dire que ça commence à peser un peu lourd sur ma conscience. J'espère que vous apprécierez la primeur que je vous offre. Nous sommes en 1964 monsieur le Directeur, une famille revient de la messe par un beau dimanche après-midi. Attendez que je me rappelle… C'est ça ! La famille McBerry était là au grand complet. Il y avait madame McBerry, Martin McBerry son mari, leur enfant unique Edward et même Robin, le petit chiot de la famille. Le petit Edward était assis sur les genoux de sa mère qui lui faisait la lecture de Batman. Vous aimez Batman ?… Enfin bref. L'enfant aimait bien parler et poser des questions à sa mère qui s'amusait à l'entendre s'interroger sur tout et sur rien…

38 ans plus tôt, Bifield

— Maman, est-ce que je ressemblerai à Batman quand je serai grand ?

— Bien sûr, mon chéri.

Elle tourna la page en lui donnant un baiser sur le front.

Au même moment, à un kilomètre de là, une voiture négociait la première courbe d'une route en direction opposée. Elle dépassait largement la vitesse permise lorsqu'elle croisa la voiture du shérif de la ville garée perpendiculairement à la chaussée, dans l'entrée d'un chemin de terre. Le jeune officier au volant se redressa aussitôt et suivit du regard la course folle du véhicule.

— On y va chef ?

— Du calme, je n'ai pas encore fini mon sandwich, on est dimanche et de toute façon, on a déjà notre quota pour la journée. Tu sais…

— Mais, il y a une nouvelle vague de vols…

Le vieux shérif éclata de rire et lui coupa la parole.

— Arrête un peu mon gars, tu veux ! Tous les gens pressés ne sont pas des criminels qui…

Le chef n'eut pas le temps de terminer sa phrase.

— Merde ! s'écria l'officier au volant.

En négociant la courbe, le chauffard au visage partiellement caché par un chapeau avait maintenu sa vitesse effrénée. Il fut incapable de rester dans sa voie et se retrouva en sens inverse de l'autre côté de la route, face à face avec le véhicule des McBerry. Martin McBerry donna un coup de volant pour éviter le pire et dirigea sa voiture directement vers le fossé. Lilie et Edward eurent à peine le temps d'apercevoir la voiture de police qu'une fraction de seconde plus tard, ils entrevirent le chauffard. Ce dernier tenait d'une main le volant et une bouteille de whisky et de l'autre, une jambe nue enserrée d'une corde de chanvre nouée à la cheville d'une jeune fille qui se débattait sur la banquette arrière. *Bang !* La voiture des McBerry percuta un arbre de plein fouet. Martin traversa le pare-brise. Sa femme serra le petit contre elle pour le protéger. Elle ne disposait plus de ses mains pour parer le choc et se fracassa la tête contre le tableau de bord. Avant de fermer ses grands yeux bleus pour une dernière fois sur son monde idyllique, le petit Edward avait vu toute la scène.

Le vieux shérif frappa alors le bras de son collègue tout en projetant son sandwich et son café par la fenêtre.

— Fonce ! Fonce ! Fonce !

Les officiers démarrèrent sirènes hurlantes pour porter secours aux McBerry, mais il était déjà trop tard. Le couple était décédé sur le coup. Seul le petit Edward fut retrouvé vivant dans les bras de sa mère qui avait utilisé sa tête comme bouclier pour protéger son enfant de l'impact. Le vieil officier dégagea le petit qui s'était évanoui sur le cadavre de sa mère. Il le serra fortement contre lui. Le fuyard avait disparu à l'horizon, emportant avec lui sa future victime. Le vieux représentant de l'ordre savait qu'il venait de commettre une bavure en empêchant son collègue de faire son travail. S'ils avaient pris en chasse le véhicule qui fonçait à tombeau ouvert quelques instants auparavant, ils auraient pu éviter le drame de la famille McBerry, porter secours à une jeune et innocente victime et mettre la main sur un tueur maladroit et dangereux à la recherche de son *modus operandi*. Les policiers avaient eu le temps d'entrevoir le chauffeur et de noter la marque du véhicule. Ils dressèrent un portrait-robot du chauffard qui fut immédiatement diffusé. Cependant, ils n'avaient pas remarqué la présence d'une passagère à bord et comme ils n'osèrent pas interroger le petit de peur qu'il raconte qu'ils avaient failli à leur tâche, il ne fut jamais question de rechercher cet homme pour enlèvement et encore moins de le relier à la découverte du cadavre d'une jeune fille le lendemain. Pourtant, le bambin avait tout vu. Le regard de cet adolescent d'environ seize ans resterait gravé à tout jamais dans sa mémoire.

Bien que cela allait contre l'usage, le vieux shérif insista pour rester auprès du gamin tout au long de son examen médical. Il passa quelques coups de fil puis resta assis à l'attendre. Lorsque l'enfant obtint son congé de l'hôpital, il se proposa lui-même pour l'accompagner à l'orphelinat de Boston.

*
* *

Orphelinat de Boston...

Le shérif se présenta avec le gamin à la porte de l'établissement. Après une recherche minutieuse, il découvrit une petite sonnette circulaire qu'il enfonça de son index. Une vieille religieuse à l'allure austère entrebâilla la porte et répondit d'un ton sec.

— Oui ?

— Pardon ma Sœur je viens vous porter cet enfant.

— Je ne suis pas votre sœur, je suis la mère supérieure de cet établissement et je n'attends pas d'enfant, il est dix-huit heures Monsieur ! Les prises en charge se font de neuf à onze heures et de quatorze à seize heures. Voyez c'est écrit là sur le mur.

La religieuse pointa du doigt l'horaire affiché sur la pierre à l'extérieur, juste à côté de la porte. Le shérif baissa les yeux.

— Je m'excuse d'insister ma Mère, mais j'ai…

— C'est vous qui m'excuserez Monsieur, mais j'ai d'autres chats à fouetter, alors…

Une voix se fit entendre juste derrière elle.

— Pardonnez-moi ma Mère, je crois que c'est pour moi.

La mère supérieure se retourna aussitôt.

— Sœur de la Charité, vous savez très bien que nous ne recueillons aucun enfant passé seize heures.

Sœur de la Charité était une religieuse d'une cinquantaine d'années qui avait voué sa vie à l'orphelinat. Elle y avait elle-même demandé son transfert dès la fin de son noviciat, ce qu'on lui accorda aisément car on ne se bousculait pas chez les religieuses pour s'occuper d'orphelins, enfants que l'on estimait sans grande valeur spirituelle car ils étaient habituellement considérés comme les fruits du péché. Sœur de la Charité était toujours souriante et se levait en pleine forme tous les matins. Elle faisait partie de l'orphelinat depuis plus de trente ans et n'avait jamais passé une seule journée sans aller visiter ses petits protégés. Elle avait un regard clair et le visage jeune. On lui aurait donné facilement vingt ans de moins que son âge. Quand quelqu'un faisait allusion à son air de jeunesse, elle disait qu'elle le devait à la présence des beaux enfants que Dieu lui avait donné la chance de s'occuper. Sœur de la Charité s'approcha.

— Oui bien sûr ma Mère, mais l'officier m'a prévenu d'un possible retard. Je m'excuse ma Mère cela ne se reproduira plus.

— J'accepte vos excuses ma Sœur, mais cela ne change en rien le règlement et je n'accepterai pas un autre écart de la sorte, sermonna la mère supérieure en haussant la voix.

Elle lâcha la porte et s'éloigna précipitamment sans même un regard en arrière. Sœur de la Charité attrapa la porte de justesse pour éviter qu'elle ne claque au nez du shérif. Elle fit signe aux deux solliciteurs d'entrer, mais le petit Edward resta figé sur place. L'homme lui mit la main dans le dos et le poussa doucement. Une fois à l'intérieur, la sœur referma la porte derrière eux et se pencha à la hauteur de l'enfant.

— Qu'est-ce que t'es mignon ! Comment tu t'appelles ?

L'enfant resta muet.

— Il s'appelle Edward McBerry, répondit le shérif à sa place.

— Va t'asseoir là-bas, je vais m'entretenir avec monsieur l'Agent et après, je vais m'occuper de toi ! D'accord ?

Le petit regarda le banc indiqué par la sœur. Il était à moins de cinq mètres de là. L'enfant s'y dirigea lentement, tête baissée. La sœur eut à peine le temps de se relever que le policier entama nerveusement la conversation.

— Vous savez ma Sœur, j'ai recueilli cet enfant sur les lieux d'un accident un peu avant midi. Tous les membres de sa famille sont décédés.

— Quelle horreur ! Vous savez ce qui s'est passé ?

— Non, on n'a rien vu mon collègue et moi, on est arrivé quelques minutes plus tard sur les lieux. On a croisé une voiture en passant par là, alors on recherche le chauffeur. Il pourrait nous dire ce qui s'est passé. On les a retrouvés dans un fossé longeant une courbe. Le père devait être en état d'ébriété. Vous savez ce que c'est ma Sœur, c'était un immigrant écossais.

Le regard du shérif croisa alors celui du petit McBerry qui entendait tout ce qu'il racontait. L'homme détourna aussitôt son regard et replaça maladroitement son couvre-chef.

— Bon, je ne vous dérangerai pas plus long-temps ma Sœur.

— Merci Shérif !

— Ce n'est rien.

Le policier ouvrit la porte et s'enfuit aussitôt. Il n'osa pas se retourner pour dire un dernier adieu au petit. La religieuse referma la porte derrière lui et s'agenouilla devant l'orphelin.

— J'imagine que tu as faim !

Le garçon resta stoïque. La sœur aperçut quelque chose qui bougeait dans son sac.

— Qu'est-ce que c'est ?

Elle ouvrit le sac et un mignon petit chiot sortit la tête.

— Non !… Tu sais c'est interdit ici !

Edward attrapa le petit animal et le serra contre lui en le recouvrant de son veston du dimanche. La sœur recula et resta songeuse un moment.

— Il va falloir trouver une solution car si la mère supérieure le voit, je ne peux pas te garantir que tu pourras le garder.

Le petit se mit à verser quelques larmes qui coulèrent sur sa joue. Le chiot s'empressa de les lécher. La sœur comprit qu'il était assoiffé et que le garçon devait être probablement affamé lui aussi.

— Viens, on va aller nourrir ton petit ami.

La sœur ne toucha pas au chiot. Elle devinait que le petit animal constituait maintenant le seul soutien affectif du garçonnet. Elle prit le sac du petit et se releva. Edward se releva à son tour et la suivit dans le couloir en serrant fortement son petit animal contre lui. La religieuse fit la conversation toute seule tout au long du trajet jusqu'au réfectoire. Elle se faisait à la fois les questions et les réponses pour ne pas forcer le petit à s'ouvrir.

— Il y a de la bonne soupe pour toi et on va trouver quelque chose aussi pour ton ami. Au fait est-ce qu'il a un nom ton chien ?... Je suis sûr qu'il est beau. Tu sais demain, il y a un couple qui va venir chercher des enfants pour constituer une nouvelle famille. Qui sait, tu auras peut-être la chance d'être choisi. Toi et ton petit copain, bien sûr ! précisa la sœur d'un ton calme et respectueux, pour ne pas brusquer l'enfant.

Le lendemain matin...

Dès le lever du soleil, Edward se réveilla au sifflement strident de Sœur de la Charité. La religieuse entra dans le dortoir, sifflet à la bouche, et fila dans le noir jusqu'à la fenêtre pour y ouvrir l'épais rideau vert kaki qui empêchait les rayons du soleil de pénétrer dans la pièce.

— Allez tout le monde debout ! C'est l'heure de se lever ! On fait son lit et après, hop, tout le monde sous la douche ! Nous recevons des visiteurs aujourd'hui et nous voulons faire bonne impression.

La sœur avait à peine entamé son laïus que tous les enfants étaient déjà hors du lit. Ils se démenaient et couraient dans tous les sens. Les couvertures, les draps, les oreillers virevoltaient sans qu'aucun son ne franchisse leurs lèvres, car parler sans permission hors du terrain de jeux était strictement interdit. Sœur de la Charité tentait depuis longtemps de faire abolir ce règlement désuet, mais la mère supérieure y tenait par-dessus tout. Au bout de la rangée, une forme restait inerte sous les couvertures. Ni le coup de sifflet, ni les allées et venues de la fourmilière, pas même la lumière du soleil qui pourtant lui frappait en plein visage n'avaient fait broncher le petit McBerry. Edward se terrait sous ses couvertures, recroquevillé autour du petit Robin, le seul élément réconfortant de ce monde inquiétant. Les yeux grands ouverts, le garçonnet ne bougeait pas d'un cil, ne remuait pas un muscle et respirait à peine, telle une proie qui cherche à éviter d'attirer l'attention du prédateur. Il espérait ainsi échapper à la vigilance de la religieuse.

— *Elle va oublier que je suis là !* fantasma-t-il dans sa conscience de gamin.

Sœur de la Charité n'était pas dupe de son manège et comprit que le petit aurait bien aimé refermer ses yeux pour s'endormir à nouveau et se réfugier dans ses rêves où il pouvait recréer un monde idyllique où ses parents étaient encore en vie. Mais elle avait plus d'une trentaine de garçons à s'occuper et n'avait donc pas le temps d'offrir un soutien affectif à chaque enfant. Mais comme c'était le premier jour du petit à l'orphelinat, elle s'efforça de lui porter une attention toute particulière. Elle s'approcha lentement de son lit pour ne pas l'effrayer et déposa délicatement sa main sur ses cheveux.

— Viens Edward, il faut que tu sortes de ton lit comme tous les autres.

Ces quelques secondes d'attention privilégiée le rassurèrent un peu. Pas assez pour qu'il daigne lui répondre, mais suffisamment pour qu'il consente à suivre les autres enfants pour faire plaisir à la religieuse envers qui il commençait à éprouver un peu d'affection. Robin resta sous les couvertures. La religieuse lui donna un morceau de bacon qu'elle avait glissé dans sa poche à son intention au petit déjeuner, puis le caressa un peu. Edward avait vu la religieuse nourrir son petit ami. Il aurait bien aimé lui dire merci mais il en était incapable. Depuis l'accident de ses parents, il lui était impossible de proférer le moindre son.

```
   *
 *   *
```

Une heure plus tard...

Dans le bureau de la mère supérieure, un couple prenait connaissance des formalités administratives pour l'adoption de deux enfants.

— Si vous voulez bien me suivre maintenant, nous allons voir les petits afin que vous puissiez choisir, dit la mère supérieure en faisant signe à ses invités de l'accompagner.

Après quelques minutes, la mère supérieure et le couple arrivèrent dans le dortoir des garçons. La femme avait déjà choisi une fillette de six ans aux cheveux blonds bouclés qu'elle tenait par la main. Dès qu'elle aperçut sa révérende mère au bout du couloir, Sœur de la Charité donna un coup de sifflet.

— Les enfants ! Vous allez vous mettre en rang comme je vous l'ai montré tout à l'heure et restez sages ! dit Sœur de la Charité en souriant aux bambins.

Les enfants s'alignèrent aussitôt, tels des soldats en revue militaire. La mère supérieure entra dans le dortoir accompagnée de ses invités. L'homme s'avança et inspecta un à un les enfants. Il s'arrêta soudain devant le petit McBerry. Le garçonnet n'osait pas lever les yeux et fixait les genoux de l'homme qui lui arrivait à la hauteur du nez. Le visiteur recula un peu, le regarda de nouveau puis se retourna vers la mère supérieure.

— Est-ce bien Edward McBerry ?

— Attendez… je ne sais pas, il vient d'arriver. Sœur de la Charité, savez-vous comment se nomme ce petit ?

— Oui ma Mère, il se nomme Edward McBerry.

Le petit Edward releva la tête et poussa un hurlement en faisant un bond en arrière. Il venait de reconnaître le pasteur de Bifield. Il se mit à courir vers la fenêtre, mais heurta Sœur de la Charité qui se trouvait sur sa route. Elle l'attrapa.

— Qu'est-ce qu'il y a mon petit ?

— J'ai peur ! cria-t-il.

Pour la première fois depuis la mort de ses parents, Edward rompait le silence. Il poursuivit.

— Je ne l'aime pas !

Le pasteur regarda sa femme qui lui fit un sourire.

— Je vais le prendre, annonça-t-il.

McBerry serra très fort les jambes de Sœur de la Charité qui réussit de peine et de misère à lui faire lâcher prise. Elle le prit dans ses bras et le cajola.

— Ce sont des gens gentils, tout va bien aller ! Je serai toujours là pour toi. Ce sont des gens très bien.

Elle plongea la main dans son tablier et en sortit un bonbon qu'elle mit dans la main du petit.

— Tiens prends ça !

260

À peine le bonbon toucha-t-il sa paume qu'il le lança aussitôt contre le mur. Le pasteur regarda la scène, amusé, et tendit la main en direction du petit.

— Allez viens Edward ! tu as une nouvelle maison maintenant.

Sœur de la Charité reposa le petit, s'accroupit, le regarda droit dans les yeux et lui expliqua affectueusement :

— Tu dois y aller, tu n'as pas le choix, tu es un grand garçon. Sois fort !

Elle tourna l'enfant vers le pasteur et lui donna une légère poussée dans le dos. Il se dirigea lentement vers le pasteur tout en essuyant ses larmes. Sœur de la Charité avait peine à retenir les siennes. Elle ne pleurait jamais et évitait toujours les scènes de tendresse lors du départ d'un enfant, afin de lui épargner une déchirure de plus dans sa courte existence déjà trop bien remplie. Cette délicatesse, elle la destinait aussi aux nouveaux parents qui devraient désormais intégrer ces enfants blessés dans une vraie famille. Mais pour le petit Edward, elle n'arrivait pas à retenir ses larmes. Elle profita qu'il lui tournait le dos pour s'essuyer les yeux, puis elle prit une grande inspiration.

— Attendez, il a un ami qui vient avec lui !

Le pasteur se retourna.

— Pardon ?

Sœur de la Charité se précipita jusqu'au lit où le petit avait passé la nuit et en sortit le petit animal.

— C'est son ami.

— Ohhh ! s'exclamèrent en chœur les enfants.

Mais ils ne bronchèrent pas car la mère supérieure était tout près et tous savaient qu'elle avait la main leste. Elle devint verte de rage.

— Comment ! Qu'est-ce que cette bête fait ici, sortez cette chose tout de suite ma Sœur ! ordonna-t-elle d'une voix brutale.

— Il n'y a aucun problème ma Mère puisque justement, il s'en va avec le petit McBerry. N'est-ce pas mon Révérend ?

Agacé mais pressé d'en finir, le pasteur n'hésita pas une seconde.

— Bien sûr ma Sœur, donnez-le moi !

Sœur de la Charité s'avança vers le pasteur puis se pencha et remit le chiot à Edward.

— Tiens mon petit, prends-en bien soin, occupe-toi de lui aussi bien que j'aimerais pouvoir m'occuper de toi.

Elle l'embrassa sur le front. Le pasteur le tira alors par l'épaule.

— Allez maintenant il faut y aller.

La mère supérieure jeta un regard foudroyant à Sœur de la Charité avant de se retourner pour raccompagner ses hôtes.

— Vous savez mon Révérend, le petit garçon n'est pas encore légalement sous notre protection. Mais comme c'est vous, je vous le laisse tout de suite afin que lui et sa sœur d'adoption puissent commencer leur vie de famille ensemble. Toutefois, son nom ne peut apparaître sur les papiers pour l'instant vous vous en doutez bien. Il vous faudra revenir afin que tout soit en règle.

— Bien entendu ma Mère. Je vous suis reconnaissant de tant de générosité envers les enfants, ma femme et moi.

*
* *

Vers un nouveau foyer...

Dans la voiture sur le chemin du retour, le pasteur et sa femme étaient assis à l'avant. Ils avaient installé les petits à l'arrière. La fillette observait Edward qui tenait Robin dans ses bras.

— Il est beau ton petit chien. Je m'appelle Iris et toi ?

Mais le petit garçon, encore sous le choc, ne répondit pas à la petite. Il ne se retourna même pas pour la regarder. Pourtant, s'il l'avait fait, il aurait pu voir qu'elle lui offrait un sourire empli d'une empathie sans aucune malice, illuminé par l'espoir de connaître enfin une vie meilleure. La femme du pasteur se retourna et regarda les enfants.

— On est arrivé les enfants, voici votre nouvelle demeure. J'imagine que vous avez faim ? Il y a un délicieux ragoût qui mijote sur le feu.

La maison était construite sur un seul étage et possédait un sous-sol. Elle était située à un demi-kilomètre de l'église de Bifield où le pasteur exerçait son ministère.

Les enfants furent accueillis tel que promis par une odeur de ragoût. Le fumet vint leur chatouiller les narines. Le pasteur se mit à table. Les enfants en firent autant après avoir déposé leurs effets personnels dans leur nouvelle chambre respective et être passés à la salle de bain pour s'y laver les mains. La femme du pasteur commençait tout juste le service en apportant une assiette de ragoût encore fumant à son mari lorsque le chiot d'Edward sortit du veston de son petit maître et alla se glisser sous la table. Edward se pencha pour regarder où allait se réfugier son copain. Le pasteur en fit autant. D'une main vive, il saisit le pauvre animal par la peau du cou, le souleva à la hauteur de son nez et le regarda droit dans les yeux.

— Qui t'a permis de te promener ici sale bête !

Il le projeta dans le salon où le malheureux alla choir lourdement sur le plancher de bois franc.

264

Edward esquissa un mouvement pour sortir de table. Le pasteur plaça son index entre ses deux yeux.

— Où tu vas toi ? Ici personne ne sort de table sans mon autorisation.

Pendant ce temps, la femme du pasteur avait fini son service. Elle s'assit à la table et demanda, comme si rien ne s'était passé :

— Qui récite la prière ?

Le pasteur débita alors un flot de paroles que personne ne comprit. Il termina sa litanie sur un ton clair et fort.

— Amen ! Bon appétit !

Iris prit sa fourchette de la main gauche et s'apprêta à piquer une patate fumante au centre de son assiette. Edward était lui aussi gaucher de naissance mais sa mère lui avait appris graduellement, quand il était encore bébé, à utiliser sa main droite pour manger, comme cela se devait à l'époque. Le pasteur ne cessait de surveiller Iris du coin de l'œil avec ce regard fixe qu'il avait parfois à l'église et qui terrorisait tant Edward. Il la semonça d'un ton courroucé.

— Personne ne mange avec sa main gauche à ma table.

Apeurée, la petite Iris transféra illico sa fourchette de la main gauche à la droite. Angoissée et inaccoutumée à utiliser sa main droite, elle réussit à piquer le légume, mais dans un mouvement maladroit pour porter l'ustensile à sa bouche, elle frappa de son coude la salière en porcelaine placée juste à côté de son assiette. La salière s'écrasa bruyamment sur le sol et éclata en mille morceaux. Dans un geste prémédité, la femme du pasteur gifla la fillette avec une telle violence qu'elle tomba en bas de sa chaise.

— Petite garce !

Iris se mit à pleurer à chaudes larmes. Assise par terre, elle était incapable de se relever tant la douleur physique et psychologique la submergeait. La femme du pasteur se pencha pour ramasser les débris de sa salière en se lamentant.

— Ah non, ma belle salière, cette salière m'a coûté une fortune ! Sale garce tu l'as fait exprès de casser ma salière !

Le pasteur se mit dans une rage folle.

— Vous êtes privés de souper ! Filez dans vos chambres ! Toi ma petite, je vais t'apprendre à vivre !

Les enfants quittèrent la cuisine sans demander leur reste et coururent en hurlant vers leurs chambres situées l'une à côté de l'autre, au fond du couloir. Edward s'enfila dans la première chambre à sa droite. Iris, inconsolable, se réfugia sur le lit de la petite chambre du fond qui avait un mur mitoyen avec celle d'Edward. Le garçon entendit des bruits de pas et comprit que le pasteur se dirigeait vers les chambres. Craignant le pire, il osa jeter un coup d'œil en direction de la porte et vit le pasteur passer devant

266

lui, une ceinture de cuir à la main. Le révérend ne ralentit même pas. Il poursuivit sa marche vers la chambre d'Iris. Les sanglots de la fillette s'interrompirent. Soudain, Iris émit un cri suivi d'un silence pesant. On aurait dit qu'elle venait de rendre l'âme. Edward tendit l'oreille, terrifié, quand des coups saccadés firent vibrer les murs de sa chambre. Des sons de ceinture et de corps bondissant sur le matelas traversaient la paroi. N'écoutant que son courage, le valeureux petit garçon se précipita vers la chambre d'Iris. Il ouvrit la porte et vit la fillette couchée sur le lit, nue et le dos ensanglanté. Le pasteur était penché sur elle et ne se contentait manifestement pas de la frapper. Il la violait. Il tourna la tête vers la porte et aperçut le petit.

— Retourne dans ta chambre espèce de salaud et ferme cette putain de porte, sale voyeur !

Le garçonnet aurait bien aimé s'élancer comme son héros Batman, mais il n'était malheureusement qu'un petit enfant désemparé, sans aucune autre ressource que de hurler pour se défendre. Et même ça, il n'arriva pas à le faire tellement il était pétrifié. Le pasteur, lui, écumait de rage.

— Fiche le camp sale bête ! Fiche le camp d'ici !

Edward claqua la porte, fit demi-tour et s'enfuit vers son lit où il se terra sous les couvertures. Le petit chiot vint le rejoindre et se blottit contre lui. Les bruits continuèrent quelques instants puis un silence de mort tout aussi effrayant envahit la maison. Edward trembla de peur jusqu'à ce qu'il s'évanouisse d'épuisement.

*
* *

Premier matin en famille...

Le lendemain matin, une odeur de bacon sonna le réveil. Edward entendit les pas de la femme du pasteur accompagnés d'un bruit de friture.

— Les enfants, le petit déjeuner est servi. À table ! invita la femme du pasteur.

Edward s'était endormi tout habillé. Il se leva d'un bond et se dirigea vers la cuisine. Il croisa Iris et tous deux coururent se mettre à table. Tout était parfait. Le pasteur était déjà en train de boire son café et si ce n'avait été des ecchymoses sur les bras de la petite Iris, on aurait pu croire que l'on venait de sortir d'un mauvais cauchemar et qu'il ne s'était rien passé la veille. Une fois la prière terminée, les enfants affamés dévorèrent tout ce que leur nouvelle mère leur servit. Ils mangèrent de leur main droite, le dos bien droit en prenant grand soin d'éviter d'accrocher le moindre objet qui se trouvait sur la table. La petite Iris risqua un regard en direction du pasteur qui lui fit un beau sourire. La petite, qui avait toujours rêvé de vivre dans une famille normale, venait enfin de trouver la famille parfaite.

— *Ils ne sont pas si méchants que ça, papa et maman ! J'ai juste à bien me conduire à l'avenir,* se dit Iris candidement.

Quand tous furent copieusement rassasiés, le pasteur se leva de table pour signifier la fin du repas. Sa femme ôta alors le couvert.

— Les enfants, allez vous préparer, je vais vous conduire à l'école ! dit madame Douglas en terminant la vaisselle.

*

* *

École primaire de Bifield…

La femme du pasteur se rangea sur le bord du trottoir. Elle se retourna vers les enfants qui étaient assis à l'arrière du véhicule. Sur un ton doucereux, elle leur expliqua les démarches à effectuer pour leur première journée.

— C'est ici, tu connais déjà l'école Edward ? C'est la tienne !

Le garçon fit un signe affirmatif de la tête en guise de réponse.

— Oui, c'est la tienne. Tu sais où est le bureau du directeur ?

269

Oui, fit Edward d'un hochement de tête.

— Alors, tu vas y aller avec Iris. J'ai prévenu le directeur, il vous attend. Il m'a dit qu'il restait encore de la place dans ta classe. Alors, Iris va pouvoir être avec toi. Je vais revenir ici à seize heures pile. Soyez sage !

Les enfants étaient à peine descendus de la voiture que la femme du pasteur détala à toute vitesse en faisant crisser ses pneus sur la chaussée. Edward prit Iris par la main et comme c'était lui le petit homme et qu'il connaissait les lieux, il entreprit de diriger la marche. Soudain, il s'arrêta à mi-chemin, entre le trottoir et la porte principale de l'école. Il lâcha la main d'Iris et lui fit face.

— J'ai peur, je ne veux plus retourner là-bas. On va tout raconter au directeur, il va nous aider !

— Non, je ne veux pas, répondit tristement Iris.

— Il faut le faire.

Edward reprit Iris par la main et ils pénétrèrent dans l'école.

Ils arrivèrent devant le bureau du directeur. La secrétaire dactylographiait une lettre dans le bureau d'en face. Elle aperçut les deux enfants et reconnut Edward. Elle savait qu'il venait de perdre ses parents mais évita d'en faire mention pour ne pas raviver sa peine.

— Edward !... Venez avec moi les enfants. Je crois que le directeur n'est pas encore là, mais... Suivez-moi !

La secrétaire se leva, traversa le couloir, ouvrit la porte et entra dans le bureau du directeur suivie des deux petits.

— Asseyez-vous ici les enfants. Le directeur va arriver d'une minute à l'autre.

Elle retourna s'asseoir devant sa machine à écrire d'où elle pouvait facilement surveiller les petits tout en finissant son travail. Elle se remit à dactylographier et une ligne plus tard, le directeur apparut dans le cadre de porte.

— Bonjour mademoiselle Campbell, vous allez bien ?

— Oui merci ! Et vous ?

— Très bien merci !

— Vous avez des visiteurs.

Le directeur se retourna et aperçut les deux petits, assis bien sagement devant son bureau.

— Je les attendais. Bonne journée Mademoiselle.

— Bonne journée monsieur Ballard.

Le directeur Ballard était un homme de quarante-cinq ans, grand et maigrelet. Il vivait seul, ne s'était jamais marié et n'avait pas de petite amie connue. Mais il s'était fait un copain durant la guerre de Corée, un certain Perce qui habitait en Californie et avec lequel il correspondait régulièrement. Le directeur entra dans son bureau, ferma la porte derrière lui, enleva son imperméable et son chapeau, et s'assit dans son fauteuil.

— Bonjour les enfants, tu es la petite Iris ?

— Oui Monsieur, il m'a battue, répondit l'enfant de but en blanc.

Malgré sa crainte, elle avait décidé de tout dévoiler pour faire plaisir à son nouveau frère qu'elle aimait et qu'elle voulait garder à ses côtés pour toujours. C'était la première fois que quelqu'un lui donnait un conseil pour son bien. Edward était vraiment gentil, se disait-elle. Elle ferait donc ce qu'il lui demandait.

— Quoi ? lança le directeur qui ne s'attendait pas à la réplique de la fillette.

— Il m'a battue.

— Qui ça ? dit le directeur d'un air amusé, ne comprenant toujours pas à quoi la fillette faisait référence.

— Le pasteur, il m'a battue et m'a fait des choses.

La fillette se mit à pleurer. Edward retint ses larmes et le visage du directeur changea de couleur. Il se leva et ouvrit la porte de son bureau.

— Sors Edward !... Mademoiselle, pouvez-vous vous occuper du petit deux minutes s'il-vous-plaît ?

— Bien sûr Monsieur. Viens Edward, prends-toi un bonbon. Tu aimes les bonbons ?...

Le directeur referma la porte derrière le garçon qui se dirigea vers la secrétaire. Puis il retourna s'asseoir à son bureau, plongea deux doigts dans la poche poitrine de son veston et tendit un mouchoir à Iris.

— Tiens petite, prends mon mouchoir. Tu veux un verre d'eau ?

Iris refusa d'un mouvement de tête. Le directeur s'accouda sur le bureau.

— Vas-y, raconte je t'écoute !

La fillette relata tous les faits et gestes de la veille, sans oublier le moindre détail. Assis dans le bureau de la secrétaire en biais devant la porte vitrée du directeur, Edward gardait la tête tournée vers Iris pour observer si tout allait bien et si elle semblait bien décidée à tout dévoiler. Au bout de dix minutes, le directeur sortit de nouveau. Il se tint dans le couloir, entre le bureau de la secrétaire et le sien.

— Venez les enfants. Viens Edward ! Viens Iris ! insista-t-il.

Les deux enfants s'approchèrent timidement de lui. Le directeur se pencha, prit la main d'Edward dans sa main gauche et celle d'Iris dans sa main droite. Il regarda tour à tour les deux enfants dans les yeux.

— Allez en classe maintenant les enfants ! Tu sais où est ta classe Edward ?

Edward fit un signe affirmatif de la tête.

— Bon alors tu amènes Iris avec toi et tu diras à ta maîtresse que c'est moi qui vous envoie. Mademoiselle Barry a préparé un pupitre pour toi Iris.

Le directeur mit la main d'Iris dans celle d'Edward. Puis il se redressa, retourna d'un pas rapide dans son bureau, referma la porte derrière lui et empoigna son téléphone. Edward serra très fort la main d'Iris pour bien lui faire sentir qu'il était avec elle. L'enfant avait vu son père agir de la sorte avec sa mère quand elle se sentait mal. Par ce geste, il lui signalait qu'il l'aimait, qu'elle pouvait compter sur lui et qu'il partageait sa peine.

— Qu'est-ce que tu as dit Iris ?
— Tout !
— Tu as bien fait !

*
* *

Après l'école…

À la fin de leur journée d'école, Edward et Iris se tenaient sur le trottoir à l'endroit même où madame Douglas les y avait laissés le matin. À seize heures précises, la voiture s'arrêta à leur hauteur. La femme du pasteur semblait très fâchée. Elle fit monter les petits et ne dit pas un mot de tout le trajet. En arrivant devant la maison, les enfants remarquèrent le pasteur campé sur le perron, les mains sur les hanches. Iris s'empara de la main d'Edward et la serra contre sa poitrine.

— J'ai peur !

À peine la voiture s'était-elle engagée dans le stationnement que le pasteur ouvrit la portière et saisit Edward par le bras.

— Viens toi !

— Non, lâchez-moi ! hurla Edward.

— Depuis quand t'as retrouvé ta langue toi ? dit le pasteur.

Il l'extirpa brutalement du véhicule et jeta un coup œil à son épouse.

— Tu y vas tout de suite !

— D'accord.

Le pasteur referma la portière. Iris ouvrait la sienne pour descendre à son tour lorsque la marâtre se retourna en la pointant du doigt.

— Non ! Toi tu ne descends pas ma petite, on a des courses à faire.

Iris referma la portière aussitôt et ne bougea plus d'un muscle. La voiture recula puis quitta les lieux en trombe. La femme du pasteur roula jusqu'à une belle grande maison isolée dans la forêt, à l'extérieur de la ville. Elle s'y arrêta et laissa tourner le moteur. Elle sortit du véhicule, ouvrit la portière arrière et attrapa la petite Iris par la main.

— Allez, viens !

— Où on va ?

— Que t'es bête, dans la maison qui est là ! Où tu crois qu'on peut aller d'autres ?

La fillette fut littéralement aspirée hors de la voiture. La femme du pasteur claqua la portière de sa main libre, se dirigea vers la porte d'entrée principale et frappa. Cette dernière s'ouvrit et la femme entra avec Iris qu'elle tenait toujours par la main. Lorsqu'Iris aperçut le directeur, elle se mit à hurler et tenta de sortir, mais sa mère adoptive la maintenait fermement. Le directeur l'attrapa par l'autre bras et lui appliqua la main sur la bouche.

— Viens un peu ici ma belle.

— Je reviens la chercher dans une heure tapante.

— C'est parfait je vais bien m'occuper d'elle, répondit le directeur en titubant.

La femme du pasteur sortit de la maison et referma la porte derrière elle. Elle monta dans sa voiture et quitta les lieux en toute hâte.

Deux heures plus tard, maison du pasteur...

Edward, le cœur gros, était resté assis par terre dans sa chambre. Il jouait tant bien que mal avec

Robin en attendant le retour d'Iris. À peine entendit-il le son du moteur dans le stationnement qu'il se précipita vers la porte d'entrée. La marâtre arrivait devant la porte en portant deux sacs d'épicerie.

— Ouvre idiot ! vociféra-t-elle en donnant un coup de pied dans la porte.

— Où est Iris ? demanda Edward.

— Elle est allongée sur la banquette arrière, la paresseuse. Elle s'est endormie, je n'arrive pas à la réveiller...

Elle n'eut même pas le temps de terminer sa phrase qu'Edward s'élança vers la voiture pour aller à la rencontre d'Iris. La femme du pasteur lui barra le passage en se plaçant devant lui.

— Non, tu ne sors pas d'ici toi !... Charles va chercher ta fille !

Le pasteur était assis dans son fauteuil au fond du salon, occupé à préparer son sermon pour le dimanche suivant. Il avait horreur qu'on le dérange lorsqu'il s'installait avec sa bible.

— Pourquoi elle n'entre pas elle-même ?

— Va la chercher et vite ! cria sa femme d'un ton qui coupa court à toute discussion.

Edward se tenait toujours devant la porte, ce qui irrita le pasteur.

— Fiche le camp vermine, va dans ta chambre ! Qu'est-ce que tu fais là idiot ? On ne t'a pas appris à te mêler de tes affaires ?

Edward s'esquiva prestement dans sa chambre avant que le pasteur n'arrive à sa hauteur. La marâtre alla ranger ses courses dans la cuisine pendant que le pasteur sortait pour aller chercher la fillette. Elle ne dormait pas comme l'avait prétendu la femme du révérend, elle était évanouie. Il la prit dans ses bras et alla la déposer sur le lit, dans sa chambre. Il en ressortit aussitôt, ferma la porte et repassa devant la chambre d'Edward en chantonnant, un sourire en coin :

— *Rien de tel qu'un directeur d'école pour élever les vilaines petites filles qui racontent des histoires à tout le monde.*

Edward attendit un instant puis sortit de sa chambre sans faire de bruit. Il regarda du côté de la cuisine et vit la femme du pasteur en train de ranger la nourriture dans les armoires. Il avança un peu plus et jeta un coup d'œil dans le salon. Le pasteur était de nouveau plongé dans sa bible. Edward se retourna et fila en direction de la chambre d'Iris. Il tourna doucement la poignée par degrés pour ne pas faire de bruit et entra. Il s'avança et vit la petite Iris couchée sur le dos, tout ensanglantée. Elle était recouverte de plaies et de bosses et ses vêtements étaient en lambeaux. Elle avait le regard vide et ne semblait plus respirer. Elle était méconnaissable. Le petit s'approcha de plus près. Ses yeux étaient remplis de larmes et il avait peine à voir où il allait. Une fois rendu à son

278

chevet, il prit précautionneusement la main d'Iris dans la sienne.

— Iris qu'est-ce que tu as ?

Au son de la voix d'Edward, Iris se retourna. Elle avait la joue enflée et il lui manquait deux dents, une incisive et une canine. Le sang giclait de l'énorme cavité laissée par les deux dents perdues. Elle avait peine à s'exprimer, mais elle était tellement heureuse de voir Edward à ses côtés qu'elle puisa dans ses ressources pour lui murmurer dans un ultime effort :

— C'est toi Eddy ? C'est toi ?… Je vais bien, je vais très bien, je n'ai rien. Donne-moi ta main Eddy !

— Tu l'as déjà, répondit de peine et de misère le petit en larmes.

— Je suis tellement heureuse de te sentir là… Je vais dormir, je suis fatiguée, je suis une vilaine petite fille Eddy. Est-ce que tu m'aimes Eddy ? Je vais dormir. Es-tu mon ami ?

— Oui, je suis ton ami.

— Il ne faut pas parler aux grandes personnes Eddy !

— Non, promis, je ne parlerai plus jamais Iris ! Plus jamais promis ! hoqueta Edward dont les mots franchissaient ses lèvres entremêlés de larmes.

Iris esquissa un sourire, ferma ses paupières sur son magnifique regard azur et s'enfonça dans un profond et paisible sommeil.

*

* *

Ce soir-là…

Alors que la soirée était bien entamée et que la lune commençait à montrer le bout de son nez, Edward s'était encore une fois jeté sur son lit tout habillé, épuisé et terrorisé. Il avait promis solennellement à Iris de ne plus jamais parler aux grandes personnes. Un hurlement de femme le réveilla en sursaut. Il bondit de son lit et vit le pasteur se hâter vers la chambre d'Iris.

— Que se passe-t-il ? cria-t-il à sa femme.

Edward sortit de sa chambre et se rendit devant la porte de la chambre d'Iris. Le pasteur promenait son index et son majeur collés ensemble sur le poignet d'Iris. Il regarda sa femme.

— Elle est morte !

La femme du pasteur se cacha le visage dans ses mains.

— Ah mon dieu ! Qu'est-ce qu'on va faire ? Mais qu'est-ce qu'on va faire ?…

Elle aperçut alors Edward qui fuyait en hurlant. Elle se précipita pour l'attraper mais le pasteur la stoppa dans sa course en la saisissant par le bras.

— Laisse-le faire ! On n'a pas le temps de s'occuper de lui, il faut s'occuper de la fille.

Edward ramassa Robin au passage, fila vers la porte de la cuisine et s'enfuit dans la forêt. Il courut avec son chiot dans les bras pendant des heures. Il arriva enfin sur le bord d'une autoroute. Des phares surgirent derrière lui et une voiture l'évita de justesse. Le véhicule s'immobilisa. Un homme en sortit et se précipita vers le garçon.

— Merde ! Qu'est-ce que c'est que ça ?

Parvenu à la hauteur d'Edward, l'homme trouva l'enfant évanoui de peur et d'épuisement. Il le ramassa ainsi que son chiot qui grognait, et les installa dans sa voiture avant de reprendre la route. Après quelques minutes, Edward revint à lui. L'homme lui offrit à boire.

— Tu veux un peu d'eau ? Tu m'as fait une de ces peurs ! Où habites-tu mon garçon ?

Edward ne voulait plus retourner chez le pasteur mais l'homme attendait une réponse. Il se rappela alors ce que lui avait dit Sœur de la Charité avant qu'il ne quitte l'orphelinat. *Occupe-toi de Robin aussi bien que j'aimerais pouvoir m'occuper de toi.*

— Je viens de l'orphelinat, affirma le petit garçon sur un ton décidé.

— L'orphelinat de Boston ?

Le petit fit signe que oui bien qu'il ne fût pas du tout sûr qu'il s'agisse du bon orphelinat. L'homme éclata de rire.

— Bon sang, t'en as de la chance Petit, je vais justement dans le coin !

Après une demi-heure de route, le voyageur arriva devant l'orphelinat.

— Tout est fermé ici, c'est pas surprenant à l'heure qu'il est.

Le bon samaritain regarda sa montre et s'écria :

— Zut ! Il est trois heures du matin ! Je suis encore en retard ! Ça va aller Petit si je te laisse devant la porte ? De toute façon, je n'ai jamais aimé les bonnes sœurs alors…

Le petit Edward descendit de la voiture avec Robin et frappa à la porte pendant que son gentil conducteur s'éloignait dans la nuit. Il frappa une autre fois, puis une autre puis une dernière. Toujours pas de réponse. Il s'assit sur la première marche de béton et se mit à pleurer. Une des fenêtres qui se trouvait au niveau du sol s'éclaira. Edward entendit le glissement du châssis, puis une douce voix qu'il avait gravée dans la mémoire.

— Edward, est-ce que c'est toi ? Edward McBerry ?

En reconnaissant Sœur de la Charité, le petit fugitif accourut vers la lumière en pleurant.

— Je ne veux plus retourner là-bas ! lui confia-t-il aussitôt.

— Mais qu'est-ce qui t'arrive mon Petit ? Chut ! Ne dit plus un mot, tu risques de réveiller quelqu'un. Viens, passe par la fenêtre. Attends, le chien avant. Là ! Maintenant à ton tour !

Edward se faufila à travers les barreaux. Il était inconsolable, mais il se savait désormais en sécurité dans les bras de Sœur de la Charité. Elle le questionna mais évita d'insister lorsqu'il lui dit qu'il ne pourrait jamais raconter quoi que ce soit parce qu'il l'avait promis. La sœur lui promit à son tour qu'elle allait s'occuper de lui, qu'elle ferait disparaître son dossier d'adoption et ses papiers d'état civil dès leur réception à l'orphelinat et qu'il n'aurait plus jamais à retourner chez le pasteur. Le petit désespéré, ainsi rassuré, s'endormit blotti tout contre elle avec Robin lové entre ses bras. Elle le cacha dans sa cellule toute la journée suivante. Puis à la tombée de la nuit, elle le confia à sa cousine, une gentille vieille fille qui vivait seule et qui, malgré le fait qu'elle ne croyait pas en Dieu, avait su gagner l'estime et la confiance de Sœur de la Charité. Comme elle n'avait jamais eu la chance d'avoir d'enfant ni la possibilité d'en adopter un, elle accepta avec enthousiasme de prendre en charge l'éducation de ce petit garçon marqué par la vie. Edward put enfin grandir paisiblement chez elle, sous un faux nom…

De retour maintenant...

—... et me voilà, votre humble serviteur. J'espère que vous avez su apprécier ce petit voyage dans le temps, monsieur le Directeur. Moi, ça m'a fait un grand bien de m'ouvrir ainsi. Vous savez, se raconter est une des phases les plus difficiles de la thérapie. Cette catharsis m'a donné des ailes, je viens de perdre mille kilos qui pesaient sur mes épaules depuis des années. Un peu lourd pour un garçon de six ans, non ? Tout bon psychanalyste vous dira que de parler règle tous les problèmes. N'est-ce pas ?... Quelle bande d'imbéciles ! Est-ce que parler a réglé les problèmes d'Iris ? Hein monsieur le Directeur !

L'intrus empoigne le directeur par le collet puis le relâche en apercevant tous les fils auxquels il est branché et qui se déplacent avec lui.

— Votre moniteur fonctionne à plein régime.

— Non, non arrêtez, arrêtez ! Je ne veux plus rien entendre ! Oubliez ça, oubliez ça, je ne veux plus rien entendre ! Taisez-vous, taisez-vous !

L'étranger le soulève de nouveau et l'approche de son visage.

— Mais ce n'est plus à moi de parler, c'est à vous monsieur le Directeur ! Racontez-moi ce que vous lui avez fait à la petite Iris ! Comment se sent-on lorsqu'on demande de l'aide à quelqu'un de plus fort que soit et que ce dernier profite de votre malheur en réponse à votre appel ? Dites-moi monsieur le Directeur !

— Pitié ! Pitié !

Le visiteur relâche le vieil homme qui retombe sur son oreiller, les yeux pleins d'eau.

— Entre vous et moi, quel est le secret de votre immense succès auprès des innocentes petites filles ? Car il faut le dire, vous avez eu sur elle un effet foudroyant, si vous me permettez un peu d'ironie. Lorsque la petite Iris est revenue de chez vous, elle était passablement esquintée. Vous êtes un horrible pervers monsieur le Directeur. Mais il y a quelque chose qui m'échappe. Comment se fait-il que la police n'a pas fait d'enquête ? Il y en a eu sûrement une !

— Non, pitié, pitié, ne me faites pas ça ! Je veux tout oublier ! Oublier tout ça !

— Allons, calmez-vous. Racontez-moi, je ne suis pas sûr d'avoir bien compris ! J'ai ma petite idée, il va sans dire... mais dites toujours ! Comment se fait-il qu'il n'y ait pas eu d'arrestation ?

— Mon Dieu aidez-moi, aidez-moi !

L'intrus saisit de nouveau l'homme par la tête et prend un ton plus exaspéré.

— Dieu ne peut plus rien pour vous !... Dites-moi monsieur le Directeur, comment se fait-il qu'il n'y ait pas eu d'arrestation ? N'y a-t-il pas eu la moindre enquête ?

— Il y en a eu une ! Il y en a eu une ! répond le vieil homme sur un ton apeuré.

L'individu le repose sur l'oreiller.

— Bon, c'est bien racontez-moi tout !

— Le soir de sa mort, aux alentours de vingt-deux heures si je me rappelle bien, Anna, la femme du pasteur, m'a donné un coup de fil pour me dire que la fillette était morte… Non, non, laissez-moi tranquille ! Je ne veux pas me rappeler de ça.

Le vieil homme en larmes tourne péniblement sa tête de droite à gauche. L'étranger le saisit fortement au collet.

— Vous allez parler espèce de vieux salaud !

— Anna était tout énervée, elle pleurait au téléphone.

L'intrus lâche sa prise. Le vieux retombe sur l'oreiller et reprend sa narration.

— Je lui ai dit qu'il fallait se calmer, ne pas s'énerver. Elle m'a dit qu'elle voulait laver la fillette. Je lui ai dit que c'était une excellente idée. Le pasteur criait derrière elle : « Grouille-toi, va laver cette garce ! »…

38 ans plus tôt, Bifield, la suite…

Anna Barton laissa tomber le téléphone, quitta le salon et retourna s'occuper de la fillette dans la chambre. Le pasteur ramassa le combiné et menaça le directeur Ballard.

— Je n'hésiterai pas à te balancer aux flics si tu ne trouves pas une solution !

Ballard ne savait pas quoi faire, il était totalement dépassé. Il avait bu toute la soirée et était à moitié endormi. Le pasteur hurlait à l'autre bout du fil.

— Alors merde ! Qu'est-ce qu'on fait ?

— On n'a qu'à la balancer dans les ronces ! cria Anna.

Le pasteur était fou furieux et engueula le directeur de plus belle.

— T'avais besoin de l'abîmer comme ça ? Hein ? T'avais besoin de lui faire ça ? Elle était en parfait état quand on te l'a prêtée. Je vais te poursuivre, je vais la donner à bouffer aux porcs, et toi avec elle !

— Ferme-la ! Quelqu'un va t'entendre, beugla Anna désemparée, en enlevant les vêtements du cadavre d'Iris pour le laver.

Le pasteur, aveuglé par la rage, pointa du doigt en direction de la chambre d'Iris comme si sa femme pouvait le voir à travers le mur.

— Je vais te tuer toi aussi !...

Le directeur tenta de calmer le jeu.

— Reste calme Charles ! Il faut garder la tête froide. Reste calme ! Reste calme je t'en prie !

Le pasteur reprit ses esprits et passa sa main dans ses cheveux.

— D'accord, d'accord. La foutre dans les ronces, c'est peut-être une bonne idée finalement.

Ballard trouvait l'idée totalement stupide et beaucoup trop risquée, car la fillette était bien amochée et couverte de plaies. Il était évident qu'elle avait été battue. Ballard avait consommé un mélange de drogues et d'alcool avant l'arrivée de sa victime, ce qui l'avait rendu passablement agressif envers la pauvre fillette.

— Je préfère ton idée de la donner à manger aux cochons.

Le pasteur se remit à crier. Il criait tellement fort que la bave lui coulait des commissures des lèvres.

— Mais on n'a pas de cochons ! Je n'ai pas de cochons et tu n'as pas de cochons ! Tu nous vois aller demander à un fermier : « Pardon Monsieur l'Agriculteur ! Est-ce qu'on pourrait vous laisser un cadavre de fillette pour que vous le donniez à bouffer à vos porcs ? »

Ballard tournait en rond dans son salon lorsque soudain, il s'écria :

— D'accord, t'as raison calme-toi ! Calme-toi que je pense une minute !… Les loups, voilà la solution ! Il faut donner la petite à manger aux loups.

— Bonne idée ! Le seul problème, c'est qu'on ne peut pas être sûr que les loups vont trouver la fillette avant les policiers. Et puis tu sais où se cachent ces damnés loups ? Hein monsieur le Directeur d'école primaire !

— Non !

— Oh ! Comme c'est dommage, sinon on n'aurait qu'à aller leur balancer la fillette, se moqua le pasteur dont la voix était de plus en plus désincarnée.

Découragé, Ballard s'assit dans son fauteuil lorsque son regard tomba sur le journal qui traînait sur la table de salon. Il titrait à la Une : *Maniaque sanguinaire*. Le tortionnaire ramassa le tabloïd et entreprit la lecture de l'article. Une jeune fille de quatorze ans avait été retrouvée morte aux confins de la forêt, au bord d'une falaise. Elle était pieds et poings liés, nue et couverte de meurtrissures. L'auteur du texte décrivait même la façon dont les nœuds avaient été faits. Les journalistes aiment bien présenter ces histoires sordides dans leurs moindres détails. Ça leur vaut des ventes records. Ballard venait de trouver la solution à leur problème.

— Ne bougez pas, j'arrive ! lança-t-il au pasteur avant de raccrocher.

Le journal à la main, il descendit au sous-sol, ramassa ses outils, sauta dans sa voiture et fila chez le pasteur.

Parvenu chez les Douglas, il entra sans sonner, affublé de sa quincaillerie.

— Où est la fillette ?

Anna le conduisit à la chambre à coucher. Elle venait tout juste de finir de laver la petite dépouille. Ballard prit le corps dans ses bras et descendit dans la cave. Anna le suivit et recouvra le plancher du sous-sol de sacs de papier pour ne rien salir, comme le lui avait suggéré Ballard. Les trois complices se mirent au travail.

— Il faut suivre les instructions du journal à la lettre, expliqua le directeur en déposant la fillette sur le papier.

Le maquillage du crime commença. La jeune fille découverte au sommet de la falaise avait été rouée de coups et ses cheveux, arrachés sur toute la surface de l'occiput. Ballard tourna le corps d'Iris sur le ventre. Anna commença à lui arracher les cheveux, mais elle se mit à sangloter. Elle se releva et vomit. Le directeur prit la relève et lui fit une tonsure semblable à l'autre fille. Ensuite, il retourna le corps sur le dos et sortit ses pinces pour lui extirper les mamelons comme l'avait décrit le journaliste. Il ouvrit ses pinces, attrapa un premier sein puis referma l'étreinte, mais il fut incapable de tirer. Le pasteur lui allongea alors une claque derrière la tête.

— Lève-toi espèce de pédé !

Le directeur qui était assis à califourchon sur les hanches de la fillette se leva d'un bond. Le pasteur lui prit les pinces des mains, s'accroupit à côté du corps et serra un des mamelons de la fillette. La peau s'étira et le corps se souleva du sol. Lorsque l'organe commença à se déchirer tout autour du mamelon, le ministre du Culte eut un haut-le-cœur à son tour et se leva précipitamment. Il se joignit à Anna et les deux époux vomirent en chœur. Il ne restait plus que Ballard pour achever le travail. Comprenant qu'il allait devoir s'exécuter, il se mit à chialer comme un bébé. Les larmes jaillissaient sans qu'il puisse les arrêter. Il dut installer du ruban à coller autour de ses lunettes pour éviter qu'elles ne tombent. Il s'enroula une serviette autour du visage pour éponger ses larmes qu'il ne pouvait empêcher de couler. Il reprit les pinces, s'assit de nouveau sur le petit corps et arracha les deux seins de sa victime.

— Mais comme si ce n'était pas assez, ce cinglé l'a massacrée ! Ce maniaque lui a crevé les yeux avec des ronces ! brailla Ballard. Douglas, va me chercher des ronces et apporte-moi de la corde de chanvre ! D'après les policiers, le dingue s'en est servi pour attacher sa victime.

— Je n'en ai pas ici. Il y a bien de la corde à l'église, mais je ne sais pas si elle est de chanvre. Je m'en sers pour faire sonner les cloches, répondit péniblement le pasteur.

— Peu importe ! N'importe quelle corde fera l'affaire ! Si tu n'en as pas en chanvre, une en nylon fera pareil. Alors qu'est-ce que t'attends ? gueula Ballard.

Le pasteur était paralysé par l'horreur de leur macabre besogne. Voyant qu'il ne réagissait pas à la demande de Ballard, Anna s'énerva. Elle se mit à crier et à frapper à coups de pieds son mari qui se trouvait à genoux à côté d'elle. Il s'écroula dans les vomissures et ses pleurs reprirent de plus belle.

— Je m'excuse ! Je m'excuse ! Je m'excuse !…

Sa femme le frappait de plus en plus fort en hurlant.

— Bouge-toi salaud ! Bouge-toi ! Bouge-toi !…

Ballard se précipita sur Anna et l'attrapa par les bras. Il tenta de l'éloigner, mais elle s'agrippa à un support à serviettes qui servait à étendre le linge. Il dut la tirer par les cheveux pour lui faire lâcher prise. Mais alors que le directeur tentait toujours de la faire reculer, le pasteur attrapa sa robe, se leva et prit Anna à la gorge. Ballard s'écarta et le pasteur la fit tomber par terre. Il était maintenant assis à califourchon sur elle et lui enserrait le cou. Ballard comprit qu'elle allait y passer s'il ne faisait rien. Il prit à son tour le pasteur par le cou sans réussir à lui faire lâcher prise. Le visage d'Anna passa du rouge au bleu. Le directeur se retourna et aperçut un bâton de baseball. Il l'empoigna à deux mains et frappa le pasteur de toutes ses forces. Douglas s'évanouit instantanément et tomba sur le côté. Anna se dégagea et reprit son souffle.

— Merde je l'ai tué ! s'écria Ballard.

Il était certain de lui avoir porté un coup fatal à la tête mais en réalité, il l'avait frappé sur les épaules. Le temps que Douglas revienne à lui, tout le monde s'était calmé. Les trois meurtriers comprirent qu'il était temps d'agir et chacun s'affaira à sa tâche sans mot dire. Le pasteur prit sa voiture et s'en fut allé chercher de la corde à l'église. Sa femme sortit ramasser des ronces et Ballard reprit sa lecture. Le maniaque avait découpé les organes génitaux de l'adolescente. Les policiers n'avaient trouvé ni les organes ni l'objet tranchant utilisé pour l'opération. Ballard commença à s'exécuter sur la petite Iris. Il tremblait tellement qu'il lui taillada l'intérieur des cuisses. Quand le pasteur et sa femme furent de retour, ils attachèrent la fillette conformément au récit. Ballard attrapa les ronces que lui avait apportées Anna et compléta le travail en crevant les yeux d'Iris tel que ceux de la victime dépeinte par le journaliste. Anna commença à tout nettoyer pendant que le pasteur et le directeur grimpaient le cadavre dans la voiture. Puis les deux hommes roulèrent dans la nuit sur plusieurs kilomètres avant de s'immobiliser. Ils sortirent le cadavre, le roulèrent à coups de pieds dans l'herbe, puis le farcirent de feuillage comme leur prédécesseur. Ils l'abandonnèrent à l'orée du bois, là où la forêt était clairsemée, car ils voulaient que le corps soit visible du chemin, mais pas trop. Ils reprirent leur funeste itinéraire et s'arrêtèrent quelques kilomètres plus loin. Ils creusèrent un trou et y enterrèrent les outils et les organes d'Iris, se rappelant qu'on n'avait pas retrouvé ceux de l'adolescente torturée. Une demi-heure plus tard, ils étaient de retour chez le pasteur. Sa femme avait tout lavé à grande eau. Ballard sortit de sa voiture un grand sac de jute pour y mettre tous les produits, brosses, chiffons et autres objets qui avaient servi au ménage. Puis ils s'entassèrent tous les trois dans la baignoire et se dévêtirent pour éviter d'éparpiller les débris qui auraient pu tomber de leurs vêtements. Ils enfoncèrent le tout dans le sac, chaussures comprises. Ils prirent ensuite une longue douche et s'examinèrent minutieusement pour s'assurer qu'il ne restait aucune trace de sang ou de débris humains sur aucun d'eux qui aurait pu les incriminer advenant une intervention policière. Anna qui avait eu une éducation très puritaine trouva la situation fort humiliante et pleura sans arrêt pendant toute l'opération. La douche terminée, ils n'utilisèrent qu'une seule serviette pour s'essuyer. Ils prirent bien soin d'être complètement secs avant de sortir du bain, afin de laisser le moins de traces d'eau possible sur le sol ou sur les murs. Ballard ramassa la serviette et l'enfourna dans le sac avec les autres articles. Anna retira les draps et les couvertures du lit de la martyre pendant que le pasteur allait chercher des vêtements propres pour Ballard. Une fois le sac rempli, Ballard rentra chez lui et brûla le tout dans son foyer. Il avait été convenu qu'Anna appellerait le shérif une heure plus tard afin de laisser le temps à Ballard de faire disparaître les preuves, aux cheveux de sécher et à la sueur de réapparaître sur les visages, bref de reprendre un aspect normal. Alerté, le shérif arriva sur les lieux en quelques minutes, tel que prévu. Il fit le tour de la maison et chercha la fillette partout. Le pasteur et sa femme étaient en pleurs. Ils n'avaient aucun mal à démontrer qu'ils étaient bouleversés après la soirée qu'ils venaient de passer. Le shérif interrogea le pasteur qui raconta l'histoire qu'ils avaient forgée et répétée mille fois avec le directeur avant son départ.

— Nous avons laissé Iris jouer dehors, mais comme ma femme et moi préparions la messe, nous n'avons pas vu le temps passer. Lorsque nous sommes sortis pour aller la chercher, elle avait disparu. Ma femme vous a alors appelé. J'espère qu'il ne lui est rien arrivé, dit le pasteur avant de s'effondrer en larmes…

De retour maintenant…

Ballard a la bouche sèche, mais continue tout de même son récit.

— …Il y avait toi aussi, mais personne ne savait que tu existais, mis à part la secrétaire et ton enseignante. Je n'ai eu qu'à leur raconter que des gens de ta famille t'avaient réclamé et que tu n'étais que de passage chez le pasteur. On avait donc décidé de ne pas parler de toi au shérif. Anna t'avait cherché dans tous les recoins de la maison et aux alentours pendant que le pasteur et moi étions allés dissimuler le corps d'Iris. Une fois de retour, comme elle ne t'avait toujours pas retrouvé, on avait pris le pari que les policiers ne te trouveraient pas non plus cette nuit-là. Le shérif pour sa part n'aurait jamais étendu l'enquête jusqu'à l'orphelinat car selon notre évaluation, il ne devait retrouver le corps d'Iris qu'au plus tard le lendemain. Mais ce fut encore plus rapide que cela. À peine avait-il eu le temps de signaler la disparition d'Iris qu'il reçut un appel de la police d'État qui venait de retrouver la fillette là où on l'avait laissée. Le shérif accompagna le pasteur sur les lieux mêmes pour identifier le corps. Devant la mise en scène similaire, les autorités policières conclurent qu'il s'agissait du même tueur que celui qui avait assassiné la jeune adolescente découverte la veille. De plus, le shérif était le cousin d'Anna. À la découverte du cadavre, il partagea la peine affichée bruyamment par le couple. L'enquête prit donc une autre tangente. Les deux ou trois jours qui suivirent furent certes terrifiants pour nous, car on se demandait sans cesse si tu allais réapparaître. Si tu étais revenu, on n'aurait pas eu le choix… et lorsque l'orphelinat aurait appelé pour signer les papiers d'adoption, le pasteur y serait allé comme si de rien n'était… et on aurait fait avec. Mais on finit par croire que le tueur t'avait fait la peau ou que les loups t'avaient dévoré. On ne comprit jamais pourquoi l'orphelinat n'avait en aucun temps téléphoné pour demander au pasteur d'aller signer les fameux papiers… Comme il était pasteur et qu'Iris fut la seule fille à périr de la sorte dans le village, les citoyens tinrent à ce qu'il y ait des cérémonies commémoratives annuelles à sa mémoire. Année après année, Anna vomissait pendant l'oraison du pasteur. Huit ans plus tard jour pour jour, elle ne se présenta pas à l'église pour la cérémonie. Elle se rendit à la falaise où l'on avait trouvé le corps de l'adolescente et avala un flacon de barbituriques avant de se jeter dans le vide. Iris aurait eu quatorze ans à l'époque, le même âge que la jeune fille au jour de sa mort.

Le visiteur est très ému.

— Merci de votre franchise monsieur le Directeur.

Il empoigne un oreiller placé au pied du lit, le presse fortement et s'approche du visage du vieil homme. Voyant sa fin approcher, le directeur implore le pardon en exprimant son repentir et ses remords face à ses odieux crimes.

— Attendez ! Attendez ! Nous n'avons plus jamais touché à un enfant après cette terrible soirée.

Le justicier, interpellé moralement par les propos du condamné, interrompt son geste. Puis il réplique :

— C'est vrai ?

Croyant déceler ce qu'il interprète être un début d'absolution dans le regard de son juge, le directeur renchérit en pleurant :

— Nous n'avons plus rien fait je vous le jure ! Cette effroyable nuit fut un épouvantable cauchemar. C'était pire que tout. Plus rien n'a jamais été pareil après ce soir-là. Anna ne m'a plus adressé la parole jusqu'à sa mort. Cette horrible histoire m'est revenue à l'esprit des milliers de fois. J'ai fait des tas de rêves plus terrifiants les uns que les autres. Ce que j'ai fait à cette pauvre enfant m'a littéralement hanté, croyez-moi ! Je revois toujours la scène comme si c'était hier.

Le visiteur commence à s'amadouer. Il retourne au pied du lit et y dépose l'oreiller. Ses mains se détendent peu à peu. Puis il lui demande :

— Vous êtes-vous rendus à la police ?

— Non...

— Dommage, les véritables repentants le font. Vous auriez dû, vous m'auriez épargné cette peine.

Le bourreau referme ses mains sur l'oreiller, se retourne et remonte à la hauteur du visage du directeur qui pleure toujours. Quand il comprend que c'en est fini, que l'étranger va l'étouffer et mettre fin à sa triste existence, le directeur sèche ses larmes. Ses lèvres se relèvent en un sourire de soulagement. Mais cet air de délivrance n'échappe pas à son bourreau qui est touché personnellement par cette horrible histoire. Il le prend alors comme une insulte à son intelligence. Il n'est pas venu ici pour alléger les souffrances d'un vieux satyre dégénéré, mais bien pour exécuter son travail et cette bravade ridiculise la peine. Un grognement venu de derrière le rideau détourne son attention.

— Je crois que nous avons un ami commun, confie-t-il d'un ton enjoué.

L'intrus dépose l'oreiller au pied du lit et ouvre le rideau. Le vieil homme devient subitement terrifié à la vue de l'aliéné qui se balance toujours, attaché sur sa chaise. Le directeur écarquille les yeux.

— Non, non ne faites pas ça ! Pitié !

Le vengeur se dirige alors vers le catatonique ligoté sur sa chaise qui ne cesse de bouger son bras droit de haut en bas malgré les liens de cuir qui le retiennent à l'accoudoir. L'étranger se penche sur lui et le regarde droit dans les yeux.

— Cher ami schizophrène catatonique, un peu paranoïaque, un peu hébéphrénique assorti d'une touche de compulsivité, tu es tout un mélange explosif ! L'énumération de ton profil psychologique ressemble plus à une table d'hôte qu'à un diagnostic psychiatrique.

L'individu dénoue les liens du pauvre homme qui reste assis. Le mouvement incessant de son bras droit qui bat inlassablement la mesure accuse une légère augmentation d'amplitude.

— Tu vas être sage n'est-ce pas ? À voir ton regard toujours dirigé vers notre bon vieux directeur d'école, je crois que tu y fais une fixation. Je vais t'aider.

Il lève le patient qui a les jambes ankylosées.

— Là voilà, un pied devant l'autre !

Il le dirige vers le lit du directeur en évitant de se trouver sur la trajectoire du bras droit de plus en plus vaillant. Il l'installe à la tête du lit de Ballard de façon à ce que sa main droite atterrisse sur le visage du directeur. Comme ce dernier est paraplégique, il ne peut plus que tourner légèrement la tête de droite à gauche pour esquiver les coups. Mais ce mouvement est insuffisant pour éviter le poing du schizophrène qui s'amuse plus du tourment de sa victime que de sa douleur.

— Non, non ne le laissez pas là, gémit le directeur d'une voix de plus en plus assourdie.

L'étranger lui répond par un large sourire.

— Je crois qu'avec cela, ce sera beaucoup plus amusant, assure-t-il à son nouvel ami schizophrène.

Il sort alors de sa poche le couteau X-acto emprunté au poste de garde. Il tente de l'insérer dans le poing du schizophrène, mais rien à faire. Le rythme cardiaque du directeur s'affole. Le médecin improvisé débranche aussitôt les fils de l'appareil vétuste de la poitrine du directeur et les applique sur la sienne. Puis il se dirige vers le lit voisin et installe les électrodes sur le patient sous sédatifs qui y dort paisiblement.

— Il ne faudrait pas qu'une crise cardiaque vienne déclencher l'alarme, explique-t-il complaisamment au directeur.

L'intrus prend alors un carré de beurre laissé sur la commode du patient qu'il vient de brancher.

— Nous avons là tout ce qu'il nous faut !

Il se retourne vers le catatonique, lui maintient fermement le bras contre le lit, étale le beurre sur son poing et y insère le couteau. Puis il remet le bras en position au-dessus du visage de l'infirme. Couteau en main, l'aliéné se remet à frapper sans relâche le visage du vieux directeur qui tente désespérément de crier d'une voix qui ne porte plus. Le sang gicle. Le vieil homme immobile se met à hyperventiler, à palpiter, puis entre en fibrillation.

Le visiteur tire alors le rideau et isole les deux hommes du reste de la chambrée.

— Bonne soirée les amis ! Soyez sages ! Edward McBerry vous salue !

27

Samedi, 13 h...

Seward se lève tout débraillé, ouvre son réfrigérateur et constate qu'il n'a plus de lait. Il ne lui reste qu'une tranche de pain et un pot de jus d'orange à moitié plein. Il engloutit littéralement la tranche de pain froide qu'il fait descendre avec un verre de jus. Il se rappelle alors qu'il dispose d'une voiture du FBI. Après la journée de la veille qu'il a passée cloîtré dans son appartement à lire et à relire les rapports relatifs aux meurtres qui le hantent et à attendre en vain un appel de Jamison ou de Jarvis, il se dit qu'après une bonne douche, sortir prendre l'air lui fera le plus grand bien. Il en profitera pour aller à l'épicerie acheter tout ce dont il a besoin pour se faire un bon petit gueuleton.

Au sortir de la salle de bain, frais et dispos, il enfile un t-shirt et un jeans, attrape au vol son arme, son cellulaire, une paire de menottes et sa plaque qu'il glisse dans sa poche arrière et file vers la Caprice classique. En route, il décide d'utiliser son nouvel appareil pour joindre Jarvis qui occupe sans cesse son esprit.

Jarvis est en train d'essayer une soyeuse robe de soirée, tout ce qu'il y a de plus classique, à la jupe droite fendue sur le côté jusqu'à la cuisse, piquée sur un délicieux corsage décolleté monté sur deux fines bretelles qui chatouillent ses ravissantes épaules. Une robe distinguée, de celle que les femmes aiment porter directement sur la peau afin de jouir pleinement de toutes les vertus du tissu. Jarvis l'enfile sans le moindre sous-vêtement dans une cabine privée où seule une vendeuse aux doigts de fée l'assiste. Cette dernière s'installe derrière sa cliente, prend les bretelles et fait basculer la robe par l'arrière. Le corsage effleure la délicate poitrine de Jarvis et met aussitôt en valeur ses charmes maternels.

— Voilà, une petite pince ici et vous les ferez tous damner ! s'exclame toute souriante la vendeuse en piquant une aiguille dans le frêle tissu.

Jarvis esquisse un sourire à son tour. Son corps est mince et bien proportionné. La robe lui va à ravir. Tandis que la vendeuse finit d'ajuster les bretelles, Jarvis se contemple dans le miroir et constate qu'avec ça sur le dos, c'est vrai qu'elle va faire un malheur.

— *Pas un homme ne m'oubliera après la soirée. Jamison sera fier de m'avoir invitée,* pense-t-elle en pâmoison devant son image.

Son cellulaire se met à sonner. Elle plonge la main dans son sac pendu à un crochet sur sa droite. Elle farfouille un peu et en ressort l'objet bruyant.

— Agent spécial Jarvis j'écoute !

— Nicole, c'est Simon ça va ?… Je voulais te dire que j'ai encore la voiture…

Seward ramène brusquement Jarvis sur terre et brise l'atmosphère intime qui s'installe entre les deux filles.

— Hein, quoi ?… Ah oui ! C'est pas grave, Jamison m'a dit que je pouvais la garder. Il l'a inscrite à mon nom jusqu'à lundi huit heures. Tu ne vas pas au Bureau, j'espère ? Jamison a bien dit qu'il ne voulait pas que tu y mettes les pieds avant lundi.

La vendeuse colle ses lèvres sur l'oreille de Jarvis et lui susurre :

— Je vais aller vous chercher de beaux escarpins pour mettre vos mignons petits pieds en valeur. À tout de suite.

À l'autre bout du fil, Seward enchaîne.

— Oui, oui, je me rappelle. Qu'est-ce que tu fais ce soir, est-ce que tu veux sortir ?

— Non, je suis désolée ! T'es gentil mais Jamison m'a invitée à une soirée de gros bonnets. Une sorte de banquet où l'on parle de budget, de politique et de tout ça. On va avoir une petite cérémonie de félicitations pour avoir trouvé le tueur en série. Jamison ne veut pas être imputé directement pour sa capture. Il préfère que ce soit moi qui sois félicitée pour avoir dépisté ce cinglé. Il dit que ça va être bon pour ma carrière... Mais t'inquiète pas tu auras ta part du gâteau, je dirai un bon mot pour toi...

Seward n'en revient tout simplement pas et hurle littéralement dans l'acoustique.

— Quoi, ils ont cru à cette histoire ? Ils croient vraiment que c'est ce pédophile minable qui a commis tous ces meurtres ?

Entre-temps, la vendeuse revient en tenant de magnifiques souliers, un dans chaque main. Elle les présente à Jarvis en les agitant sous son menton, les bras collés au corps et la langue sortie comme un petit chien qui fait le beau. Jarvis est prise d'un fou rire. Elle met sa main sur sa bouche et fait signe à la vendeuse qu'elle approuve son choix. Elle ne veut surtout pas que Seward se rende compte de son plaisir. Puis elle reprend la discussion.

— Bien sûr que non ! Mais pour l'instant, le dossier est clos. Nous sommes en pleine période budgétaire et les bonzes de Washington veulent des résultats. Ça fait l'affaire de tout le monde. Je vais là-bas cueillir quelques félicitations pour la mort de ce dingue et... et c'est ça. Bon, je dois te laisser !...

La vendeuse se penche devant Jarvis, lui saisit la jambe droite par le mollet et laisse glisser sa main comme une caresse jusqu'à son talon. Jarvis s'appuie sur la pointe de son pied pour le dégager de sa chaussure. La vendeuse lui effleure la plante du pied puis referme la main en prodiguant une légère pression pour extirper ses adorables orteils du bout de son soulier. La chaussure tombe. De sa main libre, la vendeuse entoure la cheville de Jarvis et guide son pied vers l'escarpin noir. Elle desserre l'autre main et lui chatouille l'arche du pied tout en l'enfilant dans le superbe article sanglé. Jarvis a peine à retenir son rire tellement elle est émoustillée par la façon dont la vendeuse s'occupe de son bien-être corporel. Les délicates attentions portées à son pied droit lui font anticiper la même délectation à enfiler la deuxième chaussure. Elle n'est pas déçue. Le plaisir est renouvelé pour son pied gauche. Jarvis commence à être sérieusement excitée par sa séance d'essayage et les propos de Seward lui pèsent de plus en plus.

— …Salut Simon !

— Non, mais attends, tu ne vois pas que Jamison t'utilise ! rétorque Seward qui ignore à quel point son appel irrite Jarvis.

— Je n'ai pas le temps ! Je suis en train d'essayer une robe au magasin. D'accord ?…

Elle se calme, puis se résigne à lui accorder encore quelques minutes de son temps.

— Tu as trouvé quelque chose à l'orphelinat ?

— Non quoi ? demande Seward.

— Tu n'as pas parlé à la petite ?

— Oui, mais je n'ai rien obtenu de neuf à part que cet orphelinat m'a semblé bizarre.

— Oh ! Avec toi tout est toujours bizarre. Bon on se rappelle plus tard !

— Non Nicole, Nicole… Tu n'as pas reçu mon message hier ? Comment ça se fait que tu n'as pas retourné mon appel ?

— Aye ! T'es pas ma mère… Je n'ai pas eu le temps, d'accord ?

— D'accord je m'excuse Nicole !… De ton côté est-ce que t'as du nouveau ?

— Un peu, jeudi soir après que tu nous as quittés à Hagerstown, j'ai pris l'initiative d'aller voir Jamison pour qu'il m'autorise à suivre Bob.

— T'as filé Bob ?

— Attends !… Jamison était tellement furieux de ton esclandre public que dès que j'ai croisé son regard, j'ai fait demi-tour sans demander mon reste. Mais j'ai pensé me rabattre sur Castelli puisque c'est avec lui que je fais équipe. Enfin, qui me supervise…

— Qu'est-ce qu'il t'a dit ?

— Comme il était content de ma contribution à l'analyse du meurtre du pasteur de Bifield, j'ai tenté l'approche.

— Le meurtre de Bifield, vous avez trouvé quelque chose ?

— Non, c'est le noir total. La violence utilisée est sans précédent, impossible d'associer ce meurtre à aucun autre…

— O.K., continue…

— Bref, Castelli m'a donné le feu vert pour que je prenne Bob en filature… mais à ses conditions. Bob est un vieux renard et Castelli n'a pas voulu que je prenne le moindre risque. Il m'a prêté sa voiture personnelle. Comme ça m'a-t-il dit, si Bob me repérait et relevait ma plaque, il saurait tout de suite à qui il avait affaire. Il y penserait à deux fois avant de s'attaquer à moi. Je devais me rapporter à toutes les deux heures à Castelli lui-même. Il m'avait défendu d'intervenir quoiqu'il advienne sans me rapporter avant et demander du renfort. Et si je me sentais découverte, je devais l'en informer immédiatement et me replier aussitôt.

— T'as réussi à le suivre ?

— Tu veux rire ! Rien n'est plus facile. Il n'a pas dépassé une seule fois la vitesse permise, il clignote toujours avant de changer de voie et quand il fait ses stops, il regarde à droite et à gauche avant de repartir… Alors tu parles si j'ai réussi à le suivre ! Je ne l'ai pas lâché d'une semelle depuis jeudi dix-neuf heures, quand il a quitté Hagerstown.

— Puis vas-y, raconte !

— Il s'est rendu jusqu'à Augusta dans le Maine. Il est allé se recueillir sur un monument érigé en mémoire des officiers qui ont glorieusement servi leur pays. Il a dormi deux heures dans sa voiture. Le lendemain, il a fait un tour dans un quartier huppé de Boston. Là, on se serait vraiment cru en patrouille. Puis il est allé rôder au centre-ville. Il est descendu à la bibliothèque et il a marché jusqu'à l'Université où il a conversé avec un jeune homme qui avait l'air triste.

— T'as pu lui parler ?

— Non, mais il était avec des amis. Ces derniers l'ont quitté à l'arrivée de Bob. Alors, j'ai attendu qu'ils s'éloignent un peu et je me suis rabattue sur eux. J'ai pu questionner un de ces garçons. L'air de rien, je lui ai demandé si leur copain allait venir et il m'a répondu : qui ça Blair Dexter ? J'ai dit oui. Je lui ai dit que je le trouvais bien mignon, mais qu'il avait l'air si triste. Il s'est mis à rire et m'a confié que c'était à cause d'une fille qui s'était enlevé la vie le vendredi précédent. Il a ajouté que Dexter était seul et que j'avais une chance, enfin bref…

— Qu'est-ce que c'est que cette histoire ?

— J'en sais foutrement rien Simon, mais toujours est-il que Bob s'est éclipsé juste après avoir parlé avec ce Blair Dexter. Et là, j'ai failli le perdre tellement il marchait vite mais j'ai quand même réussi à poursuivre ma filature. Il s'est arrêté à une cabine

310

téléphonique, a fait un appel et est reparti. Je l'ai quitté lorsqu'il reprenait la route en fin de soirée.

— Quoi, tu l'as quitté ?

— Oui. Castelli m'avait bien précisé que vendredi à vingt heures au plus tard, je devais lâcher ma cible et reprendre immédiatement la route pour le Bureau. De toute façon, j'étais exténuée. Ce mec, c'est un vrai routier !

— Oh merde !... Et Bob ?

— Lorsque je l'ai laissé, il prenait la route pour Salem ou pour Greenwich. Bref, rien de bien intéressant. À part que j'ai perdu une journée de travail et que je risque de me mettre Jamison à dos s'il apprend que j'ai talonné un shérif adjoint qui a près de trente ans de bons et loyaux services.

— Merde Nicole ! Arrête ça ! Je sens que tu vas prendre pour lui...

— C'est ça, tu me rappelles !...

— Nicole ! Nicole !... Attends !

Seward n'a pas le temps d'ajouter un mot que la ligne est déjà coupée. Mais il n'est pas vraiment surpris de son impatience. Il sait fort bien que Jarvis a toujours recherché les honneurs. Ce genre de cérémonie est pour elle une sorte de consécration de sa réussite académique. Seward commence à se demander si elle ne reste pas amie avec lui uniquement parce qu'il est un premier de classe et qu'elle peut en tirer profit. Il se rappelle les propos de Bob à son sujet : *Une narcissique sans affect.*

À l'autre bout du fil, Jarvis raccroche d'un coup sec. Elle est heureuse d'en finir avec Seward qui la prive d'un chaud moment d'une haute intensité. Elle enfourne son cellulaire d'un geste brusque dans son sac à main. Elle penche la tête pour contempler le bout de ses orteils. La vendeuse est toujours à genoux devant elle et l'examine sous toutes ses coutures. Jarvis esquisse un pas en arrière pour voir ses pieds dans le miroir. La vendeuse lève sa tête qui arrive juste à la hauteur des parties intimes de sa cliente.

— Vous êtes adorable là-dedans, un rien vous habille ! Il n'y a qu'une légère retouche à faire aux bretelles là où j'ai mis l'épingle et le tour est joué, dit-elle en se passant la main dans les cheveux.

Jarvis jette un dernier coup d'œil à son reflet puis baisse la tête et lance un regard langoureux à sa dévouée.

— Si je la prends, quand pouvez-vous me la réparer ? J'en aurais besoin ce soir.

La vendeuse lui décoche un large sourire complice et la fixe dans les yeux en humectant ses lèvres avec sa langue dans un geste rempli de sous-entendus.

— Si vous me donnez la robe tout de suite et que vous m'attendez ici… disons que je pourrais la faire sur-le-champ.

— Dans ce cas-là, répond Jarvis d'une voix alanguie.

Elle passe ses mains derrière son dos, défait sa fermeture à glissière, croise ses bras devant sa poitrine, appose ses mains sur ses douces épaules et dans un geste étudié, baisse les bretelles de son corsage. Elle sourit à la vendeuse et laisse tomber ses bras. La robe glisse le long de son corps et termine sa course à ses pieds, dévoilant ainsi ses plus beaux attraits. La vendeuse ramasse lentement la robe de Jarvis et se relève tout aussi doucement devant le corps nu qui s'offre à elle.

— Je suis de retour dans le temps de le dire, ne vous sauvez pas.

La vendeuse passe derrière une Jarvis ravie en effleurant du bout des doigts sa fesse droite. Jarvis est prise d'un léger frémissement et se croise les bras contre ses seins en fermant les yeux une fraction de seconde. Puis elle les rouvre et tourne légèrement la tête en lançant un regard ému en direction de sa complice. Cette dernière attend patiemment la suite en reluquant discrètement le corps de sa cliente.

— Je ne bouge pas d'ici. De toute façon, je n'irais pas bien loin dans cette tenue ! lance Jarvis consentante.

Les deux filles éclatent de rire.

*
* *

Seward roule toujours, perdu dans ses pensées, à la recherche d'une quelconque épicerie. Il s'arrête devant un supermarché où il sait qu'il pourra y trouver de la salade, des poivrons verts, des concombres, du thon à l'huile et une miche de pain de blé pour relever toute la saveur du thon. Il entre, se choisit un chariot et se dirige vers la première allée. Il est en arrêt devant l'étalage des conserves de ce délicieux poisson lorsqu'il entend un enfant crier. Il se retourne instinctivement, guidé par les gémissements, et aperçoit un homme empoigner une fillette par les deux bras. Seward les observe puis se tourne à nouveau vers les boîtes de conserve. Mais l'enfant hurle de plus belle. Il n'en faut pas plus pour l'irriter. Il lance une boîte de thon dans son panier et se dirige tout droit vers l'enfant. L'homme, qui n'a pas vu Seward arriver, secoue l'enfant violemment.

— Arrêtez ça ! s'écrie Seward qui s'avance maintenant d'un pas vigoureux.

L'homme lâche l'enfant qui tombe par terre. La fillette se relève en larmes et s'enfuit en criant dans l'allée voisine.

— Maman ! Maman !

L'homme s'apprête à la pourchasser. Seward s'interpose, se place droit devant lui et le pointe du doigt.

— Vous n'avez pas à secouer cet enfant de la sorte !

— Quoi ! Mêlez-vous de vos affaires Monsieur. Cet enfant est à moi, j'ai tous les droits. Vous verrez ce que c'est quand vous aurez des enfants, jeune homme ! Pour l'instant, écartez-vous de mon chemin ! rétorque l'individu élégamment vêtu sur un ton condescendant.

Seward écoute son interlocuteur tout en suivant du regard la fillette qui essaie de se frayer un chemin dans l'allée bondée de clients. Arrivée à l'extrémité de l'allée, elle heurte un homme. Ce dernier se penche et se met à discuter avec elle. Son allure est familière à Seward, mais il est accroupi à bonne distance et la foule qui les sépare l'empêche de le distinguer correctement. L'homme parlemente avec la fillette quelques secondes, jusqu'à ce que la mère de la petite apparaisse.

— Maman ! s'écrie la fillette rassérénée en la pointant du doigt.

L'homme ne se retourne pas. Il se contente de passer la main sur les cheveux de la fillette, lui fait un large sourire et disparaît dans une autre allée avant que la mère ne rejoigne l'enfant. La fillette lui tend les bras mais sa mère ne l'enlace pas. Elle la saisit par la main et retourne vers les deux belligérants qui s'affrontent de plus belle. Seward surveille à la fois son opposant et la petite fille.

— Qu'est-ce que tu fais ? s'exclame la femme en arrivant près des deux protagonistes.

— C'est votre mari ? questionne Seward.

— Je vous ai déjà dit de vous mêler de vos affaires ! répond la brute.

— Calme-toi, tu me fais honte. Tu fais toujours l'idiot en public ! dit la femme d'une voix retenue.

— Quoi ? gueule de plus belle son époux en perdant littéralement la carte.

Il saisit sa femme par le bras et la repousse violemment. Elle trébuche et s'affaisse sur le sol. L'enfant, terrorisée, se met à hurler. Seward saute alors sur l'homme.

— Ça suffit ! Agent spécial Seward, FBI. Je vous arrête pour voies de fait et désordre public !

L'agresseur n'offre aucune résistance physique à son arrestation.

— Quoi ? Non, trou du c..., tu n'arrêtes personne. Lâche-moi, qu'est-ce que tu fais, je suis le sénateur Bighter ! J'ai un avion à prendre demain, je dois me rendre à Mexico. J'ai pas de temps à perdre avec tes conneries de jeune poulet !

Seward lui passe les menottes et sort du magasin avec son prisonnier. Une fois à l'extérieur, il lui lit ses droits. Il appuie le suspect contre la voiture pendant qu'il cherche ses clefs dans sa poche. Il les saisit et déverrouille la portière puis remet les clefs là où il les a prises.

— Vous avez le droit de garder le silence…

— Téléphone à Paul ma chérie. Vous faites une grave erreur officier ! s'écrie le sénateur outragé.

La mère serre la fillette par les bras.

— Tu es une vilaine fille, tu fais honte à tes parents en public. Un jour, on te placera à l'orphelinat. Eux, ils savent corriger les mauvaises filles comme toi. Attends un peu qu'on arrive à la maison ! Tu perds rien pour attendre !

La femme relâche la fillette, sort son cellulaire de son sac à main et compose un numéro. Elle entame la conversation puis se retourne vers Seward.

— Quel est votre nom officier ?

Seward est en train de fouiller le sénateur. Il vérifie son identité et son adresse sur son permis de conduire. Il est surpris par la question de la femme.

— Pardon ?

Le sénateur reprend son calme et répète la question de sa femme.

— Oui, elle voudrait savoir votre nom complet monsieur l'Agent ?

— Simon Seward !

La femme répète le nom dans son cellulaire.

— Quel est votre corps policier et le nom de votre supérieur ?

Seward replace le portefeuille du sénateur là où il l'a trouvé.

— Mon quoi ?… FBI ! Jamison !

Le sénateur se met à rire.

— Pas Craig Jamison toujours ?

— Oui, c'est ça !…

Seward ne comprend plus trop ce qui se passe, mais il sent que son prisonnier cherche à gagner du temps. La femme répète l'information dans son cellulaire puis raccroche. Seward est un peu désemparé. Il regarde le sénateur qui affiche un large sourire de satisfaction. Seward ouvre la portière de sa voiture, passe le bras entre le cadre et le fauteuil et déverrouille la porte arrière. Il saisit alors le sénateur par le bras, mais ce dernier ne bouge pas et lui offre de nouveau un large sourire.

— Vous avez un cellulaire sur vous, j'espère monsieur l'Agent spécial ?

— Oui pourquoi ?

— Parce qu'il sonne !

Dans un réflexe, Seward porte sa main à la poche arrière de son pantalon mais il n'entend rien. Il regarde alors le sénateur qui exhibe maintenant un sourire d'autosatisfaction.

— C'est bon, assez rigolé, vous allez monter dans la voiture sans faire d'histoires. Ne me forcez…

Le cellulaire de Seward se met à sonner. Le sénateur pouffe de rire.

— Je vous l'avais bien dit qu'il sonnait !

Seward sort le petit appareil de sa poche.

— Agent spé… Bonjour monsieur Jamison… oui… mais… à vos ordres… désolé… bien.

On peut entendre Jamison hurler à travers l'appareil tellement il beugle dans l'oreille de Seward. Le sénateur se mord les lèvres pour s'empêcher d'éclater de rire. Le monologue de Jamison ne dure que quelques secondes. En moins de dix phrases, il vient d'informer Seward que son accréditation du FBI est suspendue sur-le-champ pour une durée indéterminée et qu'il doit relâcher le sénateur immédiatement. Seward raccroche, fait pivoter le sénateur et détache les menottes. Le sénateur est tellement ravi de la réaction de Jamison qu'il s'éloigne sans dire un mot en direction de sa voiture. Il fait signe à sa femme et à sa fille d'embarquer. La femme s'assoit à l'avant et la fillette en larmes prend place à l'arrière du véhicule. Seward piteux, reste bouche bée et regarde partir son prisonnier.

28

Samedi, en fin d'après-midi...

Désabusé, Seward rentre chez lui les mains vides. Furieux, il claque la porte de son appartement d'un coup de pied. Il lance ses clefs sur le comptoir de la cuisine, sort son arme, sa plaque, ses menottes et son cellulaire et les envoie rejoindre les clefs. Il ouvre son réfrigérateur, empoigne le seul article qui s'y trouve, son pot de jus, et s'en verse un grand verre. Il remet le pot à sa place, ramasse son verre et va s'affaler dans son fauteuil au salon. Il attrape la télécommande qui repose au pied du fauteuil et met en marche le téléviseur. Il zappe compulsivement, poste après poste, et s'arrête sur une émission culturelle qui commence à peine.

—...*Ce soir à* Personnalité, *nous recevons le professeur Auguste Neumann. Monsieur Neumann, vous enseignez à l'Université de Boston. Vous êtes l'auteur d'un ouvrage psychanalytique, ce qui vous amène entre autres ici ce soir. Nous y reviendrons. Vous avez créé un fonds d'aide aux familles victimes d'actes de violence, vous financez généreusement divers Centres de femmes, vous donnez à des maisons d'hébergement pour jeunes filles monoparentales et vous dirigez vous-mêmes quatre orphelinats. Vous êtes philanthrope, beau, séduisant, riche, très riche, intelligent, non-fumeur, vous n'avez aucun défaut. Comment se fait-il que vous soyez toujours célibataire ?... Ne répondez pas tout de suite ! lance l'animatrice en riant. Messieurs, n'écoutez pas la suite. Toutes les femmes de ce pays rêvent d'un homme comme lui.*

Les femmes de l'assistance se mettent à rire et à applaudir. L'animatrice enchaîne.

— Oui !... Existe-t-il une lotion pour que nous puissions y tremper nos hommes afin qu'ils deviennent comme vous ?

— Je les ai toutes achetées ! répond Neumann du tac au tac.

Les femmes en studio applaudissent et hurlent de plus belle. L'animatrice lève les bras, les yeux au ciel.

— Mon Dieu ! Il est vraiment parfait, il est même spirituel. Vous êtes un petit taquin. On m'avait dit que vous aviez un grand sens de l'humour. Vous êtes fantastique !... Mais soyons plus sérieux et venons-en à ce qui vous amène ici ce soir. Vous venez nous annoncer que vous allez prendre l'avion en partance de Washington pour...

Le cellulaire sonne. Seward se lève pour aller répondre pendant que l'animatrice poursuit.

—...inaugurer un nouvel orphelinat à Rio, au Brésil cette fois.

— *Oui, mais je ne serai là qu'à titre de président d'honneur, je ne le dirigerai pas.*

— *J'ai entre mes mains votre livre que vous allez lancer là-bas en version portugaise. Ce livre vous l'avez déjà publié ici il y a quelques années ?*

— *C'est bien ça, il y a trois ans déjà. Je profite de mon passage au Brésil pour effectuer le lancement de la version portugaise qui aura lieu à l'orphelinat.*

— *Vous ne dites pas pourquoi le lancement aura lieu à l'orphelinat ? Moi, je le sais et je suis sûre que les téléspectateurs veulent le savoir.*

— *Non, ce n'est pas important.*

— *Ah allons, vous êtes trop modeste ! Alors, je vais le dire moi-même : lors du lancement du livre, vous allez annoncer que vous vous engagez à faire don de cent mille dollars à l'orphelinat chaque année, et ce, pendant dix ans. N'est-ce pas merveilleux mesdames ?*

La foule se lève dans une ovation spontanée. Neumann est mal à l'aise.

— *Non ce n'est rien, merci, merci beaucoup.*

Seward ouvre son appareil.

— Oui allo !

— Simon ?

— Oui.

— C'est Denis.

— Salut comment vas-tu ?

— Bien. Et toi ?

— Pas trop, mais ça va s'arranger ! Je tente de me détendre, je regarde *Personnalité* à la télé. L'animatrice reçoit le professeur Neumann, c'est le directeur de l'orphelinat que j'ai visité hier…

— Oui oui ! Je l'ai vu hier soir en direct. J'ai trouvé ça drôlement intéressant. Il a une théorie particulière. Tu vas aimer !… Je voulais t'appeler hier mais j'étais épuisé. Je suis au Bureau, j'ai reçu les résultats des tests du labo de Washington.

— Je ne fais plus partie de l'équipe d'enquêtes. Jamison ne m'a pas trop à la bonne pour l'instant, mais donne toujours.

Seward est accoudé au comptoir de la cuisine. En bruit de fond, on peut entendre la suite de l'entrevue télévisée. Il retourne s'asseoir dans son fauteuil. Robinson reprend son souffle entre deux bouchées d'un sandwich qu'il avale goulûment sur le coin de son bureau.

— J'ai reçu l'analyse du sang retrouvé sur le fouet. Il ne s'agit pas du sang d'une des deux victimes, mais là, je t'apprends rien. Tu te tiens bien ? Ce n'est pas non plus le sang d'un homme, mais plutôt celui d'une autre femme !

Le fait d'entendre Robinson lui répéter encore une fois qu'il y a bel et bien du sang d'une troisième personne sur les objets des victimes réconforte Seward dans son hypothèse. Mais que ce personnage soit une femme le surprend et l'intrigue au plus haut point.

324

— Quoi ? Une femme ?

— Oui, c'est ça. Ce sang provient d'une femme mais il n'est pas fiché !

— T'as autre chose ?

— Non, je n'ai rien de plus, mais avoue que c'est déjà pas mal !

— Tu parles !… Je me doutais bien… enfin… J'y pense. Je n'ai rien prévu pour ce soir et Nicole sort avec Jamison. Est-ce que tu veux qu'on se rejoigne au pub quand tu auras fini ?

— Comment tu vas faire pour t'y rendre, t'as pas de voiture ?

— Oui, j'en ai une du Bureau.

— Fantastique, je te rappelle quand j'aurai fini, ça marche ?

— Parfait !

— Mais ça risque d'être tard.

— Pas de problème, je reste ici devant la télévision. J'attends ton appel.

— Ça marche, à tout à l'heure.

— Ciao et encore merci !

Seward raccroche et se replonge aussitôt dans son émission au moment où le professeur Neumann reprend la parole.

— *La devise* Ici les enfants ne pleurent jamais *est impérative. Si l'orphelinat de Rio avait refusé de l'apposer sur les murs de son enceinte, je n'aurais jamais accepté de participer à leur mission.*

— *Maintenant si vous me le permettez, j'aimerais profiter de l'occasion pour aborder avec l'expert que vous êtes un domaine d'actualité… Professeur Neumann, je me permets de vous poser cette question car je sais que vous vous spécialisez dans l'enseignement d'un secteur de la psychanalyse où très peu d'auteurs se sont aventurés depuis Freud. Je me suis laissé dire que parcourir votre livre, celui-là même que vous nous avez apporté ici ce soir, permettait de mieux comprendre le comportement de certains criminels dangereux. Dans votre ouvrage, vous rattachez le comportement de l'Homme à sa place dans la chaîne alimentaire et c'est à partir de cette réalité que vous avez élaboré la thérapie que vous utilisez pour soigner vos patients. Vous n'êtes pas sans savoir qu'une série de meurtres sévit sur la côte est, mettant en émoi toute la population environnante… Auriez-vous un conseil à donner à nos téléspectateurs afin d'éviter de rencontrer ce prédateur sexuel ? Ou comment peuvent-ils faire pour l'identifier ?*

— *On ne devrait pas le qualifier de prédateur sexuel car la notion même de prédateur sexuel est totalement erronée et dénuée de fondement. Un prédateur est un être qui fait le ménage, si je peux m'exprimer ainsi, au sein des diverses espèces qui l'entourent, y compris la sienne, afin de garantir la viabilité de sa horde. Il répond ainsi adéquatement à son instinct de survie. Qualifier de prédateur un détraqué qui abuse sexuellement ou de quelqu'autre façon un être vivant pour satisfaire un plaisir narcissique démontre une totale méconnaissance de la force pulsionnelle qui anime l'Homme. Utiliser le mot prédateur pour définir de tels comportements*

326

est une pure fantaisie populiste telle qu'on en retrouve abondamment dans la psychologie bon marché...

Seward se lève d'un bond et fouille fébrilement dans sa bibliothèque. Il met enfin la main sur le livre du professeur Neumann, encore sous cello. Il l'a acheté à son entrée à l'Académie sur la recommandation d'un de ses profs. Mais débordé par ses lectures obligatoires, il a toujours reporté au lendemain sa lecture jusqu'à en oublier son existence. Il se félicite de l'avoir sous la main à cet instant. Il défait l'emballage et se met à le feuilleter, tout en écoutant la suite de l'émission.

— *Un prédateur ne tue jamais par pur plaisir. Si on pense par exemple aux loups, ils le font par nécessité. Dans notre jargon, on dirait qu'ils représentent le Surmoi de la société animale. Vos auditeurs sont des gens sains, j'en suis persuadé. Ils n'ont donc rien à craindre d'un quelconque prédateur. Pour ce qui est du détraqué qui court actuellement, j'ai entendu dire, ici même sur vos ondes, que le FBI était sur une piste et en voie de résoudre l'énigme, si ce n'est pas déjà fait. Il s'agirait d'un ex-pédophile si ma mémoire est exacte.*

— *Mais ces comportements sont d'un tel sadisme !*

— *En fait Madame, nombre de comportements en nature semblent l'être. Mais ce n'est qu'une vue de l'esprit, leur but est tout autre. Je ne voudrais pas ici vous ennuyer avec les détails...*

— *Mais faites donc professeur Neumann !*

— *Prenons l'Araignée. Chez certaines espèces, la femelle dévore le mâle après l'accouplement. De même, certaines guêpes* garderont en vie une araignée prisonnière jusqu'à ce que sa larve la dévore complètement. Mais cette dernière ne consommera pas l'araignée tout d'un trait. Elle prendra bien soin de ne pas toucher aux organes vitaux afin de se garantir de la viande fraîche tout au long de sa croissance de bébé guêpe. Ce n'est qu'après qu'elle achèvera sa proie.

— Mais ce comportement carnassier que vous décrivez, comment se fait-il qu'on peut le retrouver chez l'Homme ?

— Je recommande à vos téléspectateurs de lire mon ouvrage. Non, je blague ! C'est que l'Homme est lui-même un animal qui aspire à devenir un prédateur au sommet de la chaîne alimentaire. Mais ce désir n'a en fait qu'un lien intellectuel avec ce qui motive réellement un tueur en série. Le tueur en série impressionne beaucoup le commun des mortels car il tue n'importe qui sans besoin vital réel. Voilà pourquoi les gens veulent tant en apprendre sur eux. Ils ont peur et ne savent pas comment éviter de devenir une cible. Même si en réalité, ils sont des êtres sans intérêt, les tueurs en série jouissent d'une grande couverture médiatique et passionnent l'opinion publique, justement parce qu'ils s'attaquent violemment à des innocents sans motifs valables. Il est vrai qu'un tel tueur ne traque pas pour répondre instinctivement à sa survie. Mais il est aussi vrai qu'il tue pour vivre dans sa société... Voyez-vous, l'Homme au fil de son histoire a développé une fâcheuse façon d'utiliser la sexualité à des fins autres que reproductives. Les tueurs en série n'en sont que les produits les plus extrêmes. Ils sont donc facilement reconnaissables dès leur tendre enfance.

— Continuez je vous en prie professeur !

— *L'Homme se sert de l'homme pour modifier la nature de son environnement. C'est pourquoi l'individu exploité se sert de sa sexualité de façon dénaturée pour accepter qu'il soit lui-même un objet au service d'un autre. La soumission de l'intégrité psychique de l'Homme à une hiérarchie non développementale, le manque de respect du rôle social viril de l'homme et du rôle social maternel de la femme, la surpopulation ainsi que la répression de l'expression des comportements de meneur dans la collectivité sont autant de facteurs qui ont provoqué une régression comportementale de l'espèce humaine face à ses méthodes de reproduction et qui la conduisent à adopter différentes formes de déviances sexuelles. Les actes sexuels sans finalité sont pratiqués quotidiennement pour revivre un plaisir d'un stade de développement enfantin ou, la plupart du temps, pour évacuer l'angoisse face à une situation traumatique du milieu de travail. En ce sens, ces actes sexuels compensent le manque d'équité et d'équilibre d'une société composée d'individus qui n'appliquent pas les rôles instinctifs imposés par notre division sexuée. La sexualité devient un exutoire nocif et déviant où l'individu canalise son énergie libidinale dans un surinvestissement des comportements sexuels. L'Homme peut alors continuer à accepter de vivre dans une société pervertissante car dénaturée, inhibitrice, cruelle et amorale. Nos dirigeants se soucient peu de notre développement et les individus qui les servent se résignent à être agressés à leur profit, puisqu'ils s'agressent eux-mêmes en dégénérant leur sexualité. Un acte pervers concerne non seulement les paraphilies mais aussi tout attouchement dénaturé et hostile de quelque zone érogène que ce soit pour une fin autre que la fonction reproductive. Chez un adulte, la masturbation ne constitue pas plus un comportement sexuel adéquat que la fellation ou la sodomie. Nous vivons dans une société où priment les valeurs économiques d'une minorité au détriment du respect des assises naturelles de l'ensemble de la population. C'est pour cette raison que l'on voit apparaître de plus en plus de comportements sexuels dénaturés, déviants et anomiques, en réaction aux frustrations et à l'agressivité qu'elle provoque. Notre système social n'a rien de naturel, il engendre lui-même ses psychopathes. Bien sûr, le tueur en série naît avec une personnalité psychopathique, mais ce sont les mauvais traitements qui feront de lui un psychopathe.*

— Monsieur Neumann, vous n'êtes pas un peu dur envers nos représentants ?

— Si peu !... Si la majorité de nos représentants mettaient autant d'efforts à améliorer le bien-être de la collectivité qu'à se battre pour obtenir le pouvoir, nous n'en serions pas là. Vous savez, moult grands de ce monde naissent avec une personnalité psychopathique. Nous en connaissons tous. Ils sont vulgaires, méchants, misogynes, divisent les gens en classe sociale et ont des comportements agressifs envers les membres de leur propre famille et de leur milieu de travail. Mais leur position sociale fait que peu d'entre eux en viendront à tuer, je vous le concède, car ils auraient trop à perdre. Par contre, les individus dotés de la même personnalité mais qui ne jouissent pas de privilèges sociaux pour apaiser le mal qui les habite ne se contenteront pas d'exprimer verbalement leur violence. Les plus dérangés le feront physiquement, ils

330

frapperont et traiteront leurs semblables en esclaves. Enfin, les complètement détraqués le seront au point de violer, torturer, assassiner, voire même dévorer leurs congénères. Tous ces gens naissent avec la même structure psychopathique de la personnalité qui se manifeste dès l'enfance. Notre société ne les considérera pourtant pas tous comme des malades, mais ils le sont tous. L'importance du passage à l'acte chez le psychopathe se mesure aux possibilités qui lui sont offertes de traduire ses frustrations sociales dans sa sexualité. L'individu fixé à des stades de développement enfantin dû à des mauvais traitements régressera, à l'âge adulte, à des comportements ontogénétiques ou phylogénétiques de l'évolution. Le tueur en série a simplement besoin d'une sexualité de plus en plus violente pour continuer à accepter une société artificielle qui l'a toujours considéré comme un être normal malgré la structure pathologique de sa personnalité et les sévices qu'il a subis. Les tueurs en séries sont tous des enfants maltraités dès l'enfance, dont 70 % psychologiquement, pour ne nommer que ce mauvais traitement. Vous savez, il n'est pas nécessaire de battre ou d'abuser sexuellement un enfant pour le maltraiter. En fait, nous sommes tous maltraités dans notre société. Voilà pourquoi nous nous servons de la sexualité à des fins autres que reproductives. Elle nous permet d'évacuer le système social qui nous agresse jour après jour et nous aide à accepter le fait que nous sommes des hommes-objets dans un système contre-nature qui n'exige que la performance de ses sujets...

— Mais professeur Neumann, nous ne sommes pas tous des tueurs en série ! interrompt l'animatrice, un peu moins sûre d'elle qu'au début de l'entrevue.

— *Bien sûr que non ! rassure Neumann. Nous n'avons pas tous une personnalité psychopathique à la naissance. Mais c'est quand l'accoutumance se fait sentir sur le plan sexuel et qu'il n'a aucune compensation sociale pour y remédier que le psychopathe qui, hier encore n'était qu'un homme agressif et vulgaire mais fonctionnel socialement, se transforme en tueur sanguinaire pour évacuer ses frustrations qui font grimper ses tensions internes. En tuant, il espère retrouver du plaisir à l'intérieur même du type de société que nous avons bâtie. Malheureusement, il ne nous fera pas le plaisir de s'éliminer lui-même. Bien sûr que non ! Vous savez, ce ne sont pas les fous que notre société pousse au suicide. En fait, l'homme sain qui souffre ne retourne pas sa peine sur les autres en les agressant. Il aura plutôt la triste tendance à aller se pendre seul, caché dans son salon, à défaut d'obtenir de l'aide à temps.*

Un silence de mort envahit le studio. On pourrait entendre voler une mouche. L'animatrice qui pense à ses cotes d'écoute relance vivement Neumann.

— *Mais si notre enfant a une personnalité psycho-pathique comme vous dites, que doit-on faire pour l'aider et éviter d'en faire un tueur ?*

— *J'apprécie beaucoup votre question Madame ! Vous savez deux points importent, l'environnement et l'éducation. Cela ouvre bien des portes !... Parlons d'abord de l'environ-nement. La division de notre espèce en deux sexes pour garantir sa survie a forcé jadis la socialisation de ses individus. En nature, les gens ont besoin les uns des autres pour se reproduire. Depuis, le cannibalisme n'est plus envisageable pour l'humain, nous comprenons tous cela. Mais il demeure présent dans certains pays, là où les gens se reproduisent malgré un environnement complètement inadéquat pour l'homme. Eh bien, il en va de même pour notre société qui a créé un milieu propice à la régression de notre espèce à des stades phylogénétiques ! L'anthropophagie, bien que contrée par un environnement adapté, devient active dans un environnement dénaturé. Nos villes n'ont rien du paradis. Il nous faut en prendre conscience. Un environnement défavorable à une saine reproduction engendre de nombreuses déviations du désir sexuel.*

— C'est vraiment passionnant professeur Neumann ! s'exclame l'animatrice qui ne veut pas demeurer en reste. Mais si on revient plus près de nous, qu'en est-il de l'éducation ?

— La façon d'élever un enfant est primordiale. Une mère froide, un père autoritaire qui passe son temps à insulter la mère de ses enfants, enclenchent le processus d'agression psychique. L'enfant qui n'aura aucune attention sera isolé de sa société. Vous savez, le parent qui revalorise les mauvais comportements, punit sans raison, favorise un de ses enfants au détriment d'un autre, utilise la violence ou la menace soi-disant pour éduquer son petit inflige autant de mauvais traitements qui produisent des êtres perturbés. La rigidité parentale et les traumatismes causés par les interdits religieux et sociaux provoquent un surinvestissement de son inverse lors de l'éclatement de la répression à l'âge adulte, et l'érotisme à tout prix devient le but de la sexualité. Il est surprenant de constater que dans les ouvrages spécialisés sur les tueurs en série, on invoque les mauvais traitements comme point de

départ de la pathologie pour mener des études statistiques qui permettent de profiler ces criminels mais que, dans ces mêmes ouvrages, pas un mot ne soit émis sur l'impératif de bien soigner les enfants, les adultes de demain. Ils ne suggèrent pas non plus d'établir le profilage des parents qui produisent de tels monstres. C'est capturer Frankenstein et laisser le Dr Henry Frankenstein poursuivre son œuvre diabolique dans son château. Ottis Toole, psychopathe tristement célèbre, tua plus d'une centaine de personnes. Sa grand-mère avait l'habitude de le surnommer l'enfant du Diable ; toute une épreuve psychologique pour un bambin. Affubler vos enfants de noms étranges fait partie de ces petites tortures… À ce sujet, une récente étude démontre que les enfants qui portent des noms différents de l'ensemble de leurs camarades obtiennent de moins bons résultats scolaires que les autres élèves, car ils sont évalués plus sévèrement par leurs enseignants et sont rejetés par les autres enfants qui s'amusent à faire des jeux de mots avec leur nom pour les ridiculiser. J'ai d'ailleurs remarqué que les tueurs en série portaient souvent des noms hors du commun comme : John Georges Haigh, Guy Georges, Genene Jones, Gwendolyn Gail Graham, John Wayne Gacy, John Wayne Glover, Judias Buenoano, Joe Ball, etc. Dès son enfance, Hamilton Fish, un tueur en série des années 30, décida de substituer son prénom par celui d'Albert, car les enfants se moquaient de lui avec le sobriquet « Ham and egg ». Le prénom tant haï conjugué à son nom de famille se traduisait par jambon, œuf et poisson. Vous voyez ce que je veux dire…
Il faut aussi porter une attention toute particulière au premier

de famille, tel que j'en parle brièvement dans mon ouvrage, car il doit passer à travers son désir d'éliminer ses cadets. J'ouvre ici une parenthèse. J'ai appelé cette volonté de destruction Désir de Caïn *car dans la Genèse, Caïn a tué son frère parce que son père préférait le travail d'Abel au sien. Ce désir fratricide persiste chez l'adulte qui n'a pu intégrer une image paternelle développementale dans son appareil psychique parce que privé de l'amour inconditionnel de son père au profit de son frère cadet. Vous comprendrez que cette étape si elle est mal résolue peut fixer des désirs monstrueux dans le subconscient de l'aîné. Il n'est donc pas surprenant que la grande majorité des tueurs en série soient des premiers-nés. À ce sujet, je me rappelle un cas. Il s'agit d'une femme psychopathe qui avait été encouragée dans ses mauvais comportements par ses parents dès son plus jeune âge. Elle avait un vocabulaire très vulgaire et insultait tout le monde partout où elle passait. À son entrée à l'Université, elle échoua ses cours dès sa première session. Bien sûr, c'était la faute de ses enseignants, clamait-elle. Ce à quoi ses parents acquiesçaient sans le moindre esprit critique. En fait, elle était incapable de supporter l'autorité, ses parents l'ayant toujours laissée exprimer librement ses fantasmes de domination. Toujours est-il que quelques années plus tard, elle finit par obtenir un diplôme après de multiples tentatives. Elle décrocha un petit emploi de monitrice d'enfants. On pourrait croire que ses problèmes étaient réglés. Eh bien détrompez-vous ! Notre personnalité psychopathique passait son temps à terroriser les petits dont elle avait la garde. Elle allait même jusqu'à se cacher*

335

dans les toilettes pour rire, tellement elle éprouvait de la satisfaction, fixée au stade sadique-anal si vous me permettez l'expression, à humilier et à faire pleurer les enfants de toutes les façons possibles. En fait, le problème était très simple. Cette femme vivait dans ses désirs psychopathiques infantiles. Elle était donc elle-même un grand bébé narcissique et se sentait en compétition avec les enfants dont elle avait la charge. Ses parents n'avaient jamais pris la peine de lui apprendre le respect de la vie et de lui créer un Surmoi. Mise en position d'autorité sur les petits et innocents enfants qu'elle percevait comme des compétiteurs, son Désir de Caïn se raviva. Elle était incapable d'accepter que l'attention des enfants se porte sur quelqu'un d'autre que sa propre personne. Et ce qui devait arriver arriva. Un bon matin, elle tua un enfant en pleine classe, en lui enfonçant un ciseau dans le cœur. Les psychopathes ne recherchent pas que la satisfaction sexuelle. Ils recherchent également ses attributs dont la domination animale qui revient aux membres alpha d'un groupe en nature, mais bien sûr sans vouloir assumer la responsabilité de garantir la viabilité de la horde qui leur incombe. En humiliant autrui, ils veulent acquérir un pouvoir inconditionnel sur les autres pour pallier leur incapacité à atteindre la maturité psychique que produit le Surmoi chez l'adulte. Il faut savoir qu'il existe deux sortes de parents qui favorisent le passage à l'acte chez les enfants atteints de cette pathologie. Les parents autoritaires et agressifs qui se défoulent psychologiquement ou autrement sur les enfants, et les parents négligents ou frustrés socialement qui revalorisent *les mauvais comportements de leurs enfants, ce qui n'est pas mieux !...*

— Monsieur Neumann, comment reconnaît-on un tueur en série ? demande l'animatrice, subjuguée par les propos de son invité.

— Vous savez, il y a deux catégories de tueurs en série. Il y a les organisés et les inorganisés. Les organisés sont des psychopathes qui en veulent à la société de les considérer comme des gens normaux. Alors, ils nous trouvent stupides et se disent qu'ils peuvent nous tuer. Comme je l'ai dit précédemment, les personnalités psychopathiques réussissent bien en société, parfois à un point tel qu'on les prend même pour des héros parce qu'ils occupent des postes de prestige et de pouvoir. Ils se hissent souvent au sommet de notre hiérarchie. Les gens disent qu'ils ont de la personnalité et du caractère, ce qui les rend encore plus agressifs ironiquement envers ceux-là mêmes qui les admirent. Malheureusement pour eux, ces admirateurs inconscients seront presque toujours leurs premières victimes. Quant aux tueurs inorganisés, ce sont des psychotiques, plus précisément paranoïdes, schizophréniques et autres. Ils détruisent tout, ils mutilent sauvagement. Ces gens devraient être soignés en institution psychiatrique, mais notre société ne veut pas s'occuper d'eux. Alors ils errent dans les rues et tuent en espérant qu'un jour, on pourra les arrêter car ils n'arrivent pas à se contrôler eux-mêmes. Ce ne sont que de pauvres diables qui ne tirent aucune grâce de leur monstruosité. Ils souffrent et entraînent d'innocentes victimes dans leur inlassable tourment. Un tueur de ce genre fut enfermé pour pédophilie

au Canada dans les années 90. Sa peine terminée, il fut libéré malgré qu'il suppliait les autorités de le garder en prison. Peu de temps après sa sortie, il assassina un enfant qui faisait de l'auto-stop. Vous voyez à quel point nous avons une responsabilité en tant qu'individu sur ce que sont et font les gens qui nous entourent…

Seward bondit de son fauteuil et rattrape tant bien que mal le livre de Neumann.

— Ils maltraitent les enfants !… Merde, l'émission est une reprise ! s'écrie-t-il.

Il attrape son cellulaire, le glisse dans la poche arrière de son pantalon, ramasse sa plaque, son arme, ses menottes, saisit ses clefs au vol et accourt vers sa voiture.

— *En terminant, j'ajouterai pour en finir avec ce triste sujet que l'on en vient à reconnaître un tueur en série en apprenant à déceler les multiples attitudes malsaines qui caractérisent la personnalité d'un psychopathe. Faire attention à soi ! Voilà la clef. On évite de devenir la cible d'un tueur en série en ne faisant jamais entrer dans sa vie un inconnu quel qu'il soit sans l'avoir préalablement présenté à un proche, un ami ou un confident. L'on ne se promène jamais seul la nuit et l'on ne fait jamais, au grand jamais de l'auto-stop il va s'en dire ! Mais pour que vous puissiez arriver à agir de la sorte, cela dépendra plus de l'amour de vous-même que vos parents vous auront permis d'acquérir que de mon propos…*

29

Samedi, durant la cérémonie…

Seward conduit et tente de lire en même temps. Il réalise qu'il lui est impossible d'accomplir ces deux activités simultanément et dépose le livre de Neumann sur le banc à côté de lui. Puis il sort son cellulaire de sa poche arrière et compose le numéro du FBI.

— J'ai besoin d'une couverture, il me faut un homme en voiture banalisée. Je suis en direction d'Alexandria. J'y serai dans moins de quinze minutes.

— Identifiez-vous S.V.P !

— Agent spécial Simon Seward !

— Je regrette Monsieur, votre autorisation a été suspendue. Vous ne pouvez pas utiliser cette ligne.

— Quoi ! Alors passez-moi Castelli !

— Je suis désolé, je vais devoir interrompre la communication.

— Merde !

Seward est en pleine effervescence, ses pensées se bousculent dans sa tête. Il compose fébrilement le numéro de Jarvis.

— Réponds, réponds…

— Agent Spé…

— Nicole, c'est Simon. Je suis en route pour Alexandria. Rapplique au plus vite chez le sénateur Bighter, j'ai besoin de toi pour me couvrir, il va se faire descendre ce soir !

— Quoi tu dérailles ? Je suis en pleine cérémonie. Appelle la police !

— Négatif. Le meurtrier, ce n'est ni le pédophile ni Bob, c'est le milliardaire Neumann…

— Quoi ?

— Le milliardaire Neumann, tu sais de qui je parle ?

— Oui bien sûr tout le monde le connaît. Il est parti de la rue et est devenu un des hommes les plus puissants du pays en offrant des thérapies aux mieux nantis de ce monde. Mais attends, tu n'es pas au courant de la dernière nouvelle ?

— Non, quoi ?

— En se présentant à leur travail aux petites heures ce matin, les préposés à l'entretien du musée de Salem ont découvert les cadavres des organisatrices d'une petite fête étudiante qui devait avoir lieu aujourd'hui. Tout porte à croire qu'il s'agit de notre homme. D'après ce qu'on en sait, elles auraient eu

340

la nuque brisée. On a reçu l'information au Bureau il y a à peine une heure. Quand Jamison a été mis au courant, il a tout de suite dépêché Castelli sur place car il n'aime pas travailler le week-end. Pour lui, c'est sacré et comme en plus, on est en pleine cérémonie… Bref, lorsque Castelli a été rejoint, il a aussitôt informé Jamison de la filature de Bob que j'ai faite et lui a spécifié que je l'avais quitté vendredi soir, sur la route de Salem. T'imagines un peu ! Jamison n'a pas hésité un instant, il veut à tout prix interroger Bob. Il a émis un avis de recherche à travers tout le pays. Ils ne l'ont pas encore pincé mais ça ne devrait plus tarder. Tu n'as plus à t'en faire. Oublie tout ça et sors t'amuser !

— Non, non, c'est pas vrai ! C'est des conneries ! Il vous manque juste une chose Nicole !

— Quoi ? Il ne manque rien.

— Le mobile ! Peu importe les apparences c'est le mobile qui compte !

— Quoi ! Est-ce que j'ai bien compris, ma parole ! J'entends des voix ou quoi ? C'est Simon Seward qui dit ça ? Celui-là même qui, hier encore, voulait coffrer Bob pour… comment disais-tu ? Ah oui ! Car il avait une psychologie à la con… C'est bien ça ? raille Jarvis.

— Nicole écoute-moi ! On n'a pas de mobile, on n'a pas de mobile ! s'énerve Seward.

— Ah oui et que faisait Bob avec le jeune homme qu'il est allé voir à l'Université ? Je vais te le dire. Il venait de conclure un contrat pour aller tuer ces pauvres filles. Et c'est précisément ce qu'il est allé faire quand je l'ai quitté en route pour Salem.

— Non tu n'y es pas du tout Nicole. Bob est passé dans le quartier huppé de Boston, c'est toi qui me l'as dit et après, il est allé à l'Université de Boston car c'est là qu'enseigne Neumann. Bob est en train de pister Neumann, voilà ce qu'il faisait à Salem. Il a pisté Neumann comme il l'a fait pour le pédophile jeudi. Neumann a un mobile Nicole. Il tue les parents négligents qui maltraitent leurs enfants. Notre homme ne tue pas les parents pour faire souffrir les enfants, mais bien pour les libérer de leurs tortionnaires. Il utilise les méthodes des prédateurs pour soigner. Il fonctionne avec la chaîne alimentaire. C'est ça la clef de l'énigme. Il tue les déviants, les gens qui n'agissent pas instinctivement. Il tue de manière typée pour créer un Surmoi dans l'inconscient collectif de la population. C'est une sorte de tueur thérapeutique qui extirpe le cancer de la société.

— Quoi ?…

— Neumann agit instinctivement comme en nature où les bébés ne sont jamais maltraités. L'on peut tuer parce que notre pulsion nous pousse à survivre et à assurer la survie de notre espèce... Mais on ne peut pas persécuter. Pour un psychanalyste, c'est un comportement contre-nature. C'est pour cela qu'on a trouvé aucune trace de torture sur les corps…

— Mais qu'est-ce que tu racontes ? Et qu'est-ce que la chaîne alimentaire a à voir là-dedans ? Tu es en plein délire ou quoi ?

— Ce que je viens de te servir provient de son livre. Je l'ai à côté de moi. On l'avait en référence dans un de nos cours… Les tueurs en série aiment avoir bonne conscience tu t'en rappelles ? C'est toi qui me l'as expliqué l'autre jour. Ils s'inspirent de faits historiques, du nom d'une rue, d'une façon de s'habiller, d'un métier comme la prostitution. Lui, c'est pour éliminer les mauvais parents. Son pouvoir, il le puise dans la gestion de ce qu'il appelle la saine reproduction animale. Les tueurs en série tuent n'importe qui, mais pas lui. C'est pour ça que nos programmes de recherche n'ont rien trouvé. Au BSU, ils ont sorti comme seul profil probable celui d'un tueur à gages. Bien sûr, il agit comme s'il prenait des contrats avec les enfants. C'est bien ça Nicole, je l'ai ! Le débile que l'on a trouvé dans sa voiture, il était pédophile. Et les deux lesbiennes de Sharonneville… Denis m'a donné les résultats des examens. Les tests indiquent que c'est une troisième femme qui a été fouettée. Et je mettrais ma main au feu que la femme en question, c'était leur fillette. Lorsque je lui ai parlé avant-hier à l'orphelinat, j'ai remarqué qu'elle portait

343

des marques sur un bras. Je suis certain qu'un test d'ADN de l'enfant corroborerait mes dires.

— Tu n'as aucune preuve ! Qu'est-ce que tu racontes ? Calme-toi !

— La devise de ses orphelinats : *Ici les enfants ne pleurent jamais.* Il repère les enfants malheureux, il tue leurs parents et prend les petits sous sa coupe dans un de ses orphelinats. Je t'en prie Nicole ! Il ne supporte pas d'entendre pleurer un enfant. Tous les morts avaient des enfants !

— Non ! Les Rupert n'avaient pas d'enfant.

— Et que faisaient-ils ?

— Ils travaillaient dans une garderie… répond machinalement Jarvis, absorbée dans le tourbillon de Seward.

— Quand il a parlé à la fille du sénateur, elle a cessé de pleurer comme si elle était devant un héros de bande dessinée.

— Mais de quoi tu parles ? Quelle fille ?

— Bon sang ! Ce mec doit souffrir d'une sorte de complexe du super-héros. Neumann se trouvait aujourd'hui à l'épicerie où je faisais mes courses. Je l'ai vu parler à l'enfant du sénateur Lloyd Bighter et j'ai l'impression qu'il va passer à l'action ce soir. Il faut l'attraper sur le fait car avec les moyens dont il dispose, on ne pourra jamais prouver quoi que ce soit sans en être nous-mêmes témoins. Rappelle-toi de Clay Bertrand dans l'assassinat du président

Kennedy. Neumann est connu comme un mécène romanichel à travers tout le pays. Une sorte de Robin des Bois. Il est riche comme Crésus et jouit d'une flexibilité sans limites. Il peut se faire inviter tant par un gouverneur que par un chômeur de l'Alaska ou du Nouveau-Mexique. Même avec des aveux et sa photo prise chez ses victimes, ses avocats le feraient acquitter avant même que l'on ait fini de lui lire ses droits. J'ai besoin que quelqu'un me couvre. Aide-moi Nicole. Je t'en supplie, dis oui !

— Et Bill Bill, qu'est-ce que t'en fais, il ne travaillait pas avec des enfants et n'en n'avait pas ? teste Jarvis qui refuse de s'emballer trop vite.

— Qu'est-ce que j'en sais ? Il a dû flasher dessus ! C'est le premier tué selon Jamison. Il l'a peut-être connu quand il était jeune. Bill Bill n'a pas fait un séjour chez les dingues par hasard ?... Il avait peut-être essayé de s'en prendre à Neumann ou il aura fait du mal à sa famille quand il était petit. Va donc savoir...On le lui demandera quand on l'aura épinglé. Neumann est tellement habile qu'il l'a peut-être tué simplement pour brouiller les pistes. Merde ! Je n'en sais foutrement rien...

Un long silence pèse à l'autre bout de l'appareil. Seward reprend sur un ton plus affectif.

— Fais-moi confiance Nicole. Aide-moi !

Son interlocutrice reste muette un moment, puis lui bredouille :

—…D'accord !

— Ouais ! Merci ! Aye sois discrète ! Si la cavalerie débarque, il va nous glisser entre les mains.

— Hum…hum.

— Je serai là-bas dans le temps de le dire. Je t'y attends.

30

Maison du sénateur...

Seward, immobile dans le noir, observe depuis un bon moment la maison du sénateur. Tout semble normal. Il repense à la série de meurtres quand soudain il est frappé par une idée.

— On est à Alexandria. Merde, le Mexique !...

Un millier de phares semblent surgir du fond de la rue. On pourrait croire que le FBI tout entier débarque en trombe. Seward s'élance au beau milieu de la route et leur fait signe de s'arrêter. Le véhicule de tête s'immobilise devant lui. Jamison en habit de soirée et Jarvis dans son élégante robe noire sortent du véhicule. Le SWAT est là au grand complet. Il ne manque plus que le hurlement des sirènes. Jamison apostrophe Seward.

— Encore vous ! Qu'est-ce que vous foutez ici ?

Il se retourne et sourit à Jarvis.

— Jarvis vous allez monter très vite !

L'escouade s'avance doucement. Seward, entêté, s'interpose de nouveau.

— Non ! Vous allez commettre une grave erreur !...

Excédé, Jamison lui coupe la parole et l'attrape par le bras.

— Eh ! Fichez le camp d'ici vous, je vous ai retiré votre accréditation il y a à peine quelques heures. Ne me forcez pas à vous faire arrêter pour entrave à la justice. Vous et vous, assurez-vous qu'il parte d'ici, ordonne-t-il en pointant du doigt deux mastodontes de son équipe d'intervention. Puis il relâche Seward.

— Ça va je m'en vais ! se résigne Seward en levant les deux mains en l'air devant les deux géants qui le laissent partir.

Jarvis tente de retenir Seward mais sans trop y mettre d'insistance. Elle ne veut surtout pas mal paraître devant Jamison qui ne cesse de la louanger et qui vient de lui promettre mer et monde. Elle attend que Jamison se regroupe avec ses hommes, puis file à l'anglaise pour rejoindre Seward.

— Attends ! Simon...

Seward s'arrête, se retourne et attend sa collègue.

— Qu'est-ce que je t'avais demandé ?

— Qu'est-ce qui ne va pas ?

— Bob avait raison Nicole.

— Quoi ?

— Va te faire voir !

— Où vas-tu ? Attends Simon ! Ne pars pas comme ça, reste ici ! lance l'impétueuse Jarvis en frappant du pied.

Seward se dirige à pas pesant vers la voiture qu'il a laissée un peu plus loin sur la route. Jarvis ne bouge plus.

— J'ai un *scoop* pour toi Nicole ! Il y a déjà eu un meurtre à Alexandria. Tu sais ce que ça veut dire ?... Le meurtrier n'a jamais frappé deux fois à la même place ! lance Seward avant de monter dans sa voiture et de démarrer.

— Merde ! s'écrie Jarvis en se frappant le front avec la paume de sa main avant de se retourner.

Elle voudrait bien prendre ses jambes à son cou pour aller rejoindre Jamison avant qu'il ne soit trop tard. Mais elle est en robe de soie et en escarpins. Elle n'a d'autre choix que de relever sa robe, en pinçant le précieux tissu entre le pouce et l'index de chaque côté de ses cuisses afin de dégager ses genoux. Elle court tant bien que mal, gênée par ses élégantes chaussures.

— Monsieur Jamison. Monsieur Jamison attendez ! Attendez !...

Mais Jamison est déjà trop loin et l'escouade, trop bruyante pour qu'il entende quoi que ce soit. Il donne le feu vert à ses troupes qui entourent maintenant le domicile du sénateur. Les policiers passent à l'assaut et investissent la maison par les portes du salon et de la cuisine. Des hommes-araignée défoncent les fenêtres des chambres à coucher et de la salle de bain situées au deuxième étage.

— Mains en l'air, à genoux et face contre terre ! Le même ordre résonne dans toutes les pièces.

La femme du sénateur, qui est en train de se démaquiller, hurle d'épouvante pendant que le sénateur dans le salon est cloué au sol, une botte sur sa tête. Il est toujours allongé quand il aperçoit Jamison sur le perron. Son visage passe du rouge au vert et ses yeux sortent de leurs orbites. Il tente de l'appeler mais le poids de la botte qui lui colle le visage au plancher ne lui permet de sortir que quelques vagues syllabes.

— Jimizen ! Jimizen !

Jamison est catastrophé. Il se retourne et voit apparaître Jarvis, essoufflée. Il vrille son regard dans le sien et à ce moment même, Jarvis sent son château de cartes s'écrouler. Le chef de l'équipe tactique sort de la cuisine et s'approche de Jamison.

— C'est votre homme ? Il n'y a personne d'autre ici à part une femme et une petite fille en larmes. Nous maîtrisons les lieux, il n'y a rien à signaler dans les environs Monsieur !

31

Aéroport de Washington D.C. …

Seward roule à fond de train. Un quart d'heure à peine s'est écoulé quand il arrive au Dulles International Airport. Il gare son véhicule dans un espace réservé aux services d'urgence et court vers l'aérogare. Il se dirige droit à la billetterie d'American Airlines et brandit sa plaque.

— Pardon Mademoiselle, FBI ! Avez-vous un certain Neumann, Auguste Neumann sur un vol pour Mexico ?

— Un instant… Neumann… Non.

— Pouvez-vous vérifier de nouveau.

— Oui, si vous voulez. Non pas de Neumann !…Non désolé.

— Merci Mademoiselle.

Seward s'en retourne l'air piteux et l'esprit torturé.

— *Finalement, ce n'est peut-être pas Neumann,* pense-t-il.

— Monsieur, attendez ! crie la responsable de la billetterie à Seward qui s'éloigne.

Seward se retourne.

— Oui Mademoiselle ?

— Il y a bien un Neumann mais il ne va pas à Mexico. Il est inscrit sur un vol en direction de Rio, avec une escale à Mexico.

— Il part quand ?

— Il est parti depuis une heure. Je suis désolée.

— Merci beaucoup c'est gentil.

Seward se retourne et se dirige vers les grandes fenêtres, les mains dans les poches. Il pense à Jarvis et regrette de ne pas avoir pu lui dire à quel point elle était ravissante dans sa robe de soirée. Il regarde un avion qui décolle et pense alors au pétrin dans lequel doit se débattre Jamison. Il sourit quand un objet vient heurter son pied. Il détourne son regard et aperçoit un enfant qui accourt dans sa direction. Le gamin interrompt sa course sous le regard de Seward. Ce dernier se penche et ramasse le jouet.

— Tiens Petit ! Je crois que cette batmobile est à toi.

32

Dimanche matin, au lever du soleil, cimetière de Bifield…

Une limousine noire s'arrête dans l'allée du cimetière. Un chauffeur en livrée en descend, fait le tour du véhicule et ouvre la portière arrière, du côté passager. Il tend la main. Une femme y appuie la sienne et pose son pied sur le sol. Il s'agit de la vieille dame déjà aperçue se berçant sur la terrasse de l'orphelinat. Elle sort, un énorme bouquet de fleurs à la main, et se dirige vers la tombe de la famille McBerry. Elle se recueille un instant, puis y dépose le somptueux bouquet comme elle l'a toujours fait depuis ce tragique accident de l'été 1964 où elle et sa cousine Marie Perkins avaient pris en charge le fils unique du défunt couple alors qu'elle s'appelait Sœur de la Charité.

Bibliographie

BOURGOIN, Stéphane. *Serial killers. Enquête sur les tueurs en série*, Paris, Grasset, 1999, 383 p.

FBI. *www.fbi.gov/*, 14 février 2002.

FREUD, Sigmund. « Analyse d'une phobie chez un petit garçon de 5 ans (Le petit Hans) », *Cinq psychanalyses*, Paris, Presses universitaires de France, Bibliothèque de psychanalyse et de psychologie clinique, 1966, 422 p.

MONTET, Laurent. *Tueurs en série. Introduction au profilage*, Paris, Presses universitaires de France, Criminalité internationale, 2000, 271 p.

NÉGRIER-DORMONT, Lygia et Ronald NOSSINTCHOUK. *Tueurs en série*, Paris, Flammarion, Dominos, 2001, 127 p.

PLON, Michel et. Élisabeth ROUDINESCO. *Dictionnaire de psychanalyse*, Paris, Fayard, 1997, 1191 p.

RIBOTY, Philippe. *La révélation sexuelle*, Québec, Barels, 1999, 317 p.